태율 신무협 판타지 소설

촉산혈성

劚山血星

촉산혈성 1

태율 新무협 판타지 소설

초판 1쇄 찍은 날 § 2006년 10월 11일
초판 1쇄 펴낸 날 § 2006년 10월 21일

지은이 § 태율
펴낸이 § 서경석

편집장 § 문혜영
편집책임 § 한지윤
편집 § 서지현 · 심재영

펴낸곳 § 도서출판 청어람
등록번호 § 제1081-1-89호
등록일자 § 1999. 5. 31
어람번호 § 제2-1027호

주소 § 경기도 부천시 원미구 심곡1동 350-1 남성B/D 3F (우) 420-011
전화 § 032-656-4452 팩스 § 032-656-4453
http://www.chungeoram.com
E-mail § eoram99@chollian.net

ISBN 89-251-0347-8 04810
ISBN 89-251-0346-X (세트)

촉산혈성

劇山血星

산서풍운(山西風雲)

1

Fantastic Oriental Heroes

태율 신무협 판타지 소설

도서출판 청어람

목차

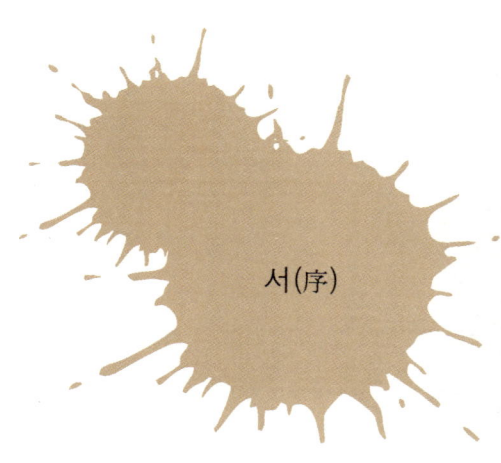

서(序)

누구를 막론하고 내 위에 군림하려는 자가 있다면, 구대문파 문
설주에 새겨진 맹약에 따라 피로 강호를 씻으리라!
사백 년간 한 번도 어긋난 적이 없었던 피의 약속.
촉산이 무림절대금지(武林絶對禁地)가 된 연원(淵源)이었다.

제1장

산서(山西) 흑암보(黑巖堡)

산서(山西) 흑암보(黑巖堡)

퍼헉!

천령혈을 관통하는 한줄기 뜨거운 기운!

이는 곧 지옥 같은 고통으로 바뀌어 전신을 집어삼켰다.

"크아악!"

지금까지 살아오며 한 번도 비명을 질러본 적 없는 단리백이었으나, 상상을 초월한 고통은 초인적인 그의 의지마저 단번에 날려 버릴 만큼 지독한 것이었다.

"헉헉!"

이윽고 거친 숨을 토하며 단리백이 신형을 일으켰다.

"으드득!"

으스러져라 이를 가는 그의 눈에서 자욱한 살기가 일렁였다.

"빌어먹을 늙은이!"

단리백은 바닥에 꽂혀 있는 한 자루 검을 노려보며 욕설을 내뱉었다.

하지만 고색창연한 검의 주인은 이미 그 자리에 없었다. 이미 한 줌 먼지로 화해 허공으로 흩어져 버렸던 것이다.

"감히 나를 이용해 우화등선(羽化登仙)을 하다니……."

미칠 듯이 화가 솟구치면서도 한편으로는 기가 막혔다. 당금무림의 제일고수라는 검선(劍仙) 우일태(優一泰)의 같잖은 수작에 보기 좋게 당해 버린 것이다.

처음 그가 자신을 방문했을 때 단리백은 의아함을 금치 못했다. 같은 십대고수의 일인이라고는 하나 우일태는 신선이 되기 위해 검을 닦는 자. 애초부터 자신과는 걷는 길이 달랐다.

그런데 어찌 된 영문인지 우일태는 다짜고짜 비무를 청해 왔다. 서로를 경원시해 왔던 그간의 관계를 생각했을 때 이는 무척 의아한 일이었다.

단리백은 당연히 이를 거절했다. 딱히 그와 싸울 이유도 없을뿐더러, 죽음을 코앞에 둔 늙은이와 싸워 자신이 얻을 게 아무것도 없었기 때문이다.

그러나 우일태는 집요했다. 모욕적인 언사와 도발을 서슴지 않는 그의 모습은 평소 소문으로 들어오던 청수함과는 거리가 멀었다.

결국 분노한 단리백은 우일태의 비무를 받아들였고, 사흘 밤낮을 쉬지 않고 싸워야만 했다.

매영홍림(梅影紅林) 검정중원(劍征中原)이라 했던가.

과연 우일태의 검은 무서웠다.

검끝에서 피어오른 홍매화는 그 한 송이 한 송이가 검기가 유형화된 것이어서 검강에 버금가는 위력을 지니고 있었다. 게다가 그 수는 눈으로도 헤아릴 수 없어, 마치 쉴 새 없이 쏟아지는 매화우(梅花雨)를 보는 것만 같았다.

그에게 수식어처럼 늘 따라다니는 말, '매화 그림자 일어 붉은 숲을 이루니 능히 검으로 중원을 정복하리라'는 말이 무색지 않은 실력이었다. 그가 십대고수의 수좌를 차지한 것이 결코 우연이 아니었던 것이다.

그러나 단리백은 그가 지닌 무위에 탄복하면서도 한편으론 불쾌함을 금치 못했다. 그는 시종일관 손속에 여유를 두며 자신을 상대하고 있었던 것이다.

이에 자존심이 상한 단리백의 몹시 분노했고, 결국 스스로 꺼려 왔던 현마(現魔)의 경지에 들어서고 말았다.

그제야 우일태는 자신이 지닌 모든 무공을 드러냈다. 하지만 현마의 경지에 들어선 단리백 앞에 그의 홍매화는 더 이상 위협이 되지 못했다.

사흘을 끌었던 비무는 단리백이 압도적으로 우위를 점하는 순간 싱겁게 끝나 버렸다.

"제기랄!"

치솟는 짜증을 억누르며 단리백은 만신창이가 되어버린 자신의 모습을 내려다봤다.

우일태의 진정한 의도를 알아챘을 때는 이미 모든 게 늦어버린 뒤였다.

현마의 경지에 들어서는 대가를 치르며 얻은 힘으로 그의 숨통을 끊어버리려는 찰나, 우일태는 그토록 원하던 깨달음을 얻어 그대로 산화(散化)해 버리고 말았다.

그랬다. 검을 통한 구도의 마지막 관문인 깨달음을 얻기 위해 우일태는 자신과의 비무를 택한 것이었다.

한 자루 검만 덩그러니 남긴 채 신선이 되어버린 우일태. 그리고 허공에 흩어지기 직전 그가 남긴 염화미소(拈華微笑)를 떠올릴 때마다 단리백은 끓어오르는 분노를 참을 수 없었다.

스스로 피의 길을 걷지 않고자 현마의 경지에 들어서는 것을 피해왔건만, 금기(禁忌)를 깨고도 정작 그가 얻은 것은 아무것도 없었다.

오히려 이대로는 폭주하는 마기를 제어하지 못해 피에 굶주린 악귀가 되고 말 것이 틀림없었다. 그리고 이는 단리백이 원하는 것이 아니었다.

결국 단리백은 스스로 금제를 가하는 길을 선택했다.

제마봉공(擠魔封恐).

석가가 중생을 괴롭히는 악귀들을 나유타(那由他) 너머로 쫓아낼 때 썼다는 이 금제법은 천축 유가(瑜伽)에 그 연원을 두고 있는 것으로, 마공을 익힌 단리백에게 있어서는 가장 상극의 성질을 지닌 것이었다.

끔찍한 고통은 둘째 치고 이 때문에 단리백은 본래 지녔던 무위의 오 할을 잃고 말았다. 본래 보름이면 완치되었을 부상 역시 족히 넉 달은 가리라.

"크윽."

몸을 움직이자 전신에 맺혀 있던 고통이 일제히 아우성을 질렀다.

힘겹게 몸을 추스려 촉산 기슭에 자리 잡은 자신의 처소로 돌아온 단리백은 또다시 뜻밖의 손님을 맞아야만 했다.

육십 줄에 접어든 노인.

인자한 눈매와 서글서글한 인상과 달리 그의 옷은 온통 피투성이였다. 전신엔 끔찍한 자상이 입을 벌리고 있었고, 옆구리에 박힌 창은 중간이 부러진 채 덜렁거리고 있었다. 어깨에 깊숙이 박힌 두 대의 화살은 그가 숨을 쉴 때마다 오르락내리락하고 있었다. 게다가 가슴에 뚫린 사발만 한 구멍에서는 끊임없이 붉은 피가 흘러내리고 있었다.

더욱이 그의 눈에서 번뜩이는 기광은 목숨이 다하기 직전에 발하는 회광반조(廻光返照)의 현상이 분명했다.

"이곳이 무림(武林)의 금지(禁地)라는 것을 모르는가?"

기분이 몹시 불쾌했던 단리백은 일장에 그를 쳐 죽이려 했다. 하지만 자신을 강윤이라 밝힌 늙은이가 내민 물건을 보곤 들어올렸던 손을 내려놓았다.

"그녀가 보냈나?"

단리백의 질문에 노인은 힘겹게 고개를 끄덕였다. 그리고 금방이라도 끊어질 듯한 음성으로 입을 열었다.

"부디… 아가씨를……."

그 말을 끝으로 그는 숨을 거뒀다. 이곳에 도달했을 땐 이미 기식이 엄엄해 돌이킬 수 없는 상태였던 것이다.

손 안의 물건을 물끄러미 응시하던 단리백의 눈빛이 깊게 가라앉았다.

단리백은 천천히 눈을 들어 수천 개의 칼날을 거꾸로 세워 놓은 듯한 촉산의 준령(峻嶺)들을 바라봤다.

한참 동안 석상이 된 듯 미동도 하지 않던 그가 걸음을 움직인 것은 일각의 시간이 지나서였다.

뽀드득.

발밑에서 부서지는 눈 소리를 뒤로하고 단리백은 촉산을 내려서기 시작했다. 기억 속에 잊혀져 가던 약속이 그를 움직이게 한 것이다.

내 이름은 단리백.

당대 촉산혈문의 문주, 십칠대 촉산혈성이다.

그리고 지금,

십육 년의 은거를 깨고 나는 강호로 나간다.

*　　　　*　　　　*

어느새 눈은 그쳐 있었다.

하늘을 가득 메운 별들은 금세라도 쏟아질 것처럼 시린 빛을 뿌렸고, 그 아래 펼쳐진 백색 설원은 푸른 달빛에 젖어 있었다. 이따금 서럽게 울어대는 바람 소리만이 고아한 밤의 적막을 흔들 뿐이었다.

펄럭.

매서운 겨울바람이 소녀의 소매를 거칠게 흔들었다. 하지만 그녀는 미동조차 하지 않았다. 석상처럼 굳어 있는 중년인과 그의 가슴을 관통한 핏빛 검신을 바라볼 뿐이었다.

"윤 아저씨……."

떨리는 음성으로 가만히 그를 불러보았다. 그러나 윤창서는 대답이 없었다.

이때 검병(劍柄)을 쥐고 있던 흑의인이 검을 비틀어 잡아뺐다.

털썩.

동시에 윤창서의 신형은 힘없이 눈밭 위로 무너졌다.

하얀 눈 위로 선연히 번져 가는 붉은 피가 더없이 아프게 그녀의 눈을 파고들었다.

소녀는 무릎걸음으로 그에게 다가섰다.

채 감지 못한 그의 눈을 마주한 순간 그녀는 입술을 깨물었다. 턱을 타고 한줄기 핏물이 흘러내렸으나 그녀는 아픔을 느끼지 못했다. 죽은 이의 눈에 떠오른 감정. 그것은 자신을 지켜주지 못한 미안함이었고, 이것이 그녀에게 더욱 큰 고통으로 다가왔기 때문이다.

"크큭, 시시하군."

그런 그녀를 향해 흑의인이 비웃음을 흘렸다. 이에 소녀는 눈을 들어 그를 노려봤다.

"그 눈빛, 마음에 안 들어."

그녀와 시선을 마주하던 흑의인이 인상을 찌푸렸다.

기껏해야 열여섯이나 되었을까. 아직 솜털도 가시지 않은 앳된 얼굴이었다. 하지만 그녀의 눈에서는 의당 지녀야 할 두려움이나 절망의 빛을 찾아볼 수 없었다. 더구나 맑게 가라앉은 그녀의 심유한 눈빛이 자신의 속내를 들여다보는 것만 같아 매우 기분이 나빠졌다.

검신을 자신의 장포에 문질러 피를 닦은 흑의인이 소녀를 향해 걸음을 옮겼다.

"아까운 계집이군. 일이 년만 지나면 능히 여러 사내의 간

담을 녹이고도 남겠어. 하지만 네게 허락된 삶은 여기까지다."

툭.

그가 품속에서 한 자 길이의 비수를 꺼내 소녀 앞에 던졌다.

"반항조차 하지 못하는 계집을 베는 건 영 내키지 않는군. 죽음만큼은 스스로 선택할 수 있는 기회를 주지. 그것이 내가 베풀 수 있는 유일한 자비다."

진득한 살기를 흘리며 입을 여는 사내의 뒤로 동료들이 다가섰다.

"서둘러. 노닥거릴 시간 없어."

동료의 재촉에 못마땅한 표정을 짓던 사내가 다시금 검을 들었다.

이때 그들을 바라보던 소녀가 결연한 표정으로 입을 열었다.

"당신들은 비적이 아니군요. 자신들을 와호채(臥虎寨)의 산주(山主)들이라 밝혔지만 비적이 검기(劍氣)를 뿌린다는 이야기는 한 번도 들어본 적이 없어요. 더욱이 한두 명이라면 모를까, 여덟 명 전원이 그와 비슷한 경지에 이르러 있다니⋯⋯. 당신들은 누구죠? 어째서 우리를 공격한 건가요?"

"염왕(閻王)에게 물어봐라."

흑의인의 눈빛은 먹이를 목전에 둔 살무사의 그것처럼 싸늘하게 빛났다.

　그때였다.

　"뭐야, 저건?"

　그들의 목소리가 향한 곳으로 시선을 옮긴 소녀는 십 장쯤 떨어진 곳에 서 있는 한 사람을 발견할 수 있었다.

　불타는 듯한 적포(赤袍)를 걸친 사내였다.

　이십대 후반 정도 되었을까.

　달빛을 등지고 있어 얼굴은 정확히 보이지 않았으나 머리를 산발한 채 비틀거리며 다가서는 그의 신형은 몹시 위태해 보였다. 적포는 곳곳이 찢어져 맨살을 드러내고 있었고, 그 사이로 끔찍하게 입을 벌린 상처들과 검게 얼룩진 피가 전신을 물들이고 있었다.

　그러나 그와 시선을 마주한 순간, 흑의인들은 턱 하고 숨이 막혀왔다.

　"고수!"

　흑의인 중 한 명이 나직하게 외쳤다.

　상상할 수도 없을 만큼 짙은 살기를 뿌리는 사내의 눈빛과 그의 주위를 휘감은 칼날 같은 기파(氣波)는 감히 범접하지 못할 위험함을 지니고 있었다. 게다가 그의 전신에서 아지랑이처럼 일렁이는 삼엄한 핏빛 서기!

　그 한 가닥 한 가닥이 진기가 유형화된 것임을 모를 만큼 이들은 어리석지 않았다.

이제껏 수많은 도산검림을 헤쳐 온 그들이었지만 이처럼 무시무시한 눈빛과 존재감을 지닌 인물은 만나본 적이 없었다.

"누구냐, 넌?"

흑의인 중 한 명이 질문을 던졌다. 하지만 돌아온 것은 명백한 적의가 담긴 차가운 눈빛뿐이었다.

단지 그뿐이었음에도 불구하고 흑의인들은 안색이 창백해지고 말았다. 적포사내의 몸에서 가공할 기세가 구름처럼 피어오르는 것을 느껴졌다. 그리고 이는 곧 무시무시한 위협이 되어 그들의 가슴을 짓눌렀다.

게다가 시간이 지날수록 그가 내뿜는 기세는 점점 더 강해지고 있었다.

이대로 있다가는 제대로 실력을 펼치기도 전에 당하고 말 것이 분명했다.

이를 깨달은 흑의인들은 곧바로 사내를 향해 신형을 날렸다.

츠츠츠츠!

그들의 검에서 눈이 시릴 만큼 푸른 검기가 선연히 피어올랐다.

그들은 순식간에 적포사내와 거리를 좁혔고, 그 순간 무수한 검광이 그의 전신 위로 내리꽂혔다.

흑의인들의 검에 금방이라도 난도질당할 것만 같던 순간,

적포사내의 신형이 한차례 흔들리나 싶더니 붉은 잔영을 남기며 흑의인들 사이로 파고들었다.

퍼억!

그와 동시에 흑의인 중 한 명의 머리가 수박처럼 터져 나갔다.

눈으로 보고도 믿지 못할 쾌속한 신법에 흑의인들은 일순 정신을 차릴 수가 없었다.

후두둑!

비처럼 쏟아지는 피와 육편이 눈을 어지럽히자 비로소 그들은 동료의 죽음을 인지했다.

"……!"

흑의인들의 얼굴에 경악의 빛이 떠올랐다.

놀라기는 소녀 역시 마찬가지였다. 난생처음 보는 끔찍한 광경에 그녀의 안색은 밀랍처럼 창백해졌다.

그러나 이것은 시작에 불과했다.

우드득!

뼈가 부서지는 파육음과 함께 또 다른 흑의인 한 명이 피분수를 뿜으며 허공으로 떠올랐다. 기이한 각도로 허리가 꺾인 그의 모습은 도저히 살아 있는 사람이라 믿을 수 없었다.

피를 뿌리며 십 장 정도를 날아간 흑의인은 그대로 눈 속에 파묻혀 버렸다.

"개자식!"

"죽엇!"

욕설과 함께 흑의인들의 검이 적포사내를 노리며 집요하게 날아들었다. 하지만 그 순간 또다시 붉은 그림자가 번뜩였다.

콰직!

"끄르륵……."

소름 끼치는 소리와 함께 바닥에 거꾸러진 두 명의 흑의인이 피 거품을 게워냈다. 가슴뼈가 산산이 박살 난 채 그대로 폐부가 으스러진 것이다.

남은 네 명의 흑의인은 서로 눈빛을 교환하더니 동시에 적포사내를 덮쳐 갔다.

카가가각!

고막을 갉아대는 거친 소음이 연달아 터져 나오며 순식간에 뒤얽힌 그들 주위로 세찬 경풍이 몰아쳤다.

우수수.

칼날 같은 바람이 휘말아 올린 눈 더미가 쏟아지며 그 사이로 한 사람이 홀쩍 물러섰다.

"……!"

비산하는 눈송이 사이로 누워 있는 세 구의 시신. 순식간에 고혼이 되어버린 동료들을 바라보는 흑의인의 눈에는 경악의 감정이 가득했다.

어떻게 자신들의 공격을 피했는지, 그리고 무슨 방법으로 자신들을 공격했는지조차 알 수 없었다. 그가 본 것은 눈앞에서 번뜩이는 붉은 섬광과 그때마다 피를 토하며 나가떨어지는 동료들의 모습뿐이었다.

"다, 당신은 누구요?"

그의 목소리는 두려움에 질려 떨고 있었다.

저벅.

적포사내는 걸음을 옮기는 것으로 대답을 대신했다.

말없이 자신을 향해 다가서는 그의 모습에 흑의인의 눈빛은 격하게 흔들렸다.

휙.

신형을 돌린 흑의인의 시선이 멀찍이 떨어져 있는 소녀를 향했다. 그리곤 이내 신형을 날리며 검을 휘둘렀다.

츄릿!

한줄기 차가운 검기가 허공을 갈랐다.

찌이익!

하지만 그토록 강맹하던 검기는 검을 떠나기가 무섭게 허공에서 허무하게 흩어졌다. 어느새 적포사내가 소녀 앞을 가로막은 채 흑의인이 뿌린 검기를 한 손으로 잡아채서 간단히 찢어버렸던 것이다.

콰직!

"커헉!"

선명한 파육음과 함께 억눌린 신음 소리가 터져 나왔다.

적포사내의 오른손이 흑의인의 가슴을 부수고 팔꿈치까지 파고들어 가, 심장을 으깬 다음 등을 뚫고 나온 것이다.

"끄어억!"

적포사내가 천천히 팔을 뽑아 들자 흑의인의 사지가 벼락을 맞은 것처럼 경련을 일으켰다.

이윽고 그가 선혈로 번들거리는 팔을 완전히 뽑아 들자 흑의인의 신형이 허물어지듯 바닥에 주저앉았다.

"그… 렇군. 당신은… 촉……."

퍼헉!

죽기 직전 흑의인이 입을 열어 무언가를 말하려 했으나 적포사내는 이를 허락하지 않았다. 매서운 기세로 쳐올린 그의 무릎에 의해 흑의인의 턱은 박살이 나, 온전한 얼굴조차 찾아볼 수 없이 그대로 절명해 버렸다.

더없이 잔인한 그의 손속에 소녀는 할 말을 잃었다. 하지만 이내 등을 보이고 있는 그를 향해 침착하게 입을 열었다.

"생명을 구해주셔서……."

천천히 돌아선 사내의 눈빛을 마주하는 순간 소녀는 황급히 말을 삼켰다. 새파란 한광(寒光)을 흘리는 사내의 두 눈에 자리 잡은 지독한 살기 때문이었다.

흑의인들이 목숨을 위협할 때도 의연하던 그녀이다. 하지만 적포사내의 눈빛 앞에서 자신도 모르게 얼어붙고 말았다.

흉신악귀의 눈빛이 그러할까. 마음속 깊은 곳에 묻어두었던 본능적인 공포를 끄집어내는 그의 눈빛은 도저히 사람의 그것이라고 볼 수 없었다.

저벅저벅.

적포사내가 걸음을 옮겨 소녀에게 다가서기 시작했다. 그의 전신에서 피어오르는 자욱한 살기는 그녀가 한 번도 경험하지 못한 지독한 것이었다.

마치 얼음물에 빠진 듯 모골 송연한 느낌. 그녀의 신형은 자신의 의지를 벗어나 바람 앞의 사시나무처럼 떨기 시작했다.

'승냥이를 피해 범을 만났구나.'

암담한 심정에 소녀는 질끈 눈을 감았다. 그러나 한참의 시간이 흘러도 아무런 일도 없었다.

"려(麗)… 군(珺)……."

갑작스럽게 들려온 사내의 음성에 소녀는 깜짝 놀라 눈을 떴다. 사내가 나직이 읊조린 이름 때문이었다.

소녀는 자신의 지척 앞에 멈춰 서 있는 사내를 바라봤다. 그를 둘러싼 살기는 여전히 줄지 않았으나 그는 흐릿한 눈으로 자신의 얼굴을 응시하며 대답을 기다리고 있었다.

그제야 소녀는 사내의 나이가 이십대 후반 정도라는 것과 각진 턱과 짙은 눈썹, 그리고 매서운 눈매를 지녔다는 것을 알아볼 수 있었다.

이윽고, 소녀는 최대한의 용기를 끌어내어 입을 열었다.

"제 어머니를 아세요?"

"어머니?"

사내의 반문에 소녀가 고개를 끄덕였다.

"제 어머니의 성함이 명려군(明麗珺)이에요."

"너는……."

"제 이름은 임소하(任笑荷)예요."

순간 격하게 흔들리던 사내의 눈에 초점이 돌아왔다.

"크크큭."

사내의 입술을 비집고 마른 웃음이 흘러나왔다. 하지만 이내 광소가 되어 쩌렁하게 대기를 뒤흔들었다.

"하하하! 그랬군. 너는 임 형과 그녀의 딸이었어."

뚝.

돌연 웃음을 그친 사내가 임소하를 향해 질문을 던졌다.

"그들은 더 이상 나와 만나지 않기로 했는데 어째서 다시 나를 부른 것이지?"

"네?"

의아한 얼굴로 자신을 바라보는 소녀를 향해 사내가 손을 내밀었다.

그의 손바닥 안에 놓여 있는 반지를 발견한 소녀의 눈이 더없이 크게 떠졌다.

혈영환(血影環). 한 달 전 호법인 강 노인에게 들려 촉산으로 보낸 반지의 이름이었다. 그리고 눈앞에 서 있는 사내의 신물이기도 했다.

"그럼 당신이……?"

착각이었을까? 고개를 끄덕이는 사내의 눈에 한순간 따스한 온기가 서려 있는 것 같았다.

말을 잇지 못하던 임소하의 눈에서 뜨거운 눈물이 흘러내렸다.

"의숙께서는 너무 늦게 오셨어요."

어깨를 들썩이며 흐느끼는 그녀의 모습에 단리백은 문득 가슴 깊은 곳에서 솟구치는 불길함을 느껴야만 했다.

"부모님께서는 이미… 이 세상에 계시지 않아요."

이어진 그녀의 말에 단리백의 가슴 한구석이 쩍 하고 갈라졌다.

"누구냐……?"

탁하게 갈라진 목소리. 단리백의 전신에서는 또다시 끔찍한 살기가 휘몰아치고 있었다. 하지만 임소하는 그의 질문에 대답할 수 없었다. 자신 역시 흉수에 대해 아는 바가 없었기 때문이다.

"말해라. 감히 누가 그들을 해친 것이냐?"

임소하는 말없이 고개를 저었다.

"으아아악!"

드드드드!

웅혼한 내력이 실린 단리백의 노호성에 대지를 뒤덮고 있던 눈송이가 허공으로 비산했다.

"왁!"

돌연 단리백이 한 사발이 넘는 피를 토했다. 이미 위중한 부상을 입은 상태에서 마음에 타격을 입자 심각한 내상으로 이어진 것이다.

휘청.

한차례 비틀거린 단리백이 하얀 눈밭 위로 무릎을 꿇었다.

"의숙!"

단리백이 손을 들어 급히 자신을 부르며 다가서는 임소하를 제지했다. 그리고 다시금 신형을 일으키며 상처 입은 야수처럼 으르렁거렸다.

"용서치 않으리라! 살아 있는 것이 지옥보다 고통스럽다고 느낄 만큼 반드시 그에 상응하는 대가를 치르게 하리라!"

싸늘한 단리백의 음성은 유부의 사자를 떠올리게 하는 무시무시한 살기를 담고 있었다. 더구나 흑의인들의 피를 뒤집어쓴 그의 모습은 차마 눈 뜨고 볼 수 없는 끔찍한 것이었다.

하지만 임소하는 더 이상 단리백이 두렵지 않았다. 분노로 이글거리는 그의 눈동자 너머로 배어 나오는 진한 아픔. 자신도 맛보았던 그 감정의 편린(片鱗)을 여실히 느낄 수 있었기 때문이다.

그렇게 얼마나 시간이 흘렀을까.

단리백이 고개를 돌려 임소하를 바라봤다.

"다친 데는 없느냐?"

순간 단리백의 눈이 더없이 크게 떠졌다. 힘없이 고개를 끄덕인 임소하가 돌연 눈밭 위로 무너지듯 쓰러졌기 때문이다.

절체절명(絶體絶命)의 위기를 넘기면서도 의연함을 잃지 않던 그녀였다. 하지만 그런 그녀 역시 아직은 어린 소녀에 불과했다.

누구의 도움도 받지 못하는 고립무원(孤立無援)의 처지에서 오로지 오기와 자존심만으로 위태롭게 버텨왔으나 지금은 단리백이라는 의지할 수 있는 존재가 있었다. 금세라도 끊어질 듯한 팽팽한 긴장 속에서 하루하루를 지내온 그녀였던지라 그 긴장의 끈이 풀리는 순간 정신을 잃고 만 것이다.

단리백은 말없이 임소하를 안아 들었다.

한 줌 무게도 느껴지지 않을 만큼 가볍고 마른 몸이었다. 그녀의 가냘픈 어깨와 여윈 얼굴을 바라보는 단리백의 눈에 측은함과 안타까움이 떠올랐다. 하지만 이내 그의 눈에서 흘러내리는 서슬 퍼런 안광에 묻혀 사라졌다.

자욱한 살광을 흘리는 눈을 들어 단리백이 어둠 속을 응시했다.

그렇게 얼마나 시간이 흘렀을까.

이윽고 살기를 거두며 돌아선 단리백이 임소하를 안은 채 걸음을 옮기기 시작했다.

뽀드득.

하얀 눈이 그의 발밑에서 부서지며 비명을 터뜨렸다.

"약속하지. 앞으론 내가 너와 함께하겠다."

스스로에게 다짐하듯 단리백이 나직이 중얼거렸다.

우우우웅.

단리백의 나직한 음성은 이내 서럽게 울어대는 바람 소리에 묻혀 사라졌고, 종국엔 그의 모습도 몰아치기 시작한 눈보라 속으로 사라졌다.

스윽.

시신만이 즐비한 장내에 두 명의 흑의인이 모습을 나타낸 것은 일각의 시간이 지나고 나서였다.

눈 위에 상처 자국이 선명한 사십대의 깡마른 중년인이 먼저 입을 열었다.

"우리를 발견했을까?"

한겨울임에도 불구하고 그의 옷은 땀으로 흠뻑 젖어 있었다. 이는 맞은편의 사내 역시 마찬가지였다.

"흑점(黑點)의 일급 살수 여덟이 그 하나 감당하지 못하다니……."

"그의 정체를 미루어 짐작하건대 아마도 그는 촉산……."

"그 불길한 명호는 입에 담지 말게."

깡마른 중년인은 아직까지 떨고 있는 자신의 손을 내려다봤다.

"문주님께 보고하게."

"자네는?"

"그를 감시해야지."

"……."

말없이 자신을 바라보는 철탑 같은 사내를 향해 깡마른 중년인은 쓸쓸한 웃음을 머금었다.

"어찌 나라고 죽음이 두렵지 않겠는가. 하지만 누군가 해야만 하는 일일세. 게다가 자네의 덩치는 쉽게 눈에 띄어."

"조심해라, 송가야."

그 말을 끝으로 철탑 같은 체구를 지닌 사내가 훌쩍 신형을 날렸다.

"나에게 네 동이의 술을 빚졌다는 걸 잊지 말라고."

멀어지는 마운영(麻雲映)의 전음에 송자필(宋自泌)은 빙그레 웃으며 고개를 끄덕였다. 그리고 이내 그 역시 눈밭 위를 달리기 시작했다.

그의 신형은 단리백이 사라진 곳을 향하고 있었다.

*   *   *

"나, 아이를 가졌어."

"누구의?"

"누구긴 누구겠어?"

"성질 참 급하군. 혼례도 치르기 전에 아이를 가졌단 말이야?"

기쁨을 감추지 못하면서도 약간은 난처한 듯 미소를 짓는 그녀의 얼굴에 붉은 홍조가 내려앉았다. 하지만 달리 그녀를 축하해 줄 말이 없었다. 평소처럼 인상을 찌푸릴 수밖에.

"웃지 마. 헤퍼 보여."

"뭐야. 기껏 생각해서 알려줬더니만……."

"임 형도 알고 있나?"

"아니. 눈치없는 그이가 어찌 알겠어?"

"어째서 내게 먼저 말하는 거야?"

"미안해서."

"뭐가?"

"그냥……."

"미안해할 것 없어. 임 형은 괜찮은 사내야. 나 따위완 비교도 안 될 만큼."

"너도 언젠간 네 마음을 채워줄 사람을 만나게 될 거야."

"또 쓸데없는 말을 꺼내는군. 내가 누구라고 생각하는 거야?"

"그이가 자랑스러워하는 의제, 그리고 나의 소중한 가족."

"이쪽에서 거절하겠어."

"후훗, 여전히 속내를 감추는 게 서투르네. 사실은 외로운 거지?"

"닥쳐!"

"그러지 말고 우리와 함께 살아. 밥은 안 굶길 테니까 말이야."

"시끄러워, 이 여자야."

언제나 그렇듯 내 눈을 응시하며 조용히 웃는 이 여자의 눈빛은 몹시 부담스럽다. 그래, 강호 초행부터 이 여자와 엮인 것부터가 악재(惡材)였어. 이 녀석도 그렇고 임 형도 그래. 어떻게 거리낌없이 나와 눈을 마주하고 이야기할 수 있는 거야?

"아, 그보다 부탁이 있어."

"필요없어."

"뭐야, 들어보지도 않고."

"네가 하는 부탁이라고 해봐야 뻔한 거 아냐? 하지만 이젠 안 돼. 너와의 계약은 이미 끝났으니까."

"그런 게 아냐."

"됐어. 귀찮으니 빨리 꺼져."

저 표정…….

젠장, 또 이상한 말이 튀어나오겠군. 이번엔 뭐지? 벼락 맞은 송충이? 아니면 비 맞은 독버섯?

"이 밉살스런 개구리 같은 인간아! 사람 말 좀 들어보라구!"

역시나…….

이 여자, 대체 의미나 알고 지껄이는 건가? 나를 그따위 호칭으로 부를 수 있는 사람은 세상천지를 뒤져도 오직 이 여자뿐일 거야. 그런데 왜 하필 개구리야?

"정원에 연못이 하나 있잖아. 비가 오면 개구리들이 청승맞게 울어대거든. 아무리 시끄럽다고 소리쳐도 오히려 들으라는 듯이 고집스레 울어대지. 사람 말 안 듣고 밉살스러운 게 딱 너랑 닮았어."

그런 의미였나? 황당하군. 그나저나…….

"내가 하지 말라고 분명히 경고했을 텐데?"

"어? 아니야. 절대 마음을 읽은 게 아니라구. 그냥 표정을 보고 짐작했을 뿐이야."

고작 표정만으로? 그렇다면 내 마음이 얼굴에 드러난단 말인가?

"그건 그렇고… 우리 아이 이름을 지어줘."

틈을 놓치지 않는군.

"아이의 이름을 지어달라고?"

"응."

"그걸 왜 내가 해야 하는데? 네 아이 이름 정도는 알아서 지어. 잘난 지아비 놔두고 왜 나한테 와서…….."

"아니, 꼭 네가 해줘야 해."

"왜 그래야 하지?"

젠장, 그런 의미 모를 웃음 말고 이유를 대란 말이야!

"사내아이라면…….."

"여자 아이야."

"어떻게 그리 확신하지?"

"후훗, 내가 누구라고 생각하는 거야?"

하긴, 이 여자라면 그런 걸 모를 리가 없겠지.

"젠장, 나더러 계집아이 이름 따위를 지으라니! 임소하(任笑荷) 정도면 적당하겠군."

"소하… 소하……. 연꽃 같은 웃음인가?"

"하(荷) 자는 연꽃이란 의미만 지닌 게 아니지."

"어? 그러고 보니 하(荷) 자는 짐이란 의미도 있잖아? 짐이 되는 웃음? 하하, 이름이 뭐 이래?"

"시끄러워. 좋은 이름을 원한다면 나한테 부탁하지 마."

"그래? 알았어. 고마워."

"어이, 정말 그 이름으로 할 생각이야?"

"괜찮아. 나중에 딸아이가 자라서 이름 가지고 원망하면 네가 지어준 거라고 할 테니까."

"야!"

얄밉게도 돌아서는군. 역시 이 여자는 마음에 안 들어. 아, 그러고 보니 그 아이의 이름은 내가 지어준 것이었군. 어째서 잊고 있었을까.

순간, 단리백은 뜨거운 무언가가 목을 타고 넘어오는 것을 느꼈다.

"왁!"

한 모금의 피를 토한 단리백이 천천히 눈을 떴다. 가장 먼저 눈에 들어온 것은 붉게 물든 자신의 앞섶이었다.

근처에 놓여 있던 찻주전자를 집어 벌컥벌컥 차를 들이킨 단리백은 소매로 입가에 묻은 혈흔과 찻물을 훔쳐 냈다.

"운공을 하며 꿈을 꾸다니……. 그것도 십육 년도 더 지난 일을……."

단리백은 고개를 돌려 과거 자신이 머물던 방을 둘러봤다. 한결같이 눈에 익은 가구며 물건들. 적지 않은 세월이 지났건 만 달라진 게 없었다.

말로는 설명하기 힘든 아득한 그리움이 가슴 한 켠을 적셨다. 좀처럼 꾸지 않는 꿈을 꾼 것도, 그 안에서 그녀를 만난 것도 이 때문일 것이다.

문득 단리백이 피식 웃으며 고개를 저었다.

"명려군, 이 웃긴 여자야. 자기 딸에게 정말 그따위 이름을 쓰게 하면 어떡해? 그걸 허락한 임 형도 어처구니가 없군."

침상에서 내려서던 단리백은 침상 한 켠에 곱게 개인 청의(靑衣)를 발견하곤 인상을 찌푸렸다. 입고 있던 적포는 이미 곳곳이 찢기고 피에 절어 남루하기 그지없었지만 청의를 입고 싶은 생각은 없었다.

단리백은 곧장 문을 열고 밖으로 나섰다. 어느덧 태양은 중천에 이르러 거대한 흑암보(黑巖堡) 곳곳을 비추고 있었다.

단리백은 깊게 숨을 들이마셨다. 옥당혈(玉堂穴)을 막고 있던 울혈(鬱血)을 토한 뒤라 호흡이 한결 편해져 있었다.

이때 단리백의 눈이 이채를 발했다. 자신의 처소를 향해 종종걸음으로 달려오는 임소하를 발견했기 때문이다.

"아! 일어나셨네요."

단리백을 발견한 임소하가 인사를 건네왔다.

이에 단리백은 그저 무뚝뚝한 얼굴로 슬쩍 고개를 끄덕였을 뿐이다.

임소하는 빙그레 웃으며 품에 안고 있던 꾸러미를 단리백에게 내밀었다.

"의숙 옷이에요. 예전에 어머니가 만들어두신 거죠. 의숙께서 붉은 옷만을 입는다는 걸 제가 깜박했어요."

"흠."

타오르는 듯한 붉은색 장포를 눈앞에 들어 보인 단리백의 눈에 만족스러운 감정이 떠올랐다.

"갈아입고 나오세요. 식사를 준비해 뒀어요."

"너……."

"네?"

"이제 괜찮은 것이냐?"

단리백의 질문에 임소하의 얼굴이 붉어졌다.

"하하, 제가 못난 모습을 보였죠? 하지만 걱정 마세요. 조금 지쳤을 뿐이니까요."

그녀의 미소를 마주한 순간 단리백은 묘하게 얼굴을 찡그렸다.

"누가 너를 걱정한단 말이냐."

"네?"

당황하는 기색이 역력한 그녀를 향해 단리백이 차갑게 말을 이었다.

"그리고 내 앞에서 그렇게 웃지 마라."

"왜요?"

"불쾌하니까."

휙 돌아서서 자신의 방으로 들어가 버리는 단리백의 뒷모습을 임소하는 어리둥절한 눈으로 바라봤다.

'닮았군.'

등 뒤로 느껴지는 시선을 무시하며 단리백은 그녀의 미소가 누군가와 닮았다고 생각했다.

"와! 역시, 굉장히 잘 어울리세요."

이윽고 새 옷으로 갈아입은 단리백이 모습을 드러내자 임소하가 그의 손을 잡아끌었다.

"소하라고 했나?"

"네. 말씀하세요, 의숙."

친근한 미소를 지으며 대답하는 그녀의 모습에 단리백은 왠지 모를 짜증이 밀려오는 것을 느꼈다.

"친한 척 하지 마라."

"제가 의숙께 친하게 대하는 것이 잘못된 것인가요?"

"네가 나를 만난 지 불과 하루도 지나지 않았다."

"하지만 제 의숙이시잖아요."

단리백이 미간을 찌푸렸다. 일말의 거리낌도 없이 자신의 눈을 빤히 바라보는 그녀의 눈빛 때문이었다.

햇살 같은 웃음을 배어 물며 임소하가 입을 열었다.

"의숙은 전혀 낯설게 느껴지지 않는걸요. 더구나 의숙에 관한 이야기를 부모님들이 자주 하셔서 오래전부터 함께해 온 것 같아요."

단리백은 문든 그들 부부가 자신에 대해 어떤 이야기를 했었는지 궁금해졌다.

"나에 대해 뭐라고 했는데?"

"음……."

손가락으로 입술을 두드리며 기억을 더듬는 임소하의 모습이 무척이나 귀엽게 느껴졌다. 하지만 이어진 그녀의 말에 단리백의 얼굴이 와락 구겨졌다.

"이기적이고 고집불통인 데다가 독선적인 성격은 백번을 죽었다 다시 태어나도 고쳐지지 않을 거라 했어요. 거기다 늘 인상을 찡그려 주위 사람들을 불편하게 만들고 성정도 폭급해서 상당히 민폐를 끼친다고도 하셨죠. 게다가 잔인하기로 따지자면 누구와도 견줄 수 없고 무공도 적수를 찾아볼 수 없을 만큼 고강해 의숙의 존재 자체가 무림의 재앙이라고 말씀하셨죠."

"그 여자가 그랬단 말이야?"

"주로 어머니가 말씀하셨고, 아버지는 그 말에 웃으며 동의하셨어요."

"임 형까지……."

그리 큰 기대를 한 것은 아니었지만 막상 듣고 나니 일종의 배신감과 허탈함이 밀려왔다.

이때 임소하가 재빨리 말을 이었다.

"그리고 마지막엔 늘 이 말을 잊지 않으셨어요."

"됐다. 듣기 싫다."

"하지만……."

말끝을 흐리던 임소하는 하던 말을 삼켜야만 했다. 단리백이 무시무시한 눈빛으로 자신을 노려봤기 때문이다.

단리백이 신형을 돌려 식당을 향해 걷기 시작하자 그 뒤를 임소하가 따랐다.

"왜 이리 사람이 없지?"

단리백의 질문에 임소하는 쓸쓸한 미소를 머금으며 텅 빈 흑암보를 둘러봤다.

"부모님이 돌아가신 이후 가신들도 이곳을 떠나기 시작했어요. 강 호법 할아버지와 윤 아저씨, 그리고 가 숙수 아저씨와 총관 할아버지만 남고 말이죠. 하지만 윤 아저씨께서 그리

되셨으니 이젠 네 명밖에 남지 않았네요."

"세 명이다."

"네?"

의아한 표정으로 반문하는 임소하를 향해 단리백이 무뚝
뚝한 어조로 말을 이었다.

"내게 연락을 취해온 노인 역시 죽었다."

"……!"

"나에게 도착했을 때 그는 이미 돌이킬 수 없는 부상을 입
고 있었다."

"그런……."

보기 좋은 미소가 떠나지 않던 임소하의 얼굴이 급격히 흐
려졌다.

단리백이 인상을 찌푸리며 입을 열었다.

"눈물을 보이지 마라. 그들은 너를 지키기 위해 죽는 순간
까지 최선을 다했다. 그들 또한 네가 우는 모습은 보고 싶지
않을 터. 그것이 사자에 대한 예의다."

임소하는 말없이 소매를 들어 눈물을 찍어냈다. 하지만 두
사람의 죽음이 무거운 바위처럼 가슴을 짓눌렀다.

그런 그녀를 뒤로한 채 단리백은 성큼성큼 걸음을 옮기기
시작했고, 임소하는 슬픔을 속으로 삭이며 그 뒤를 따랐다.

이윽고 식당에 들어선 단리백은 휑하게 비어 있는 이십여
개의 탁자를 보곤 쓸쓸함을 금할 수 없었다.

북적이는 사람들로 늘 활기차던 흑암보였다. 자신이 이곳에 머물 때만 해도 삼백이 넘는 인원의 식사를 대기 위해 일곱 명의 숙수가 쉬지 않고 일을 해야만 했고, 그러고도 음식이 모자라 하인들은 근처 객잔에서 음식을 바쁘게 날라와야 했다. 그런데 사람의 온기가 닿지 않아 을씨년스럽게까지 한 식당 안에서는 예전 흑암보의 모습을 찾아볼 수 없었다.

나직이 한숨을 흘린 단리백은 창가를 향해 다가섰다. 수북이 먼지가 쌓인 다른 탁자들과 달리 그곳만은 먼지 한 점 없이 깨끗했다.

"그 자리가 의숙께서 즐겨 앉는 지정석이라 들었어요. 그래서 그 자리만큼은 하루도 청소를 빼먹은 적이 없지요."

식당 안으로 들어서며 건넨 임소하의 말에 단리백은 묵묵히 고개를 끄덕였다. 그러고 보니 십육 년 동안 비워놨던 자신의 숙소 역시 말끔하게 정리되어 있었다.

방 안을 맴돌던 훈훈함은 매일같이 누군가의 손길이 닿았음을 말해주고 있었고, 그 사람이 누군지는 어렵지 않게 짐작할 수 있었다.

"잠시만 기다리세요. 금방 음식을 내올게요."

말을 마친 임소하가 주방으로 이어진 문 안으로 사라졌다.

잠시 후, 주방에서 옥신각신하는 소리가 들려왔다.

"이런, 보주님. 그럴 필요 없습니다. 제가 내갈 테니 기다리십시오."

"가 아저씨, 그냥 예전처럼 편하게 이름을 부르세요."

"그럴 수는 없습니다. 보주님께서 돌아가셨으니 이젠 아가씨가 흑암보의 주인이십니다. 제가 감히 어떻게 말을 놓을 수 있겠습니까?"

"급료도 주지 못하잖아요."

"전대 보주님이 아니셨다면 저는 진작 장강의 물고기 밥이 되어 있어야 했습니다. 급료 따위는 됐으니 신경 쓰지 마십시오."

"그래도 제게 매우 귀한 손님이시니 제가 가져갈게요."

"휴, 어쩔 수 없군요. 정 그러시다면……."

약간의 시간이 흘러 주방에서 나온 임소하의 양손에는 커다란 접시가 들려 있었다. 향긋한 냄새를 피워 올리는 두 가지 요리는 한눈에 보기에도 먹음직스러워 보였다.

"낙산봉봉계(樂山棒棒鷄)와 우육편사(牛肉編絲)인가?"

단리백의 말에 임소하가 웃으며 고개를 끄덕였다.

"의숙께서 가장 좋아하는 음식이라 들었어요."

단리백은 젓가락을 들어 실처럼 가느다란 우육편사 한 점을 집어 입으로 가져갔다.

"입맛에 맞으실지 모르겠어요."

흐뭇한 미소와 함께 건넨 임소하의 말에 묵묵히 우육편사를 씹던 단리백이 이번엔 낙산봉봉계 한 점을 집어 들었다.

탁.

임소하가 의아한 눈으로 단리백을 바라봤다. 그도 그럴 것이, 단리백은 단 한 점씩만 음식을 맛보곤 젓가락을 내려놓던 것이다.

"형편없군."

"예? 그럴 리가……."

임소하는 급히 젓가락을 들어 요리들을 맛보았다.

"어디가 이상한 거죠? 지금까지 제가 먹어왔던 것과 같은 맛인데요?"

그러나 단리백은 그녀의 말에 대꾸도 없이 일어섰다. 이에 당황한 임소하가 식당을 나서려는 그를 재빨리 불러 세웠다.

"의숙, 어디가 부족한지 말씀해 주세요. 그래야 다음에 실수를 하지……."

"됐다. 그따위 요리는 입맛만 버릴 뿐이야."

주방에서도 단리백의 말이 들렸는지 숙수인 가종령이 불쾌한 표정을 지으며 나타났다. 그리곤 탁자로 다가와 손으로 요리를 덥석 집어 입으로 가져갔다. 한참을 우물거리던 가종령이 단리백을 향해 곱지 않은 시선을 던졌다.

"이렇게 맛있는 음식을 거들떠보지도 않다니. 대체 네놈 혓바닥은 어떻게 생겨먹은 것이냐?"

"가 아저씨."

"보주는 잠깐 그대로 계십시오."

급히 만류하는 임소하를 제친 가종령은 단단히 역정이 난 듯 얼굴까지 붉어져 있었다.

"머리털 나고 지금까지 주방을 들락거린 나다. 과자(鍋炙:요리할 때 쓰는 솥)를 잡은 세월만 이십이 년이란 말이다. 네깟 놈이 요리에 대해 무얼 안다고 지껄여?"

"그래서?"

"뭐야?!"

차가운 단리백의 조소에 가종령이 눈을 부릅떴다.

팔을 걷어붙인 가종령이 단리백을 향해 씩씩거리며 다가섰다. 그리곤 덥석 멱살을 움켜쥐었다.

순간 단리백의 눈에서 서늘한 빛이 쏟아졌다.

"죽고 싶나?"

가종령이 흠칫하며 어깨를 떨었다. 단리백의 음성은 나직했지만 그 안에 깔려 있는 짙은 살기는 평범한 사람이 감당할 수 있는 것이 아니었다.

퍽!

우지끈!

단리백이 그의 손을 가볍게 뿌리치자 가종령의 신형은 용수철처럼 튀어 오르더니 탁자를 부수며 벽에 처박혔다.

정신을 잃은 듯 벽에 기댄 채 축 늘어져 있는 가종령을 바라보는 단리백의 눈에 이채가 떠올랐다.

"평범한 숙수가 아니었군."

단리백은 천천히 걸음을 옮겨 그에게 다가섰다.

"일어나라. 언제까지 돼먹지도 않은 연극을 할 셈인가?"

단리백의 엄포에도 불구하고 가종령은 여전히 손가락 하나 움직이지 않고 있었다.

"그만두세요!"

보다 못한 임소하가 단리백을 막아섰다.

무공도 익히지 않은 어린 계집이 정면에서 자신을 노려보자 단리백은 피식 실소하며 입을 열었다.

"비켜."

"못 비켜요. 아니, 안 비켜요."

펄럭.

바람도 불지 않는데 단리백의 장포가 미친 듯이 펄럭였다. 노기가 극에 이르자 그의 두 눈에서는 짙은 살광(殺光)이 줄기줄기 흘러내렸다.

"마지막으로 말하겠다. 비켜."

"의숙……!"

단리백의 전신에서 피어오르는 자욱한 살기를 접한 임소하의 음성은 두려움에 질려 있었다. 하지만 그런 끔찍한 시선을 마주하고도 그녀는 물러서지 않았다.

"저를 위해 남아 있는 사람이에요. 그러니 제발……."

눈물을 머금은 그녀의 애원에 단리백은 잔뜩 인상을 찌푸렸다.

그때였다.

우당탕탕!

"어이쿠!"

식당 입구에서 들려온 요란한 소음에 단리백과 임소하의 시선이 그쪽으로 향했다.

바닥을 구르는 수십 개의 계란. 그 사이로 한 노인이 허리를 두드리며 바닥에 쏟은 계란을 주워 담고 있었다.

"아고고, 이놈의 삭신! 그저 늙으면 죽어야 한다니까! 이 귀찮은 목숨 하나 거둬가지 않고 하늘은 뭐 하시나 그래!"

"총관 할아버지!"

재빨리 달려간 임소하가 염소수염의 노인을 부축했다.

"아이구, 이런 죄송할 데가 있나. 미안하오, 보주. 해가 갈수록 사지가 뜻대로 움직이지 않으니 이젠 이 문턱마저도 이 늙은이를 괄시하나 보오. 오! 손님이 계셨군요."

총관이라 불리운 노인이 뒤늦게 단리백을 발견하고 그에게 다가섰다.

"흑암보의 총관 염 모라 합니다. 귀하의 존성대명은 어찌 되시는지?"

단리백은 차가운 눈빛으로 염효악을 바라봤다. 하지만 임소하를 돌아보며 던진 그의 말에 얼굴이 와락 일그러졌다.

"보주, 이분은 벙어리신가요?"

"이 비루먹은 늙은이가……!"

"아이구, 저런. 벙어리가 아니셨구려. 껄껄. 이거 큰 실례를 했소이다."

한순간 단리백의 눈에서 섬전 같은 안광이 떠올랐다. 하지만 이는 나타날 때보다 더욱 빨리 사라져 눈치 챈 이가 없었다.

인상을 찡그리며 단리백이 돌아섰다. 그리곤 성큼성큼 걸어 식당 밖으로 사라졌다.

"고마워요, 총관."

"허허, 제가 뭘요. 그나저나 종령 자네는 거기 누워서 뭐 하는 겐가, 어서 달려와 이걸 줍지 않고?"

그제야 가종령은 욱신거리는 몸을 일으켜 염효악을 향해 다가섰다.

"제기랄, 힘없는 놈은 어디 억울해서 살겠나."

"이놈아, 뭘 그리 툴툴거려? 얼른 흩어진 계란이나 주워!"

염효악의 핀잔에 가종령은 마지못해 광주리에 계란을 주워 담기 시작했다. 하지만 가종령도, 그리고 단리백이 사라진 방향을 향해 복잡한 눈빛을 던지는 임소하도 그처럼 요란하게 넘어진 총관의 계란이 어째서 하나도 깨지지 않았는지 깨닫지 못하고 있었다.

한적한 정원의 연못 가장자리. 유독 햇볕이 잘 드는 곳에 위치한 바위는 과거 단리백이 심사가 뒤틀릴 때마다 즐겨 찾던 곳이다.

단리백은 그곳에서 바위에 등을 기댄 채 낙화생(落花生:땅콩) 한 줌으로 허기를 달래고 있었다. 하지만 그의 얼굴은 여전히 짜증스러운 기색이 역력했다. 가슴 한 켠에 미진하게 남아 있는 불쾌한 기분을 좀처럼 떨쳐 낼 수 없었던 것이다.

신경질적으로 낙화생을 껍질째 입 안에 털어 넣던 단리백은 문득 깨닫는 것이 있었다.

'그렇군.'

단리백의 입가에 씁쓸한 웃음이 자리 잡았다.

임소하 때문이었다. 마음을 흔드는 부드러운 눈빛과 상대의 경계심을 허무는 미소.

이곳을 떠난 이후 십육 년간 누구에게도 허용하지 않았던 그만의 영역을 그녀는 이를 무기로 거리낌없이 침범하고 있었다.

"마음에 안 들어."

나직이 읊조리던 단리백의 표정이 우울하게 가라앉았다.

"뭐야! 또 혼자 여기서 청승 떨고 있어? 빨리 와. 그이가 기다리고 있어."

"하하, 기대해도 좋아. 오늘은 특별히 사천 요리의 별미 중의 별미, 네가 가장 좋아하는 낙산봉봉계를 만들었지."

"시끄러워, 이 여자야."

단리백은 일부러 소리를 내 환청처럼 들려오는 아련한 기억을 떨쳐 냈다.

"이렇게 귀찮은 짐을 떠맡기다니, 처음부터 그따위 약속을 하는 게 아니었어."

이때 신형을 일으키던 단리백의 눈빛이 싸늘하게 가라앉았다.

"허허허, 여기 계셨구려. 본 보가 워낙 넓어 자칫 길을 잃기 쉬우니 손님께서는 함부로 돌아다니지 않으시는 게 좋을 겁니다. 예전 같으면 안내인을 붙여 드렸을 테지만 지금은 본 보의 사정이 그리 좋지 않으니……."

"스스로 모습을 드러내다니, 죽고 싶은가 보군."

차가운 단리백의 말에 총관 염효악이 의아한 얼굴로 반문했다.

"무슨 말씀이신지?"

쌔애액!

단리백의 손가락을 떠난 낙화생 한 알이 허공을 찢었다.

콰앙!

단리백이 튕겨낸 낙화생은 총관의 귓불을 스치고는 뒤쪽의 정원수를 때렸다.

콰드드득.

장정 한 명이 팔을 뻗어야 겨우 감싸 안을 만큼 두꺼운 정원수가 금세라도 부러질 듯 격렬히 휘청였다.

"장담하건대, 다음엔 빗나가는 일이 없을 거야."

말을 마치기가 무섭게 단리백은 한 알의 낙화생을 손가락 위에 올려놓았다.

이에 총관은 노인답지 않은 번개 같은 신법으로 재빨리 오 장이나 물러섰다.

"머리를 날려주려 했는데 안타깝군."

"나 같은 늙은이의 머리를 어디에 쓰려고?"

"다른 늙은이라면 몰라도 천면호리(千面狐狸)의 머리통이라 면 이야기가 다르지. 모르긴 몰라도 욕심낼 이들이 많을 거야."

단리백의 말이 끝나기가 무섭게 총관 염효악의 얼굴에서 웃음이 사라졌다.

우드득!

뼈마디가 부딪치는 소리와 함께 구부정한 그의 허리가 펴 지며 키가 훌쩍 커졌다. 흐릿하던 눈빛 또한 잘 갈무리된 정 광이 흐르고 있어 조금 전의 노인과 같은 인물이라 볼 수 없 었다. 하지만 얼굴만은 여전히 주름이 가득하고 창백한 모습 그대로여서 어딘가 어색한 느낌을 지울 수 없었다.

"늙어갈수록 취미가 고상해지는군. 염탐에 연극까지. 노망 이 들려면 곱게 들라고."

단리백의 조소에 염효악이 설레설레 고개를 흔들었다.

"오늘은 아주 제대로 걸렸군. 그런데 어떻게 알아본 건가?

십육 년 전에는 전혀 나를 알아보지 못했는데?"

"영감처럼 허송세월을 보낼 만큼 나는 한가한 사람이 아니야."

"이상하군. 자네의 무공은 전혀 발전한 것 같지 않은데? 오히려 십육 년 전에 비해……."

"그래도 늙은 목숨 하나 염왕에게 보낼 힘은 있지."

싸늘한 단리백의 음성에 호계상은 급히 입을 다물었다. 단리백의 말에 배어 있는 진득한 살기를 깨닫지 못할 만큼 그는 미련한 인물이 아니었던 것이다.

그제야 단리백은 손가락 위에 올려진 낙화생을 입 안에 털어 넣었다.

"대체 무슨 속셈이지?"

단리백의 질문에 호계상이 주름 가득한 인피면구(人皮面具)를 벗으며 본래의 얼굴을 드러냈다. 의외로 이목구비가 제법 수려해 청수한 인상을 주는 육십대 초반의 노인이었다.

"속셈이라니?"

"염효악이라는 인물로 위장하고 지금껏 흑암보에 머문 속셈."

다소 난처한 표정을 지으며 호계상이 입을 열었다.

"자네가 믿어줄지 모르겠지만 십육 년 전 자네가 그 세 늙은이를 촉산으로 끌고 갔을 때 호계상은 이미 죽었다네. 오늘 이렇게 자네를 만나지 않았다면 나는 계속해서 염효악으로 살아갔을 거야."

"진부한 변명이군. 나라면 좀 더 그럴듯한 이유를 대겠어."

"사실일세."

단리백은 말없이 호계상을 응시했다.

잠시 후 호계상의 이마 위로 땀방울이 송골송골 맺혔다. 비록 오랜 세월 무공을 익혀왔고, 스스로 고수의 반열에 들었다 자부하는 그였으나 기파를 개방한 단리백의 눈빛을 감당하기란 쉬운 일이 아니었기 때문이다.

"그랬군."

이윽고 단리백이 고개를 끄덕였다. 하지만 그 순간 호계상은 등줄기를 훑고 지나가는 서늘함을 느껴야만 했다. 고개를 끄덕이고는 있었으나 단리백의 살기는 더욱 짙어지고 있었다. 더구나 그의 비틀린 입매에 떠오른 특유의 미소. 그것은 명백한 살의(殺意)였다.

아니나 다를까.

단리백의 손가락 위로 또다시 한 알의 낙화생이 올려졌다.

"자, 잠깐! 말하겠네! 말한다니까!"

호계상이 황급히 말을 이었다.

"임채성, 그와 약속했다네."

"임 형이?"

호계상이 고개를 끄덕였다.

"그래. 자네가 그 마두들을 끌고 갈 때 자네의 의형이 나를 숨겨주었다네. 대신 지금까지의 악행에서 손을 떼라 했고, 나는 기꺼이 수락했네. 그가 자네에게는 비밀로 하라 했기에 지금껏 숨겼을 뿐 나는 그 어떤 사심도 지니지 않고 있다네. 제발 믿어주게."

단리백은 눈살을 찌푸렸다. 임채성 그라면 충분히 그러고도 남을 위인이었기 때문이다.

그물처럼 전신을 옭아매던 살기가 씻은 듯이 사라지자 호계상은 비로소 안도의 한숨을 내쉬었다.

"그런데 자네에게 끌려간 그 노마(老魔)들은 잘 있나?"

호계상의 질문에 단리백이 고개를 끄덕였다.

"아마도."

"아마도라니?"

귀찮은 표정으로 단리백이 손을 젓자 호계상은 더 이상 그들에 대해 물어볼 수 없었다.

손에 묻은 낙화생 껍질을 탁탁 털며 단리백이 입을 열었다.

"천수(天壽)를 누리고 싶다면 앞으로도 염효악으로 사는 게 좋을 거야."

"명심하지."

내심 수명이 십 년은 줄어든 것 같다며 툴툴거리는 호계상이었으나 겉으로는 열심히 고개를 주억거렸다.

이때 멀지 않은 곳에서 인기척이 느껴졌다.

"어? 총관 어르신도 계셨네요?"

머리를 긁적이며 이들에게 다가선 사람은 다름 아닌 가종
령이었다.

그 찰나의 순간에 다시금 구부정한 늙은이로 돌아간 호계
상의 모습에 단리백은 내심 실소를 금치 못했다. 천 개의 얼
굴을 지닌 여우라는 별호가 무색지 않은 축골공(縮骨功)과 변
장술이었다. 그의 독보적인 경지는 당금무림을 통틀어도 따
라갈 자가 없으리라.

"종령, 네가 여긴 어인 일이냐?"

염효악으로 돌아간 호계상의 늙수그레한 음성에 가종령이
머뭇거리며 단리백에게 다가섰다.

"저……."

뭐 마려운 사람처럼 한참 동안 끙끙대던 가종령이 이내 자
신의 머리를 벅벅 긁었다. 그리곤 단리백을 향해 넓죽 허리를
굽혔다.

"죄송합니다. 이놈이 배운 것이 짧아 원래 성질이 더럽습
니다. 그러니 대인께서 넓은 마음으로 용서해 주십시오."

단리백의 눈에 의아함이 떠올랐다. 비록 짧은 시간이었지
만 자신이 느낀 가종령이란 사내는 성품이 강직하고 단단해
부러질지언정 굽힐 줄은 모르는 위인이었던 것이다. 하지만
이어진 그의 말에 그가 용서를 구하는 이유를 알 수 있었다.

"소인이 멍청하게 대인의 심기를 어지럽혔습니다. 그 때문
에 혹시나 대인께서 본 보를 떠나지는 않을까 아가씨게서 매

우 마음 아파하셨습니다. 제가 비록 배운 것 없이 무식하지만 충정(忠情)이란 뜻이 무언지는 알고 있습니다."

"그것 때문이었어!"

호계상의 반문에 가종령이 버럭 소리를 질렀다.

"아, 씨발! 그럼 아가씨 눈에서 눈물 흐르는 걸 보고만 있으란 말이오!"

"보주님이 울어?"

"그래요. 사실 그 음식들은 제가 하겠다는 걸 굳이 만류하고 아가씨가 만든 것이란 말이오. 나는 단지 접시에 담았을 뿐이고. 그런데 저자가, 아니, 저분께서……."

버벅거리던 가종령이 근처에 심어진 나무 둥치를 신경질적으로 걷어찼다.

"어쨌든 난 사과했으니 너그럽게 용서하고 본 보를 떠날 생각일랑 하지 마시오. 그땐 당신도 죽고 나도 죽는 거야."

협박인지 사과인지 알 수 없는 가종령의 말에 단리백은 쓴 웃음을 머금었다.

"그리고 지금 생각나서 하는 말인데, 음식은 재료도 중요하고 숙수의 솜씨도 중요하지만 가장 중요한 것은 정성이오. 그처럼 정성이 들어간 음식은 어디서나 흔하게 맛볼 수 있는 게 아니란 말이오."

"건방진……."

나직이 내뱉은 단리백의 말에 호계상의 가슴이 덜컥 내려앉았다.

　'아이고, 저 무모한 놈. 이자가 누군 줄 알고⋯⋯. 애꿎은 젊은 목숨 하나가 오늘 이승을 떠나겠구나.'

　하나 발을 동동 구를 뿐 호계상은 함부로 나설 수 없었다. 괴팍한 단리백의 성품을 익히 아는지라 자신에게도 불똥이 튈까 두려웠던 까닭이다. 하지만 이어진 단리백의 말은 뜻밖이었다.

　"알았으니 가봐."

　호계상은 놀란 눈으로 단리백과 가종령을 번갈아 바라봤다. 자신이 아는 단리백은 가종령의 무례한 언사를 곱게 넘길 만큼 호인이 아니었기 때문이다. 오히려 일장에 가종령을 때려죽이지 않은 것이 신기할 다름이었다.

　단리백은 내심 쓴웃음을 삼켰다.

　'이놈이나 저놈이나⋯⋯.'

　내공으로만 따지만 가종령은 호계상을 훨씬 웃도는 고수였다. 식당에서 그를 가격했을 때 손끝에 느껴진 반발력은 희미하긴 했으나 호신강기가 분명했다. 자신이 내공을 실지 않았음을 깨달은 가종령이 급히 공력을 흩어내긴 했으나 이를 놓칠 단리백이 아니었던 것이다.

　"체계적으로 배운 것은 아닌 것 같군."

　"요리 말이오? 어깨너머로 배우긴 했지만 그래도 일류 숙수라 자부할 수 있소."

의뭉스럽게 대꾸하는 가종령의 모습에 단리백은 피식 실소를 머금었다. 하지만 나름대로의 이유가 있으리라 생각했기에 더 이상 따져 묻지 않았다.

　잠시 가종령을 응시하던 단리백이 신형을 돌렸다.

　가종령은 문득 뚫어져라 자신을 바라보는 호계상의 시선을 느꼈다.

　"왜요?"

　"쯧쯧쯧쯧. 에잉, 미련 곰탱이 같은 놈. 운 좋은 줄 알아라."

　영문을 모르겠다는 듯이 자신을 바라보는 가종령의 모습에 호계상은 답답함을 금할 길이 없었다. 하나 이를 표현할 수도 없었다. 자신은 여전히 호계상이 아닌 단리백을 모르는 염효악으로 살아야 하기 때문이다. 하지만 이내 멀어지는 단리백의 뒷모습을 의아한 눈으로 바라봤다.

　'어째 사람이 좀 변한 것 같은데?'

　이때 가종령의 음성이 들려왔다.

　"어? 어째서 여기에 구멍이 뚫려 있지?"

　가종령의 음성을 따라 고개를 돌린 호계상은 이내 안색이 핼쑥해졌다. 단리백이 던진 낙화생이 나무를 관통하며 만들어낸 손가락만 한 구멍이 눈에 들어왔던 것이다.

　호계상은 금방 생각을 달리했다.

　'아서라. 바랄 걸 바라야지. 그가 어떤 위인인데.'

얼음장 같던 단리백의 눈빛을 떠올린 호계상이 부르르 몸서리를 쳤다. 한마디라도 삐끗했다면 두 번째 구멍은 자신의 이마에 나 있으리라.

설레설레 고개를 흔들며 호계상이 자리를 뜨자 홀로 남은 가종령은 단리백이 사라진 방향을 바라봤다. 조금 전의 어리숙한 표정이 아닌, 절정고수의 풍모가 느껴지는 삼엄한 안광이 그의 눈을 가득 채우고 있었다.

정원을 벗어난 단리백은 다시금 식당을 향해 발걸음을 옮겼다.

단리백이 식당 안으로 들어서자 인기척을 느낀 임소하가 얼른 자리에서 일어났다.

"의숙……."

말끝을 흐리는 그녀와 이미 식어버린 요리들을 번갈아 바라보던 단리백은 무뚝뚝한 태도로 탁자에 앉았다. 단리백의 소매에 묻은 낙화생 껍질이 임소하의 눈에 들어온 것도 그때였다.

"좀 더 영양가있는 걸 드셔야 할 텐데……."

"음?"

"의숙께선 지금 다치셨잖아요. 이럴 때일수록 좋은 음식을 드시고 편히 쉬어야 상처가 빨리 나을 수 있어요."

여전히 시큰둥한 단리백을 향해 임소하가 애써 웃으며 입을 열었다.

"좋아하는 음식을 말씀해 주시면 다른 요리를 만들어 드릴게요."

단리백은 말없이 임소하의 손을 바라봤다. 칼에 베이고 불에 데인 상처가 눈에 들어왔다. 지금까지 곱게만 자라온 그녀가 언제 요리를 해봤겠는가. 일류를 자부하는 숙수들조차 주문받기를 꺼릴 만큼 까다로운 요리가 낙산봉봉계와 우육편사였다. 이 두 가지 요리를 만들기 위해 그녀가 치른 고생이 적지 않았을 것임을 단리백은 충분히 짐작할 수 있었다.

"그럴 필요 없다."

딱딱한 단리백의 음성에 임소하는 기가 죽어 고개를 숙였다.

"앞으로 낙산봉봉계에 쓰이는 닭을 잡을 때는 술 대신 식초를 써라. 그리고 우육편사에는 설탕을 넣지 말고 선총백(鮮蔥白:파뿌리)과 마늘로 단맛을 내는 게 좋을 것이다."

갑작스런 단리백의 말에 임소하는 고개를 들었다.

단리백은 여전히 잔뜩 인상을 찌푸리고 있었다. 하지만 젓가락을 놀려 입으로 음식을 가져가고 있었다.

"의숙……."

임소하의 얼굴에 더없이 화사한 미소가 떠올랐다. 그러자 칙칙하고 을씨년스럽던 식당 안이 금세 환해지는 것 같왔다.

　반면 단리백은 죽을 맛이었다. 이미 식어버린 요리들은 본래의 풍미(風味)를 잃어버렸다. 게다가 둘 다 고기를 재료로 한 음식이기에 하얗게 기름이 굳어 매우 느끼했고 육질이 퍽 퍽했다. 유독 입맛이 까다로운 그였기에 이런 상황은 매우 달갑지 않았다.

　"다시 만들어올게요!"

　뒤늦게 이를 깨달은 임소하가 입을 열었을 때는 이미 단리백이 남김없이 음식을 비워낸 뒤였다.

　"요리 솜씨는 물려받지 못한 모양이군."

　"네?"

　의아한 눈으로 자신을 바라보는 임소하의 모습에 단리백은 멋쩍은 표정으로 자신의 뺨을 긁었다.

　"아!"

　뒤늦게 그것이 단리백이 건넨 농담이라는 것을 깨달은 임소하는 그렁그렁한 눈물을 매단 채 활짝 웃어 보였다.

　"한 가지만 해."

　"네?"

　"울든지 웃든지 하나만 하라고."

　젓가락을 내려놓으며 단리백이 말을 이어갔다.

　"웃는 것도 마음에 안 들고 우는 것도 마음에 안 들지만 그래도 웃는 것이 조금은 나은 것 같군."

임소하는 갑자기 눈앞의 사내가 귀엽게 느껴졌다.

"푸훗."

"뭐가 그리 우습지?"

"아무것도 아니에요."

혹 단리백이 기분 나빠 할까 싶어 임소하는 황급히 손을 저었다. 그리곤 재빨리 차를 가져와 단리백의 앞으로 내밀었다.

"그런데 의숙."

차를 마시며 고개를 돌린 단리백은 이어진 그녀의 질문에 하마터면 입 안에 머금고 있던 차를 뿜어낼 뻔했다.

"제 이름은 의숙께서 지어주신 거라 들었어요."

"콜록!"

황급히 뜨거운 찻물을 목으로 넘긴 단리백은 사레가 들려 연신 밭은기침을 토했다.

"왜 그런 이름을 지어준 거예요?"

"그건……."

이 순간, 단리백은 뭐라 대답해야 할지 난감했다. 지난 십육 년 동안 이처럼 난감한 질문을 받은 적이 없었고, 그만큼 그에게 있어서는 뜨끔한 질문이 아닐 수 없었다.

난처한 상황에서 단리백을 구한 것은 전혀 예상치 못한 뜻밖의 소란이었다.

우지끈!

대문의 경첩이 나가떨어지는 소리가 들리는가 싶더니,

"흑암보 보주 나와!"

"임씨 계집애야, 빨리 튀어나오너라!"

마치 쇠 종이 깨지는 듯한 카랑카랑한 음성이 흑암보 안에 울려 퍼졌던 것이다.

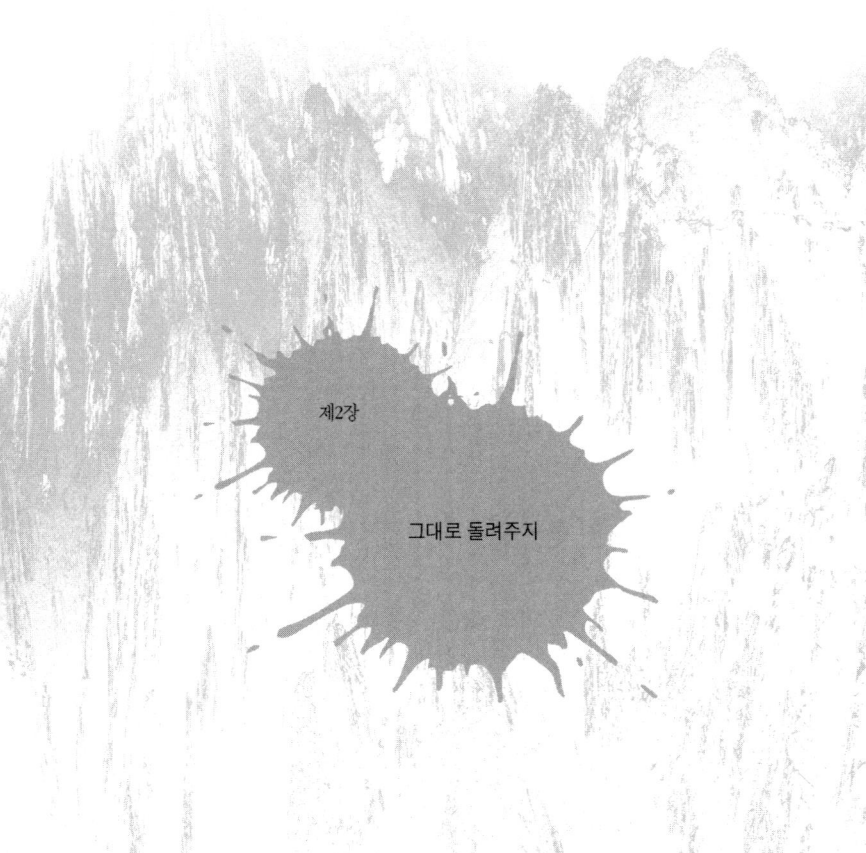

제2장

그대로 돌려주지

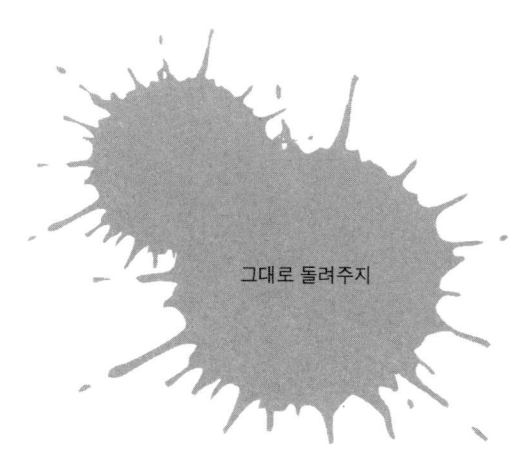

그대로 돌려주지

"뭐야, 저것들은?"

단리백의 질문에 임소하는 대답하지 않았다. 다만 부서진 대문을 밟고 우르르 들어서는 스무 명의 장한을 노려볼 뿐이었다.

'저런 표정도 지을 줄 아나?'

단리백은 의외였다.

임소하의 눈에 떠오른 은은한 노기(怒氣). 이처럼 명백한 적의와 분노를 담고 있는 그녀의 눈빛은 처음 보는 것이었다.

"영락방(榮樂房)의 영웅들께서 본 보에는 어인 일이신지요?"

"크흐흐, 임씨 계집애야. 우리가 찾아온 이유는 네가 더 잘 알 것 아니냐?"

개기름이 흐르는 뚱보장한의 얼굴을 노려보며 임소하가 입을 열었다.

"본 보는 이미 영락방의 채무 이행 요구를 보름 전에 수락했고, 이를 성실히 이행하여 이미 그에 관해서는 서로 줄 것도 받을 것도 없는 걸로 아는데요?"

임소하는 고개를 돌려 호계상을 불렀다.

"염 총관."

"예, 보주. 여기 증명서가 있습니다."

호계상이 자신의 품속에서 선명한 인이 새겨진 종이를 꺼내 그녀에게 내밀었다.

임소하는 그것을 다시 무리들을 이끌고 온 뚱보장한에게 건넸다.

"확인해 보시지요."

증명서를 받아 든 사내가 그것을 소리 내어 읽기 시작했다.

"채무 이행 각서에 명시된 기한이 만료하여 산서 흑암보 보주의 대리인인 임소하가 본 영락방과의 약조에 의거 차용한 원금과 이자를 상환하니 이에 영락방주 조철악은 이를 확인하고 서신으로 남겨 각각 한 부씩을 보관한다."

"당신들의 주인인 영락방주의 친필 서한이에요."

힐끔 임소하를 바라본 뚱보장한이 돌연 눈앞에서 증명서

를 찢어버렸다.

"무슨 짓이냐, 한묘(悍猫)!"

호계상의 일갈에 한묘라 불리운 사내가 비대한 뱃살을 출렁이며 크게 웃음을 터뜨렸다.

"이 증명서는 무효다. 이것이 작성된 것은 보름 전인데, 본래 흑암보는 한 달 전에 이를 이행했어야 한다. 따라서 보름 동안의 이자가 계산되지 않았고 방주님께서는 이를 받아오라 하셨다."

"억지 쓰지 마라. 만약 그랬다 하더라도 조철악은 확인서를 작성할 당시 아무런 의의도 제기하지 않았다."

노기를 터뜨리는 호계상을 만류하며 임소하가 차분한 음성으로 입을 열었다.

"그래서 당신들은 얼마의 이자를 청구하러 오신 거죠?"

"오! 역시 보주와는 말이 통하는군."

계집이라 부르던 한묘의 말투가 순식간에 바뀌었다.

빙글거리며 시간을 끄는 한묘의 모습에 임소하는 눈살을 찌푸렸다.

"대체 당신들이 요구하는 금액은……."

"백 냥."

"……!"

임소하는 기가 막혀 말문이 막혔다.

보름 전 그녀가 지불했던 금액은 원금과 이자를 합쳐도 채 사십 냥이 되지 않았다. 아무리 보름 동안의 이자가 정산이 되지 않았다 하더라도 원금의 두 배가 넘을 수는 없는 일. 지독한 염왕채(閻王債)가 아닐 수 없었다.

임소하는 한묘와 그 뒤에 도열해 있는 사내들과 그들의 허리춤에 매달려 있는 병장기를 바라봤다. 그리곤 지그시 입술을 깨물었다.

"총관, 돈을 가져오세요."

"하지만… 보주, 그 돈은……."

"어서요."

잠시 한묘 일행을 노려보던 호계상이 짜증스런 얼굴로 돌아섰다. 그 순간 그는 찬물을 뒤집어쓴 듯 그 자리에 덜컥 얼어붙고 말았다. 빙하(氷河)처럼 차가운 눈빛을 뿌리는 단리백을 발견한 때문이었다. 팔짱을 낀 단리백의 얼굴은 별다른 감정을 찾아볼 수 없었으나 전신에서 피어오르는 살기는 예리한 칼날처럼 그의 심장을 후벼 파고 있었다.

그런 단리백의 모습에서 호계상은 한바탕 피바람을 피할 수 없음을 직감했다.

나직이 한숨을 흘리며 호계상이 월동문 너머로 사라졌다. 그리곤 약간의 시간이 지나 은덩이가 올려진 쟁반을 들고 와 한묘에게 건넸다.

"이제 두 번 다시 흑암보에 발을 들이지 마세요."

웃으며 이를 받아 드는 한묘를 향해 야멸차게 쏘아붙인 임소하가 차갑게 돌아섰다. 하지만 한묘와 그의 일행은 발걸음을 돌리지 않았다.

일행에게 은을 넘긴 한묘가 임소하를 향해 소리쳤다.

"어째서 이것뿐이지? 나머지는?"

"무슨 소리죠?"

"우리 방주님께서는 백 냥의 금을 받아오라 하셨소. 그런데 네가 건넨 것은 달랑 은 백 냥뿐이니 아직도 구십오 냥의 금이 모자라잖아?"

할 말을 잃은 임소하를 향해 묘한이 한껏 험악한 표정을 지어 보였다.

"설마 돈이 없는 건가? 뭐, 어쩔 수 없군. 그럼 잔금을 대신해 이 낡아 빠진 건물과 실력없는 숙수 놈, 그리고 쓸모없는 늙은이를 접수할 수밖에."

"당신……!"

"아, 그리고 너도 마찬가지야. 돈이 없으면 그 몸으로라도 대신해야지. 안 그래? 다행히 우리 방주님께서는 어린 계집을 좋아하시니 너를 아주 어여삐 대하실 것이다."

"이런 염치도 없는……!"

뻔뻔스러운 한묘의 요구에 결국 임소하는 화를 내고 말았다.

"씨발, 이 개새끼들! 내 이럴 줄 알았어!"

한 켠에서 말없이 상황을 지켜보던 가종령이 버럭 고함을 지르며 등 뒤에 숨기고 있던 커다란 식칼을 꺼내 들었다. 닭의 목을 칠 때 쓰는 참계도(斬鷄刀)였다.

스릉!

이에 한묘를 비롯한 그의 일행도 저마다 지니고 온 병기를 뽑아 들었다.

"멈춰요!"

"이제야 채무를 이행할 마음이 드셨나?"

손 안에서 도끼를 빙글빙글 돌리며 한묘는 야비한 미소를 머금었다.

소리를 질러 한묘를 제지하긴 했으나 금방이라도 피가 튀어 오를 것만 같은 살벌한 분위기에 임소하는 안색이 창백하게 변해 있었다.

"난… 나는……."

"뭐라고? 잘 안 들리는데?"

한묘의 이죽거리는 모습에 임소하는 가슴속에서 말로는 설명할 수 없는 분노가 치솟는 걸 느꼈다. 눈앞의 상대는 부모님이 살아 계실 때만 하더라도 흑암보를 향해 고개조차 들지 못하던 파락호에 불과했다. 그런 그들에게 모욕을 당해야 하는 지금의 처지가 너무나 서럽고 억울했다.

그때였다.

수침심과 분노로 파르르 떠는 그녀를 붙드는 손이 있었다.

"의숙……."

"가관이로군."

나직이 읊조린 단리백이 곧장 한묘를 향해 다가섰다.

"뭐야, 네놈은? 죽고 싶어?"

단리백이 걸음을 멈췄다. 꼴 같지도 않은 허섭스레기 같은 무위로 위세를 떠는 모양새를 보고 있자니 어이가 없어 말도 나오지 않았다. 하지만 그런 단리백의 모습에 자신의 엄포가 통했다 생각한 한묘의 행동은 더욱 점입가경으로 치닫고 있었다.

"보아하니 흑암보와는 관계가 없는 것 같은데, 조용히 꺼져라. 이 어르신은 지금 기분이 매우 좋은 상태거든? 그러니 기꺼이 네놈 하나 정도는 눈감아줄 수 있다. 만약 함부로 까불… 컥!"

한묘는 눈을 부릅떴다. 이 장이나 떨어져 있던 사내가 언제 자신의 목줄기를 틀어쥐었는지 알 수 없었기 때문이다.

"벌레 같은 놈이 감히……."

소름 끼치는 단리백의 눈빛 앞에 한묘는 전신에 깨알만 한 소름이 돋았다. 그리고 그 순간 한묘의 두 발이 바닥에서 떨어졌다.

"끄어억!"

허공에 매달린 채 발버둥치는 한묘의 얼굴은 이미 보라색으로 변해 있었다.

단리백의 두 눈이 싸늘한 한광을 토했다. 다른 건 백 보 양보해도 자신의 질녀를 모욕한 것만큼은 용서할 수 없었다. 눈앞에서 찢어 죽인다 해도 분노가 풀릴 것 같지 않았다.

이를 지켜보던 호계상은 내심 혀를 찼다.

'얼간이 같은 놈, 사신(死神) 앞에서 재롱을 떨다니.'

그때였다.

"안 돼요!"

단리백의 전신에서 흘러내리던 살기가 일순 주춤했다.

"어째서 말리는 거지?"

"그건……."

임소하는 말끝을 흐렸다.

단리백의 얼굴에 떠오른 불쾌한 표정. 자신의 행동을 방해한 이유를 대지 못한다면 제아무리 그녀라 하더라도 용서하지 않겠다고 그의 눈빛이 말하고 있었다.

"부모님의 유훈이에요. 본 보 안에서는 절대 피를 보지 않겠다는……."

"흥!"

쿵!

단리백이 손을 놓자 한묘는 엉덩방아를 찧으며 바닥에 주저앉았다.

"영락방주에게 안내해라."

살기 자욱한 단리백의 눈빛을 정면에서 마주하자 한묘는 숨이 멎는 것만 같았다.

"대답이 들리지 않는군."

단리백은 발을 들어 한묘의 손 위에 올렸다.

우드득!

"으아악!"

한묘의 처절한 비명 소리가 흑암보를 울렸다. 단리백의 발에 짓이겨진 그의 손은 이미 형체를 알아볼 수 없을 만큼 박살나 있었다.

그럼에도 불구하고 단리백은 이번엔 한묘의 손목 위에 발을 올렸다.

뚜둑!

"으악!"

손목이 부서지는 고통에 한묘가 자지러지는 비명을 터뜨렸다.

"내가 원한 대답은 그게 아니야."

단리백이 다시금 발을 들어올리자 으스러진 손과 부러진 손목을 움켜쥔 한묘가 사색이 된 얼굴로 정신없이 고개를 주억거렸다.

"안내하겠습니다! 그러니 제발……!"

"좋아. 안내할 사람은 한 명이면 충분하겠지."

"……!"

돌연 폭풍 같은 살기 앞에 노출된 장한들은 뱀 앞의 개구리마냥 그대로 얼어붙고 말았다.

퍼버버버벅!

단리백의 신형이 눈앞에서 흐릿해지나 싶더니 장한들의 신형이 허공으로 튀어 올랐다.

콰당탕탕!

임소하가 급히 단리백을 제지하려 했지만 이미 상황은 끝난 뒤였다. 순식간에 흑암보의 대문 밖으로 튕겨진 장한들의 몰골은 참혹 그 자체였다. 팔다리가 박살 난 건 예사였고, 코가 움푹 주저앉아 얼굴을 알아볼 수 없는 자들도 있었다.

간신히 숨은 붙어 있는 것 같았지만 그들은 더 이상 무력으로 밥벌이를 할 수 없을 것이 분명했다.

가공할 단리백의 신위에 기가 질린 한묘의 바지춤은 어느새 축축이 젖어 있었다.

그런 그를 앞세워 흑암보를 나서던 단리백은 못마땅한 얼굴로 임소하를 바라봤다.

"흥, 유훈이라고?"

거짓말을 한 임소하의 얼굴이 순간적으로 붉어졌다. 하지만 단리백은 이를 따져 묻지 않았다.

"안내해."

차가운 단리백의 음성에 사색이 된 한묘가 정신없이 고개를 주억거렸다.

*   *   *

조철악은 호피(虎皮)가 깔린 태사의에 비스듬히 기대 있었다.

게슴츠레한 눈으로 단리백의 위아래를 살피는 그의 얼굴에 흥미로운 기색이 떠올랐다.

"그래, 당신이 흑암보의 빚을 대신 정산해 주겠단 말이지?"

단리백은 말없이 영락방주라 불리우는 사내 앞에 차려진 진수성찬과 그가 끼고 있는 여인을 바라보며 인상을 찌푸렸다.

"영락방이라……. 이름만 그럴듯하군."

단리백의 조소에 조철악이 비릿한 웃음을 머금었다.

"다른 때 같았으면 당신의 배를 갈라 얼마나 간덩이가 부어 있는지를 확인했을 거야. 하지만 모처럼 만의 큰 손님이니 그냥 보아 넘기지."

조철악의 손이 여인의 치마 속으로 사라졌다.

"하악!"

신음을 토한 여인이 뱀처럼 몸을 꼬았다.

이제 열다섯이나 되었을까. 짙은 화장과 퇴폐적인 나삼을 걸치고 있었으나 소녀라는 단어가 어울릴 법한 여자였다.

추잡스러운 작태가 부끄럽지도 않은지 조철악은 웃으며 입을 열었다.

"이제 슬슬 사업 이야기를 해보지."

탐욕에 젖어 번들거리는 그의 눈빛을 보고 있자니 단리백은 짜증이 치밀어 올랐다.

양가의 아낙들을 납치해 사창가에 팔아넘기거나 가난한 민초들에게 적은 돈을 빌려줘 놓고 나중에 수십 배를 요구하는 염왕채(閻王債) 등을 일삼는 흑도 쓰레기의 전형적인 모습.

  이런 하찮은 작자와 대화를 나누는 것 자체가 불쾌하기 짝이 없었다.

  "금 백 냥이라 했나?"

  조철악이 손가락을 들어 좌우로 흔들었다.

  "아니, 백 냥 하고도 스무 냥일세."

  "어째서지?"

  "빚에는 이자가 붙는 법이니까."

  "어떻게 그런 계산이 나올 수 있는지 모르겠군."

  조철악이 누런 이빨을 드러내며 웃었다.

  "본 방의 이자 계산 방식은 대외비라 타인에게 말해줄 수 없네."

  단리백이 묵묵히 서 있자 조철악이 비릿한 조소를 머금었다.

  "듣자 하니 내 부하들을 병신으로 만들었다지? 거기에 대한 손해도 배상해 주어야겠네. 오십 냥일세. 물론 금으로."

  "그럼 총 백칠십 냥인가?"

  "크크, 그렇지. 그런데 뭘로 지불할 생각인가? 자네의 주변 어디에서도 금붙이라고는 보이지 않는군. 혹 전표를 써줄 생각이라면 관두는 게 좋아. 제아무리 유명한 전장이라도 중원의 전표 따윈 이곳에선 쓸모없는 종이 쪼가리에 지나지 않으니까."

말을 마친 조철악은 여전히 묵묵부답인 단리백을 바라보며 잔인한 웃음을 흘렸다.

"크흐흐, 어리석은 놈."

조철악의 말이 떨어지기가 무섭게 병장기를 거머쥔 두 명의 사내가 단리백을 포위했다.

"내 수신호위(守身護衛)지. 네가 상대했던 조무래기들과는 차원이 다른. 보아하니 스스로 지닌 한 수 무공을 믿고 내게 따지러 온 것 같은데 상대를 잘못 골랐다."

"과연……."

단리백은 빙그레 웃음을 머금었다. 앞뒤를 에워싼 그들이 하나같이 진기를 다루는 내공의 고수임을 알아본 것이다.

"흐흐흐, 네놈의 사지를 찢어 흑암보 앞에 걸어놓겠다. 본방을 건드린 대가가 어떤 것인지 모든 이에게 똑똑히 각인시키리라."

처음부터 조철악은 단리백에게 돈을 받아내고자 한 것이 아니었다. 그가 원하는 것은 오로지 흑암보뿐이었던 것이다.

"성질이 급하군."

의아한 눈으로 자신을 바라보는 조철악에게 단리백이 다시금 입을 열었다.

"나는 흑암보의 빚을 갚으러 온 것뿐이다."

"훗, 달랑 맨몸으로 와서 한다는 말이 겨우……."

"이것으로 대신하지."

"그건……!"

"묘안석(猫眼石)이라 부르더군."

단리백이 소매 속에서 꺼내 든 물건을 발견한 조철악이 자세를 고쳐 잡았다.

단리백의 손에 들린 보석. 푸른빛이 감도는 투명한 광채와 그 안에 자리 잡은 묘한 대비를 이루는 흑색 결정(結晶). 남만에서만 생산된다는 묘안석이 분명했다.

"이거면 충분할 것 같은데……."

단리백의 말에 조철악이 탐욕스러운 눈빛을 드러냈다.

'진품(珍品)이다! 그것도 호두알만 한 크기라니! 능히 황금 이백 냥의 가치가 있는 최상품이다!'

조철악의 눈빛을 받은 수신호위 한 명이 단리백으로부터 묘안석을 받아 그에게 건넸다. 얼마나 흥분했는지 묘안석을 받아 드는 조철악의 손은 가늘게 떨리고 있었다.

"이것으로 흑암보가 영락방에 진 빚은 정산된 건가?"

"하하하! 물론!"

순간, 흡족한 얼굴로 고개를 끄덕이는 조철악을 향해 단리백의 서늘한 미소가 쏟아졌다.

"그렇다면 그쪽도 흑암보에 진 빚을 정산해 주게."

"빚이라니?"

"흑암보의 부서진 대문 수리비."

"홋, 그 정도야. 얼마면 되겠나?"

"은자 열 냥."

조철악은 자신의 품속을 뒤져 작은 주머니를 꺼내 단리백에게 던졌다.

짤그랑!

"은자 오십 냥일세. 기분이 좋으니 선심 쓰지."

하지만 단리백은 발끝에 떨어진 돈주머니를 쳐다보지도 않았다.

"부족하군."

영문을 몰라 하는 조철악을 향해 단리백이 말을 이었다.

"빚에는 이자가 붙는 법이지."

그제야 조철악의 표정이 굳어졌다.

"얼마를 원하는지 말해라."

"글쎄… 백칠십 냥 정도로 정산해 주지. 물론 금으로."

"미친!"

조철악의 싸늘한 조소와 함께 그의 수신호위들이 동시에 움직였다.

한묘 등의 파락호와는 비교도 되지 않는 쾌속한 신법이었다. 더구나 그들이 휘두르는 도와 창에서는 하나같이 날카로운 예기가 느껴지고 있었다.

까가가강!

하지만 그들이 휘두른 병기는 애꿎은 바닥만 두드리며 파란 불꽃을 튀어 오르게 할 뿐이었다.

어느새 그들의 뒤로 돌아간 단리백의 입매에 더없이 잔인한 미소가 걸렸다.

츄악!

매의 발톱처럼 휘어진 단리백의 손가락이 허공을 찢었다.

우드득!

그와 동시에 창을 들고 있던 사내의 어깨가 통째로 뜯겨져 나가며 폭포처럼 솟구친 피가 질펀하게 바닥을 적셨다.

"으악!"

처절한 비명 소리를 뒤로한 채 단리백이 다시 움직였다.

"헛!"

자신을 향해 곧바로 짓쳐드는 단리백을 발견한 또 다른 수신호위의 입에서 경악성이 터져 나왔다. 하지만 그는 이내 급히 물러서는 한편 모든 힘을 도에 실어 횡으로 그어냈다.

'살았다!'

도기가 실린 자신의 도를 피해 단리백이 쫓는 것을 멈추자 사내는 비로소 안도의 한숨을 삼킬 수 있었다. 하지만 그는 단리백의 입매에 걸려 있는 살소(殺笑)가 더욱 짙어지는 이유를 한 번쯤은 다시 생각해 봤어야 했다.

그그극!

단리백의 손바닥이 일순 붉게 물드는가 싶더니 그의 손을 떠난 암경(暗勁)의 파도가 사내를 향해 쇄도해 갔다.

"헉!"

사내는 급히 십이성 내력을 끌어올려 도에 실었다.

쩌엉!

귀청이 떨어지는 듯한 충격음과 함께 사내의 도가 부러져 나갔다. 절반밖에 남지 않은 도를 움켜쥔 사내의 신형이 피를 토하며 날아갔고, 그런 그를 단리백이 뿌린 암경이 집어삼켰다.

뿌드득, 빠악!

암경에 실린 무지막지한 압력이 사내의 몸을 짓이기나 싶더니 그의 몸을 허공에서 갈가리 찢어발겨 버렸다.

콰앙!

위력이 줄어들지 않은 경력은 무시무시한 기세로 방 안의 기둥을 박살 내더니 그대로 한쪽 벽을 허물어뜨리고 나서야 흩어졌다.

툭, 데구루루.

바닥에 떨어진 사내의 머리통이 핏물 위를 굴렀다.

후두두둑.

그리고 뒤이어 자욱한 피안개가 육편 조각에 섞여 비처럼 쏟아졌다.

"까아아악!"

찢어지는 여인의 비명 소리에 고개를 돌린 단리백은 파랗게 질린 조철악을 향해 조용히 웃어 보였다.

털썩.

공포를 견디지 못한 여인이 그대로 기절해 버렸다.

"……!"

찢어질 듯 부릅떠진 조철악의 눈이 걷잡을 수 없이 흔들렸다.

실내 가득 떠다니는 비릿한 피 내음과 바닥을 구르는 참혹한 시신. 그 가운데 서서 소름 끼치는 웃음을 머금고 있는 단리백의 모습은 그야말로 흉신악살 그 자체였다.

단리백은 걸음을 옮겨 바닥에 구르는 창을 집어 들었다.

푸욱.

창은 그대로 미처 숨이 끊어지지 않은 수신호위의 심장에 들어박혔다.

작살 맞은 물고기처럼 간헐적인 경련을 일으키던 사내의 움직임이 완전히 멎자 단리백은 비로소 조철악을 향해 고개를 돌렸다.

"좋아, 빚을 정산할 마음이 없는 모양이군. 그렇다면 나도 생각이 있지."

저벅저벅.

단리백이 한 걸음씩 자신에게 다가설수록 조철악의 안색은 시커멓게 죽어갔다.

"여, 여기 있소!"

단리백이 지척에 이르자 조철악은 황급히 묘안석을 내밀었다.

순간, 단리백의 손이 미묘하게 흔들렸다.

퍼석!

자신의 손에서 가루가 되어 흩어지는 묘안석을 발견한 조철악은 그제야 눈앞의 사내가 얼마나 무서운 상대인지를 깨달을 수 있었다.

조철악은 남은 용기를 쥐어짜 처절하게 외쳤다.

"드리겠소! 당신이 원하는 대로! 백칠십 냥이라 하셨소?"

황급히 무릎걸음으로 바닥을 기어간 조철악은 침상 밑에서 커다란 상자를 꺼내 단리백의 앞으로 내밀었다.

"가져가시오."

하지만 단리백은 눈조차 깜빡하지 않았다.

"부족하다니까."

"어째서? 이 정도라면 능히 황금 이백 냥은 될 텐데……."

"이자를 감안해야지. 우리가 지금 이렇게 대화를 나누는 사이에도 이자는 눈덩이만큼 불어난다네."

조철악은 마른침을 삼키며 단리백을 바라봤다. 오십 평생을 살아오며 적지 않은 생사의 기로를 넘겨왔다 자부했으나 이 순간만큼 최악의 상대를 만난 적은 없었다.

생각은 빨랐다. 하지만 행동은 더욱 빨랐다. 훗날을 도모하든 복수를 하든 일단은 살고 볼 일이다.

"어, 얼마를 원하는 것이오?"

"천 냥."

"말도 안 돼! 어떻게 그런 계산이 나올 수 있단 말인가?"

단리백의 입매에 걸린 미소가 더욱 짙어졌다.

"안타깝군. 내가 이자를 계산하는 방식은 대외비라 타인에게 말해줄 수 없으니."

"……!"

조철악의 눈에 암담한 심정이 떠올랐다. 상대의 목적이 처음부터 자신의 목숨뿐이었다는 것을 깨달았던 것이다.

"제발 살려주십시오!"

조철악은 개처럼 바닥을 기어 눈물 콧물을 쏟으며 애원하기 시작했다. 하지만 자신을 내려다보는 단리백의 싸늘한 눈빛에서는 그 어떤 흔들림도 찾아볼 수 없었다.

"그거 알아?"

"……?"

의아한 눈으로 자신을 바라보는 조철악을 향해 단리백이 하얗게 웃었다.

"여기는 흑암보가 아니야."

쾅!

단리백의 발길에 걷어채인 조철악의 신형이 용수철처럼 튀어 올라 천장에 충돌했다.

"우웩!"

바닥에 내동댕이쳐진 조철악은 그대로 한 사발이 넘는 피를 토해냈다. 그 안엔 잘려진 혀 토막과 부러진 이빨이 한 움큼이나 섞여 있었다.

"어그그……!"

피를 토하는 와중에도 조철악은 단리백을 향해 무어라고 외쳐 댔다. 하지만 산산조각이 난 턱뼈와 잘려진 혀는 본래의 기능을 다하지 못하고 있었다.

"어떻게 죽여줄까?"

음산한 미소를 머금은 채 다가서는 단리백의 모습에 조철악은 경기를 일으키듯 덜덜 떨며 엉금엉금 기어 달아나기 시작했다. 하지만 얼마 못 가 호피에 발이 걸려 바닥에 나둥그라지고 말았다.

"으어어!"

천천히 다가서는 단리백과 그의 얼굴에 피어오르는 음산한 미소 앞에 조철악의 얼굴은 사색이 되었다.

그런 조철악을 향해 단리백이 입을 열었다.

"걱정 마. 그리 쉽게 죽진 않을 거야. 사람의 목숨이란 의외로 끈질기거든."

"……!"

덥석.

단리백에게 손목을 잡힌 조철악은 금방이라도 튀어나올 것처럼 눈을 부릅떴다. 한 발로 자신의 가슴을 짓누른 채 단리백이 잡아당기는 팔에 힘을 넣고 있었던 것이다.

뿌드득!

소름 끼치는 소리와 함께 조철악의 팔이 어깨부터 통째로 뜯겨졌다.

"끄어어!"

사방에 피를 뿌리며 뒹굴던 조철악이 견정혈 부근을 불로 지지는 듯한 통증을 느낀 것도 그때였다.

그러나 이도 잠시, 조철악은 아연실색했다. 거짓말처럼 멈춘 피 때문이 아니었다. 남아 있는 자신의 왼팔을 붙드는 단리백의 모습. 마치 잠자리의 날개를 잡아떼는 아이처럼 잔혹한 미소로 자신을 내려다보는 단리백의 눈빛 때문이었다.

"내 사지를 찢어 흑암보에 걸어놓는다 했던가?"

단리백은 주저없이 조철악의 남은 한 팔마저 뽑아내 버렸다.

뿌드득!

혼백이 날아갈 듯한 두려움과 고통으로 인해 조철악은 비명도 지를 수 없었다.

"그 말 그대로 돌려주지."

사지가 뜯겨진 채 영락방 현판에 걸려 있는 조철악의 시신을 그의 수하들이 발견한 것은 일각의 시간이 지나고 나서였다.

＊　　　＊　　　＊

흑암보에 들어서는 단리백을 맞은 것은 호계상이었다.

"어서 오시게."

단리백은 대답 대신 호계상을 향해 의아한 눈빛을 던졌다. 그도 그럴 것이, 호계상의 입가에는 희미한 핏자국이 내비치고 있었고, 그의 옷 역시 여기저기 지저분한 흙먼지가 묻어 있었기 때문이다.

"하하, 별것 아닐세."

입가에 묻은 핏자국과 옷에 묻은 흙을 떨어내며 호계상이 너털웃음을 터뜨렸다.

"자네의 성품상 영락방주는 지금쯤 염왕에게 죄를 고하고 있겠지? 하하, 골칫거리 하나를 덜었어."

"소하는?"

단리백의 질문에 호계상은 슬쩍 웃으며 상황을 설명했다.

"자네가 떠나고 나서 일각쯤 지났을까? 대문 수리를 위해 종령이 목수를 부르러 간 사이 어떤 놈이 갑자기 들이닥쳐 그 아이를 데려가 버렸다네."

단리백의 얼굴이 딱딱하게 굳어졌다. 하나 이를 보지 못한 호계상은 계속해서 말을 이어갔다.

"나는 일부러 그에게 당한 척하고 누워 있었지. 며칠간은 잠잠했지만 최근 곳곳에서 본 보를 감시하는 눈길이 느껴졌거든. 이제 뒤를 밟아 그들의 목적이 무엇인지 알아내기만 하면……."

뒤늦게 심상치 않은 분위기를 느낀 호계상이 급히 말끝을
흐렸다.

"지금 웃음이 나오나?"

모골 송연한 단리백의 음성에 호계상은 황급히 입을 열었다.

"걱정 말게. 그 아이는 아마도 무사할……."

콰직!

"큭!"

가슴이 빠개지는 듯한 충격과 함께 호계상은 입에서 피를
토하며 실 끊어진 연처럼 나가떨어졌다.

"죽여 버리겠다, 늙은이……."

비틀거리며 일어서는 호계상을 향해 자욱한 살기가 쏟아
졌다.

"자, 잠깐!"

단리백의 양손에 맺혀 일렁이는 붉은 기운을 목도한 호계
상이 다급히 입을 열었다.

"소하는 납치당한 게 아닐세!"

턱을 타고 흘러내린 피가 앞섶을 홍건히 적셨으나 호계상
은 계속해서 말을 이어갔다.

"그자를 충분히 제압할 수도 있었지만 그리하지 않았네.
그에게서는 소하를 해치고자 하는 살기가 느껴지지 않았으니
까. 그리고 이는 그간 흑암보를 둘러싼 음모에 대한 실마리를
잡을 수 있는 기회라 생각했기에 일부러 그자에게 당한 것처

럼 연극을 했던 것뿐일세. 그리고…….”

점차 가늘어지던 호계상의 음성이 더욱 잦아들더니 종국
에는 모기 울음소리만큼 작아졌다.

“자네는 궁금하지 않은가? 자네의 의형인 흑암보주와 그의
부인이 왜 한날한시에 죽어야 했는지, 그 이면에 어떤 내막이
도사리고 있는지 말일세. 흑암보를 둘러싸고 모종의 음모가
진행되고 있다 생각하지 않은가? 그건…….”

결국 호계상은 말을 채 끝맺지 못한 채 코와 입에서 시커먼
피를 줄줄 쏟아내더니 그대로 혼절하고 말았다. 내상을 추스
를 여유도 없이 말을 쏟아냈기에 더욱 깊은 내상으로 이어진
것이다.

“흥!”

냉소를 터뜨린 단리백이 손을 들어올렸다.

고오오.

그의 손에 맺혀 일렁이던 붉은 기운이 뭉쳐지며 소름 끼치
도록 선명한 핏빛 강기(罡氣)가 붉은 음영을 드리웠다.

이대로 손을 뻗으면 금방이라도 숨이 넘어갈 듯한 늙은이
머리 하나쯤은 형체도 없이 짓이길 수 있었다. 하지만 혼절하
기 직전 호계상이 남긴 말이 마음에 걸렸다.

강호가 아무리 넓다 하나 변장과 추적에 관해서는 호계상
만큼 뛰어난 자를 찾기 힘들다.

단리백의 눈에서 폭사되던 살기가 점차 옅어지기 시작했

다. 동시에 그의 손에 맺혀 있던 핏빛 강기도 흐려지더니 붉은 잔영을 남기며 허공에 흩어졌다.

걸음을 옮겨 호계상에게 다가선 단리백의 얼굴에 싸늘함이 감돌았다.

픽!

"우웩!"

단리백이 발끝에 명치 어림을 걷어채인 호계상이 시커멓게 죽은 피를 토해내며 정신을 차렸다.

호계상의 귀에 음산하기 이를 데 없는 음성이 들려온 것도 그때였다.

"헛소리를 지껄이면 죽는다."

이미 인피면구가 떨어져 나간 호계상의 얼굴은 마치 밀랍을 씌워놓은 것처럼 창백하기 그지없었다. 하지만 그는 그 얼굴을 하고도 웃고 있었다. 눈앞의 상대가 얼마나 무서운 자인지 알기 때문이다. 저승에 한쪽 발을 담갔다가 다시 살아난 것이 그토록 고마울 수 없었다.

순간, 단리백의 두 눈이 다시금 자욱한 살기를 토했고, 호계상은 사색이 되어 급히 소리쳤다.

"그자에게 마혈을 짚이는 척하며 천리도향분(千里盜香粉)을 묻혀놓았네. 천리도향분 자체는 색은 물론 향기도 없지만 그와 상극인 이것을 코밑에 바르면 천 리를 떨어져 있다 해도 천리도향분의 냄새를 맡을 수 있지."

말을 마친 호계상이 품속에서 작은 목갑을 꺼내 단리백에게 건넸다. 하지만 단리백은 이를 받아 들지 않았다.

잠시 의아하게 생각하던 호계상이 이내 고개를 끄덕이며 목갑 안에 들어 있던 하얀 가루를 자신의 코밑에 묻혔다.

"보다시피 독약이 아닐세."

문득 호계상이 동쪽으로 고개를 돌리며 코를 킁킁거렸다.

"흠, 저쪽인가?"

이때 단리백은 손을 뻗어 호계상을 목덜미를 잡아 일으켜 세웠다.

"안내해."

"자네가 직접 하지 그러나? 자, 여기 있네."

호계상이 내민 목갑을 바라보며 단리백이 차가운 웃음을 터뜨렸다.

"허튼수작 부리지 마라. 내 관용은 여기까지다."

서슬 퍼런 단리백의 음성에 호계상은 흠칫 몸을 떨었다. 단리백의 날카로운 눈빛 앞에 속내를 들킨 듯하여 몹시 두려웠던 것이다.

사실 목갑 안에 담긴 백분(白粉)은 마정산(癤精散)이라는 것으로, 본래는 천리도향분을 추적하기 위해 만들어졌으나 사람의 정기를 천천히 갉아먹는 부작용을 지니고 있었다. 평생 동안 독을 다뤄온 호계상은 이에 대한 면역이 있어 상관없었지만 이에 대한 면역력이 없는 사람은 제아무리 무공의 고수라 하더라도 점차 마정산의 독기에 피해를 입게 되는 것이다. 만성 독약인 만큼 효과는 늦게 나타나지만 일단 발작을 일으키면 해약조차 없기에 치료할 방법이 없었다.

"다시 한 번 그따위 물건으로 날 떠보려 한다면 시체조차 남기지 못하게 해주겠다."

단리백의 엄포에 호계상은 공포에 질린 얼굴로 고개를 주억거렸다.

"그리고 지금처럼 내 말에 굼뜨게 미적거린다면……."

콰앙!

호계상은 마른침을 삼켰다.

단리백이 장난처럼 가볍게 휘두른 팔에 십 장쯤 떨어져 있던 정원석 하나가 폭발하듯 터져 버렸던 것이다.

"하, 하지만 나는 지금 내상을 입고 있어 제대로 경공을 펼칠 수 없네."

단리백이 눈살을 찌푸렸다. 하지만 호계상의 말은 사실이었다. 조금 전까지만 해도 입과 코에서 피를 쏟아낸 호계상의 몰골은 실로 참담했다.

"쓸모없는 늙은이."

단리백은 손을 뻗어 대뜸 호계상의 맥문을 움켜쥐었다. 화들짝 놀란 호계상이 이를 피하려 했으나 처음부터 단리백은 그와는 차원이 다른 고수였다.

맥문을 제압당한 호계상은 전신의 힘이 빠지는 것을 느끼며 물먹은 솜처럼 축 늘어졌다.

하지만 이도 잠시,

"헉!"

호계상이 헛바람을 들이켰다. 맥문을 통해 엄청난 양의 진기가 해일처럼 밀려들어 왔기 때문이다. 이는 곧 엄청난 고통이 되어 호계상을 집어삼켰다.

"으아아악!"

"시끄러워."

호계상의 비명에 인상을 찡그리던 단리백이 더욱 진기를 끌어올렸다. 동시에 단리백의 왼손이 벼락처럼 움직여 호계상의 서른아홉 군데 혈도를 사정없이 두들겼다.

퍼헉!

온몸을 관통하는 극심한 고통에 호계상은 한순간 눈앞이 하얗게 변하는 것을 느꼈다.

"왁!"

다시 한 번 한 모금의 피를 토한 호계상은 얼떨떨한 표정으로 자신의 몸을 내려다봤다.

"어, 어떻게……?"

내상이 거짓말처럼 씻은 듯이 사라진 것이다.

호계상은 당혹감을 금할 수 없었다. 서로 다른 내공 심법, 그리고 이를 통해 축적된 진기의 성질은 사람마다 천차만별이다. 서로 상충하는 진기가 충돌하면 자칫 주화입마에 이를 수도 있는 위험한 일이었다.

'대체 무슨 방법을 쓴 거지?'

육십 평생 무공을 익혀온 호계상으로서도 이해할 수 없는 기사(奇事)였다. 그가 알고 있던 무리를 송두리째 뒤흔드는 일이었던 것이다.

"내상을 억눌렀을 뿐이야."

"내상을 억눌렀다고?"

호계상의 반문에 단리백이 벌컥 화를 냈다.

"당장 움직이지 않으면 그 혓바닥부터 뽑아버리겠다!"

"아, 알겠네!"

단리백의 엄포에 호계상은 급히 땅을 박차며 신형을 날렸다. 단리백의 성품상 단순한 엄포만으로 끝내지 않으리란 것을 알고 있기 때문이다.

단리백은 내상을 억눌렀을 뿐이라고 했지만 호계상은 전혀 이를 느끼지 못했다. 경공을 전개하고 내공을 운기하는 데 있어 그 어떤 불편함도 느껴지지 않았던 것이다. 오히려 내상을 입었을 때보다 더욱 충만해진 공력이 단전과 기맥을 가득 채우고 있었다.

힐끔 고개를 돌려 뒤를 바라보니 삼 장의 거리를 유지한 채 단리백이 따라오고 있었다.

호계상은 설레설레 고개를 흔들었다.

'괴물 같은 놈.'

단리백의 무공은 자신이 알고 있는 무학의 이치와 완전히 궤를 달리하고 있었다.

하지만 어느 정도 짐작 가는 바가 있었다.

예전에도 그랬지만 단리백은 금나술(擒拿術)의 고수였다. 금나술을 알면 추궁과혈(推宮過穴)이나 제맥(制脈), 해맥(解脈)을 사용해야 하는 추나술(推拿術) 또한 정통한 것이 당연한 것이었다. 금나술이란 것이 인체의 요혈과 기의 흐름에 정통해야 하는 분야이고, 추나술 또한 이에 바탕을 두고 있었기 때문이다. 하지만 이처럼 극심한 내상을 손짓 몇 번에 완치시키는 치료법이라니.

나름대로 명의라 자부하는 이들이나 무림의 인사들이 이를 알았다면 천금을 지불하더라도 앞다투어 배우려 들 것이다. 물론 그 과정에서 수반되는 우악스럽고 지독한 고통을 감내해야 한다는 전제 아래 말이다.

그런 호계상의 생각을 아는지 모르는지 단리백은 얼음처럼 차가운 표정으로 신법을 전개할 뿐이었다.

그렇게 일각쯤을 달려 이들이 도착한 곳은 마을 외곽에 위치한 홍등가 한편에 자리 잡은 낡은 건물 앞이었다.

"이곳일세. 천리도향분의 향기가 여기까지 이어져 있군."

"도박장?"

단리백은 인상을 찌푸렸다. 건물 틈 사이로 흘러나오는 시끌벅적한 소음 때문이 아니었다. 그 안에 섞여 있는 순간의 희열과 절망 어린 탄식, 도박장이 아니면 찾아보기 힘든 어두운 공기가 불쾌했던 것이다.

"틀림없나?"

호계상이 고개를 끄덕이자 단리백은 주저없이 도박장의 문을 걷어찼다.

쾅!

문짝이 나가떨어지며 도박장 안에는 일순 정적이 자리 잡았다.

"꺼져."

단리백의 나직한 음성이 정적을 깨뜨렸다.

"웬 빌어먹을 자식이……."

누군가가 단리백을 향해 툴툴거렸다. 이를 시작으로 도박장 여기저기에서 왁자지껄 떠들기 시작했다.

"나이도 어린 놈이 어디서 행패야?"

"돈 잃었으면 그냥 가서 잠이나 자라, 괜히 병신 돼서 실려 나가지 말고."

저마다 한마디씩 내뱉는 사람들을 노려보는 단리백의 눈빛이 싸늘하게 가라앉았다.

'사고 치겠군.'

단리백의 눈빛을 읽은 호계상이 설레설레 고개를 저었다.

아니나 다를까.

우드득!

"끄아악!"

거들먹거리며 단리백에게 다가서던 건달 한 명이 비명과 함께 바닥에 내동댕이쳐졌다. 기이한 각도로 꺾여 덜렁거리는 팔로는 두 번 다시 도박을 할 수 없으리라.

"이런 미친!"

쿠당탕!

일행인 듯한 사내 세 명이 마작판을 뒤집어엎었다. 그리곤 저마다 병장기를 꼬나쥔 채 흉흉한 기세로 단리백을 향해 신형을 날렸다.

"아서라, 이놈들아!"

호계상이 혀를 차며 만류했지만 이미 눈이 뒤집힌 그들에겐 그의 충고가 들리지 않았다.

순간 단리백의 얼굴에 차가운 웃음이 스쳤다 사라졌다.

콰드득! 퍽퍽! 콰직!

각기 다른 세 번의 끔찍한 음향이 울려 퍼졌다.

사슬낫을 휘두르며 단리백에게 달려들었던 쥐눈의 사내는 늑골이 부서진 채 벌레처럼 바닥을 기고 있었다. 태감도로 단리백의 가슴을 노렸던 털보사내의 두 어깨는 탈골되어 심하게 뒤틀려 있었고, 부러진 쌍수도를 놓치고 피를 뿌리며 나가떨어지는 장한의 턱은 형체를 알아볼 수 없을 만큼 박살이 나버렸다.

단 일 격씩에 정신을 놔버린 그들 삼 인의 모습에 그토록 소란스럽던 도박장이 찬물을 끼얹은 듯 잠잠해졌다.

"하현사흉(夏縣四凶)이……!"

누군가의 입에서 침음성이 흘러나왔다. 절정고수라곤 할
수 없으나 그들 사 형제는 산서의 하현 일대에서 제법 소문난
흑도인이었던 것이다. 더구나 십 년 넘게 이곳 도박장을 호위
하던 그들이었기에 중인들이 느끼는 충격은 더욱 컸다.

도박장은 으레 말썽이 끊이지 않는 곳이었다. 정파에 쫓기
는 흑도인들이나 범죄자들이 숨을 곳을 마련하기 위해 찾는
곳은 한정되어 있었고, 특히 관부나 정파의 손이 미치지 않는
이곳 산서에는 중원 각지에서 모여든 흑도인들이 판을 치고
있었다.

특히 천당(天堂)이라는 거창한 이름을 내건 이곳 도박장은
흑도인과 범죄자들의 소굴이라 해도 과언이 아니었다. 돈을
잃고 행패를 부리는 이들은 애교였고, 살인과 같은 흉악 범죄
도 심심찮게 볼 수 있었다.

그와 같은 말썽을 도맡아 처리하는 것이 하현사흉의 일이
었다. 어지간한 말썽은 그들을 통해 해결되지 않는 것이 없었
고, 어지간한 인물들은 그들의 명호만 듣고도 줄행랑을 놓기
일쑤였다.

그런 그들이 눈 깜짝할 새 피떡이 되어버렸다.

"꺼지라고 했다."

음산하기 이를 데 없는 단리백의 음성이 얼어붙은 듯 굳어

버린 이들의 어깨를 무겁게 내리눌렀다. 하지만 그들 중 어느 누구도 도박장을 나서지 않았다. 단리백과 자신들 앞에 놓여 있는 주사위를 번갈아 바라볼 뿐이었다. 자신의 목숨이 바람 앞의 촛불과도 같다는 사실도 모른 채 도박에 대한 미련을 떨치지 못하는 것이다.

이에 단리백의 눈매가 가늘어졌다.

"흥!"

차가운 냉소가 울려 퍼지나 싶더니,

콰직!

"으아악!"

퍽!

"커헉!"

일진 광풍과 함께 가구와 집기가 박살 나는 소리와 처절한 비명 소리가 도박장 안을 가득 메웠다.

그야말로 아비규환(阿鼻叫喚). 그 참상의 중심에는 단리백이 있었다. 닥치는 대로 잡아 꺾고 비틀며 내동댕이치는 단리백의 손에 의해 오십에 이르는 도박꾼들은 모조리 하현사흥과 같은 전철을 밟고 있었다.

그들에게 있어 단리백은 재앙과도 다름없었다.

순식간에 장내에는 고통스런 신음을 흘리며 쓰러진 이들로 즐비했다.

겁에 질려 바들바들 떠는 그들을 향해 단리백의 서늘한 눈빛이 쏟아졌다.

"아직도 떠나고 싶은 마음이 들지 않나?"

탁.

그 말과 함께 단리백은 탁자 위의 주사위를 가볍게 내려쳤
다.

푸스스스.

주사위는 물론 탁자까지 가루가 되어 분분히 흩날렸다.

"사, 사람 살려!"

하얗게 질린 얼굴로 바닥을 기어 달아나는 그들의 뒷모습
을 바라보며 호계상은 나직이 한숨을 흘렸다.

"여전히 인정사정없군 그래."

그러나 돌아온 것은 차디찬 음성뿐이었다.

"소하는?"

"음… 그것이……."

호계상이 난처한 얼굴로 주위를 둘러봤다. 도박장에 들어
선 이후 천리도향분의 흔적이 거짓말처럼 사라졌던 것이다.
더구나 말로 설명하기 힘든 묘한 위화감이 자꾸만 신경을 자
극하고 있었다.

"쓸모없는 늙은이."

주룩.

창백해진 호계상의 뺨을 타고 한줄기 식은땀이 흘러내렸
다. 하나 이도 잠시, 호계상의 얼굴에 의아함이 떠올랐다.

'대체 뭘 하려는 것이지?'

단리백은 양손을 들어올린 채 눈을 감고 있었다.

하나 의문은 오래가지 않았다.

드드드드.

"헛!"

바닥을 뒤흔드는 묵직한 진동에 호계상은 황급히 뒤로 물러섰다.

'이런! 암경으로 건물 전체를 뒤덮은 건가?'

단리백을 만난 이후 이미 놀랄 만큼 충분히 놀랐지만 이번에도 호계상은 경악을 금치 못했다. 단리백은 반경 십 장에 달하는 암경의 그물을 펼쳐 도박장 전체를 낱낱이 조사하고 있었던 것이다.

기(氣)로써 사물을 감지하는 기감(氣感)을 이처럼 광범위하게 펼칠 수 있는 인물은 중원 천지에서도 찾아보기 힘들 것이다. 하지만 그게 끝이 아니었다.

"누군가 장난을 쳐놨군."

슬쩍 주위를 쓸어보던 단리백의 눈매가 더욱 날카롭게 변했다.

쿠웅!

단리백의 오른발이 바닥을 찍었다.

쩌저적!

"헉!"

헛바람을 들이킨 호계상이 본능적으로 허공에 몸을 띄웠다. 고개를 숙이자 자신의 발밑을 지나가는 균열이 눈에 들어왔다.

우지끈!

바닥뿐만이 아니었다.

빠르게 내달리던 깊은 균열은 도박장의 기둥을 으스러뜨리고 벽과 지붕마저 날려 버렸다.

꽈과광!

천둥이 치는 듯한 충격음이 뒤늦게 호계상의 귀청을 뒤흔들었다.

'허, 암경을 격발시킨 것인가? 그렇다고 해도 음유한 경력을 이처럼 간단히 파괴력으로 전환시키다니…….'

자신은 꿈도 꾸지 못할 진기의 운용이었다.

와르르 쏟아지는 건물의 잔해를 쳐내며 감탄과 경원의 눈빛으로 단리백을 바라보던 호계상의 얼굴에 문득 이채가 떠올랐다.

평범하던 건물 벽 한쪽이 안개처럼 흐릿하게 변하더니 작은 문 하나가 모습을 드러냈기 때문이다.

"현암기진(眩暗奇陣)!"

호계상의 표정은 이미 굳어져 있었다. 도박장에 들어서는 순간부터 느꼈던 위화감의 정체를 깨달은 것이다.

"저곳이로군."

문 뒤쪽으로 커다란 공간이 존재한다는 것을 파악한 단리백은 허공을 잡아채듯 움켜쥔 손을 잡아당겼다.

쩡!

단리백의 손짓에 문이 경첩째 뜯겨져 나왔다. 가공할 격공섭물의 신위에도 호계상은 놀라지 않았다. 그저 우울하게 가라앉은 눈빛으로 문 뒤쪽으로 나타난 계단을 응시할 뿐이었다.

현암기진은 빛을 왜곡시켜 발생한 어둠으로 상대의 시야를 현혹해 일정 공간을 엄폐하는 일종의 결계였다. 그리고 자신을 포함한 극히 소수만이 이를 알고 있었다.

저벅.

단리백이 주저없이 계단을 밟고 내려갔다. 그리고 그 뒤를 호계상이 따랐다.

계단을 통해 이어진 방으로 들어선 이들을 맞은 것은 짙은 어둠과 적막, 그리고 급하게 불을 끈 유등의 기름 타는 냄새였다.

이때 어둠 속의 한곳을 응시하며 단리백이 입을 열었다.

"움직이면 죽는다."

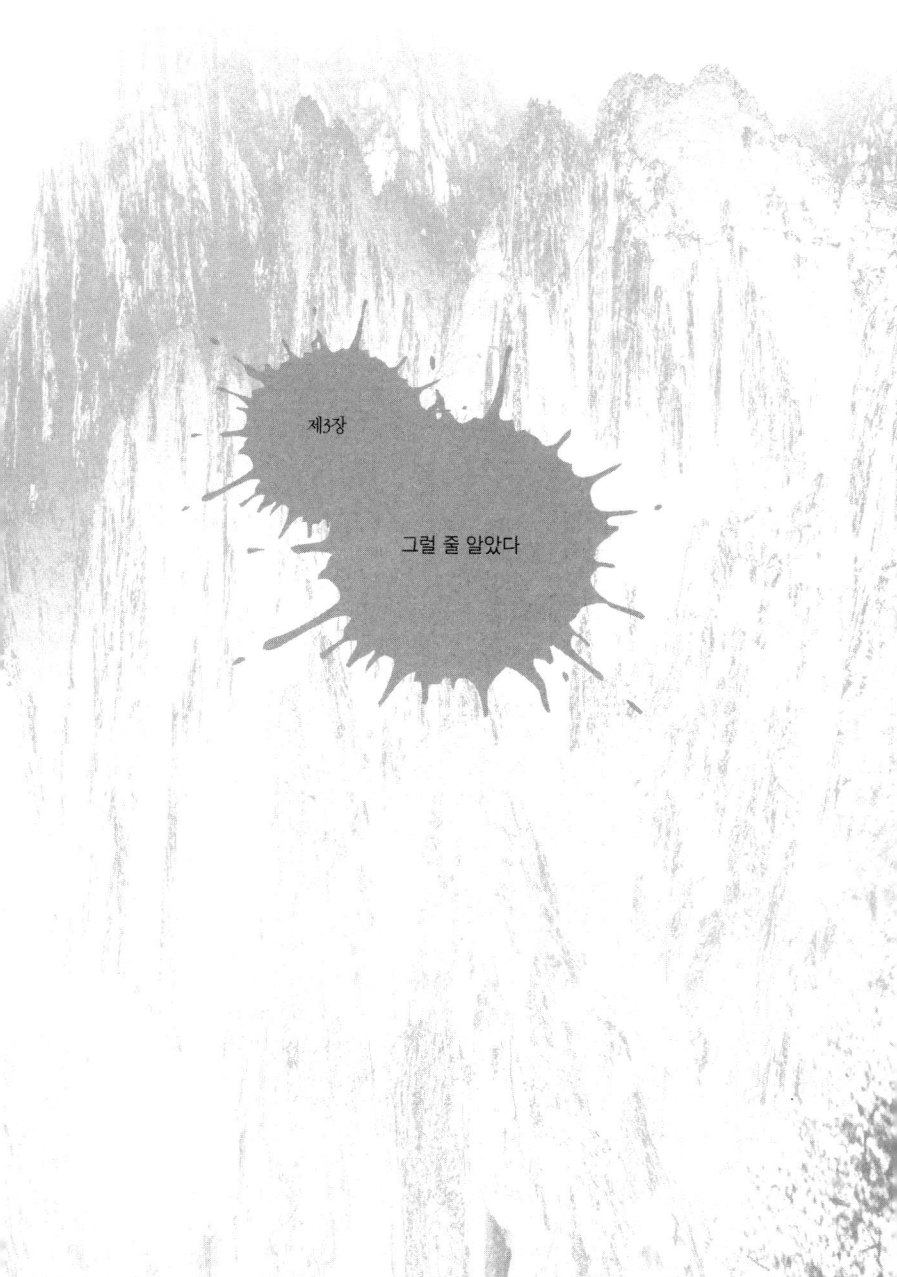

제3장

그럴 줄 알았다

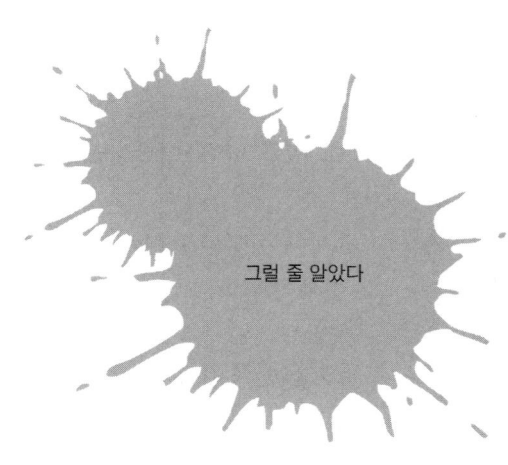

그럴 줄 알았다

"누군가 했더니 지난번의 그 쥐새끼였군."

호계상은 어둠 속에서 누군가가 흠칫하는 것을 느낄 수 있었다.

"당신은 나를 알고 있소?"

상대의 반문에 단리백이 슬쩍 웃음을 말아 올렸다.

"떠볼 생각이라면 그만두는 것이 좋아. 그때 함께 있었던 다른 놈은 어디 갔지?"

"……!"

희미한 공기의 떨림으로 미루어 호계상은 상대가 상당히 동요하고 있음을 눈치 챘다.

'이 칠흑 같은 어둠 속에서 상대가 뚜렷이 보인단 말인가?'

호계상이 새삼 단리백의 능력에 감탄하고 있을 때였다.

"손목이 날아가고 싶은가?"

카앙!

차가운 금속성과 함께 어둠 속에서 새파란 불꽃이 튀어 올랐다. 뒤이어 싸늘한 단리백의 음성이 이어졌다.

"한 번만 더 허튼수작을 하면 목을 날려주겠다."

"크윽……!"

"불을 켜."

화악.

흔들리는 유등 불이 거대한 밀실을 가득 메우고 있던 어둠을 밀어냈다.

그제야 호계상은 손목을 움켜쥔 채 벽에 기댄 중년인과 그 옆에 나뒹구는 부러진 검을 발견할 수 있었다. 그로부터 불과 반 장쯤 떨어진 침상에는 정신을 잃은 채 쓰러져 있는 임소하의 모습이 보였다.

비로소 호계상은 상황을 이해할 수 있었다. 중년인은 임소하를 인질로 삼기 위해 어둠을 틈타 그녀에게 접근했고, 무슨 수를 썼는지 몰라도 단리백은 이를 저지한 것이다.

단리백은 곧장 걸음을 옮겨 임소하에게 다가섰다. 그리고 두 손을 뻗어 그녀를 안아 올렸다.

"충분히 각오를 하고 벌인 일이겠지?"

고개를 돌려 자신을 바라보는 단리백의 눈빛 앞에 송자필의 안색이 밀랍처럼 변해갔다. 차디찬 눈빛 속에 담긴 끝도 짐작키 어려운 살기를 읽어냈기 때문이다.

"자, 잠깐!"

단리백이 걸음을 멈추자 송자필은 이때를 놓칠세라 재빨리 말문을 열었다.

"나는 그 아이를 해치지 않았소. 단지 수혈을 짚어 잠을 재웠을 뿐이오."

"알아."

너무나 순순히 고개를 끄덕이는 단리백의 모습에 오히려 송자필이 말문이 막혔다.

"그런데도 나를 죽이려 한단 말이오?"

피식.

단리백이 메마른 웃음을 피워 올렸다. 하지만 그를 둘러싼 살기는 더욱 짙어져 송자필은 심장이 철렁 내려앉았다.

이윽고 웃음을 거두며 단리백이 입을 열었다.

"유언은 그것뿐인가?"

"……!"

천천히 들어올리는 단리백의 오른손에 맺힌 혈광이 짙어지기 시작했다. 하지만 송자필은 뱀 앞의 개구리처럼 꼼짝도 할 수 없었다. 가슴을 짓누르는 살기에 숨조차 쉴 수 없었다.

"잠깐!"

이번엔 호계상이 단리백을 말렸다.

짜증스러운 표정으로 자신을 바라보는 단리백의 모습에 호계상은 잠시 흠칫했으나 이내 손을 들어 송자필을 가리켰다.

"저자를 죽여서는 안 되네."

"왜지?"

"저자의 소매를 보게. 하얀 대나무가 수놓아져 있지? 그는 기천문 사람일세."

"그래서?"

"그래서라니. 이 사람아, 기천문은 의천맹에 속해 있는 정도 문파란 말일세. 굳이 그를 해쳐 시끄러운 일을 만들 필요가 어디 있겠나? 게다가 그의 목적도 알아내야……."

호계상은 말끝을 흐리며 급히 입을 다물었다. 한심하다는 듯 자신을 바라보는 단리백의 눈빛 때문이었다.

"내가 누구라고 생각하는 거야?"

선뜻 대답하지 못하고 망설이는 호계상을 향해 단리백이 말을 이어갔다.

"기천문? 그깟 신흥 방파 따위, 마음만 먹으면 당장에라도 박살 낼 수 있어. 의천맹이 두렵나? 혼자서는 싸움도 못하는 겁쟁이들이 서로에게 의지한 채 협이니 도이니 그런 헛소리나 지껄이는 놈들을 왜 내가 신경 써야 하지?"

"그렇다면 자넨 어쩔 생각인가?"

"내 방식대로 처리한다."

단리백이 자신을 향해 손을 뻗자 송자필은 가공할 흡인력이 전신을 옭아매는 것을 느꼈다.

"헛!"

송자필은 헛바람을 들이켰다. 반항할 틈도 없이 단리백의 격공섭물에 의해 주르륵 몸이 끌려가고 있었다.

턱.

송자필의 목을 움켜쥔 단리백의 얼굴 위로 더없이 음산한 미소가 피어올랐다.

"컥!"

목을 조이는 무시무시한 악력에 송자필의 얼굴이 썩은 감처럼 붉게 달아올랐다.

단리백은 손에 더욱 힘을 넣었다. 두 눈을 금방이라도 튀어나올 것처럼 잔뜩 부릅뜬 채 송자필은 전신에 경련을 일으키기 시작했다.

"안 돼!"

고함을 지른 호계상이 단리백의 손목을 움켜쥐었다.

"죽고 싶나, 늙은이?"

"절대 그를 죽여서는 안 되네. 그에게서 반드시 알아내야 할 것이 있네."

"싫다면?"

단리백의 눈빛을 마주한 호계상은 얼음 굴에 빠진 듯 전신의 털이 곤두서는 것을 느꼈다. 하지만 진기를 끌어올리며 단리백을 노려봤다.

"목숨을 걸고서라도 일전을 불사할 수밖에!"

한순간에 그의 인상이 변했다.

그는 이미 일개 협잡꾼이 아니었다.

강호사사(江湖四邪)의 일인이자 당당한 무림의 절정고수 호계상인 것이다.

"내 말을 믿지 않았군."

"……?"

의아한 얼굴로 자신을 바라보는 호계상을 향해 단리백이 다시금 입을 열었다.

"말했잖아, 내상을 억눌렀을 뿐이라고."

"큭!"

단리백이 말을 마치기가 무섭게 호계상은 기맥을 내달리던 진기가 미친 듯이 끓어오르며 폭주하는 것을 느꼈다. 동시에 처음 단리백에게 당했던 가슴 어림이 빠개질 것처럼 고통스러웠다.

비틀거리며 물러선 호계상은 바닥에 털썩 주저앉았다. 그리곤 곧장 운기요상을 시작해 뒤틀린 기맥을 바로잡기 시작했다.

그런 호계상을 뒤로한 채 단리백은 다시금 송자필을 향해 고개를 돌렸다.

"죽어."

그때였다.

"의숙……."

멈칫!

힘없이 나직한 음성. 하지만 임소하의 한마디는 피에 굶주린 악귀처럼 폭주하던 단리백의 살의를 일순간에 식혀 버렸다.

단리백은 고개를 숙여 핏기없이 창백한 임소하의 얼굴을 바라봤다.

"정신이 들었느냐?"

일순 송자필은 자신의 귀를 의심해야만 했다. 그도 그럴 것이, 흉신악귀 같던 단리백이 이처럼 부드러운 음성을 지니고 있으리라고는 생각도 못했기 때문이다.

임소하는 애써 웃으며 고개를 끄덕였다.

"집에… 가고 싶어요."

말없이 임소하를 응시하던 단리백이 천천히 고개를 끄덕였다.

쿠당탕!

단리백이 손을 놓자 송자필의 신형이 그대로 무너졌다.

"콜록! 콜록!"

목을 쓰다듬으며 연신 밭은기침을 토하던 송자필은 두려

움에 질린 눈으로 단리백을 올려다보았다.

조금만 늦었어도 자신의 목은 수수깡처럼 부러지고 말았으리라. 지옥 밑바닥에서 기어나온 송자필의 전신은 비를 맞은 것처럼 흠뻑 젖어 있었다.

그런 그를 향해 단리백이 입을 열었다.

"말없이 따라와라. 조금이라도 허튼짓을 하면……."

단리백의 말이 끝나기도 전에 송자필은 연신 고개를 끄덕였다.

잠시 송자필을 노려보던 단리백이 신형을 돌렸다. 송자필은 비 맞은 개처럼 어깨를 축 늘어뜨린 채 그 뒤를 따랐고, 급한 대로 내상을 수습한 호계상은 그가 달아나지 못하도록 삼장의 거리를 유지한 채 계단으로 올라섰다.

임소하는 두 팔을 뻗어 묵묵히 걸음을 옮기는 단리백의 목을 끌어안았다.

"의숙께서 구하러 와주실 줄 알았어요."

단리백은 인상을 찡그렸다. 귓가를 간질이는 야릇한 느낌이 몹시 낯설었기 때문이다. 하지만 불쾌하거나 싫지만은 않았다.

"의숙의 가슴은 매우 따듯하네요."

임소하는 더욱 단리백의 품속으로 파고들었다.

달리 할 말이 없어 묵묵히 걸음을 옮기던 단리백은 문득 고개를 숙여 임소하를 바라봤다. 그때까지 빤히 단리백의 얼굴을 바라보던 임소하는 시선이 마주치자 화들짝 놀라 고개를 숙였다.

"그런데……."

"네?"

"아까 하다 만 이야기가 있었지?"

"무슨 이야기요?"

임소하는 다시금 눈을 들어 단리백의 눈을 응시했다. 그리 곤 이어진 단리백의 말에 실소를 금치 못했다.

"나에 대해 네 어미와 임 형이 했다던 이야기 말이다."

손으로 입을 가리고 웃는 임소하의 모습에 단리백이 미간을 찌푸렸다.

"왜 웃는 것이냐?"

"궁금하세요?"

"그다지……."

"이기적이고 고집불통인 데다가……."

"그건 건너뛰고."

임소하가 배시시 미소를 배어 물었다.

"하지만 마지막엔 늘 이 말씀을 잊지 않으셨지요."

약간은 긴장한 듯 굳어진 얼굴로 자신의 말을 기다리는 단리백을 바라보며 임소하는 속삭이듯 말을 이었다.

"누구보다… 좋은 사람이라고 하셨어요."

단리백의 입가에 보일 듯 말 듯 희미한 웃음이 떠올랐다.

"그럴 줄 알았다."

단리백과 임소하의 대화가 궁금해 슬쩍 그들에게 다가섰던 호계상의 눈이 더없이 크게 홉떠졌다.

'저 얼음귀신이 저런 표정도 지을 줄 아나?'

마치 못 볼 것이라도 본 사람마냥 호계상은 절레절레 고개를 흔들었다.

그때였다.

"다행이에요."

물끄러미 단리백을 바라보던 임소하가 입을 열었다.

"뭐가 말이냐?"

"의숙도 웃을 줄 아는군요."

그 한마디에 단리백의 얼굴에서 온데간데없이 미소가 사라졌다.

'그러고 보니……'

정작 단리백은 자신이 웃고 있었다는 사실조차 모르고 있었던 것이다.

'마지막에 웃은 게 언제였더라……'

이때 손으로 눈을 비빈 호계상이 다시 단리백을 바라봤다. 하지만 온화한 그의 모습은 찾아볼 수 없었고, 어느새 평소의 차가운 모습으로 돌아와 있었다.

'착각이었나? 이래서 늙으면 죽어야 해. 겉만 젊어 보이면 뭐 해? 이처럼 눈이 침침해서야……'

사실 외모와 달리 그의 나이는 칠십에 접어들고 있었다.

호계상은 고개를 돌려 뒤따르는 송자필을 향해 괜히 눈을 부라렸다. 새삼 자신의 나이를 떠올리자 새파랗게 젊은 단리백에게 꼼짝 못하는 자신의 처지에 울화가 치밀었고, 달리 화풀이할 데도 없었던 것이다.

아니나 다를까, 흠칫하며 자신의 눈치를 살피는 송자필의 모습에 호계상은 내심 흐뭇해졌다.

생각에 잠겨 있던 단리백은 문득 따가운 시선을 느끼고 고개를 돌렸다.

"내 얼굴에 뭐라도 묻었느냐?"

"아니요."

"그럼 왜 그리 빤히 쳐다보는 것이냐?"

"그냥요."

그러고 나서도 임소하는 단리백의 얼굴에서 눈을 떼지 않았다.

이번엔 단리백이 그녀의 시선을 피했다. 사심이라곤 깃들지 않은 순수한 눈빛을 마주하기가 불편했다. 대신 고개를 들어 밤하늘을 바라봤다.

지평선 너머로 스러지는 석양 근방의, 손을 뻗어 흔들면 금방이라도 쏟아질 것만 같은 별빛이 어두워지기 시작한 하늘을 가득 메우고 있었다.

단리백은 저 별들보다 눈부신 임소하의 미소를 지켜주고

싶었다.

그리고 이는 임소하 역시 마찬가지였다.

'세상에서 가장 외로운 사람……'

미처 하지 못했던 말이 입속에서 맴돌았다. 사실 그녀의 어머니가 단리백에 관해 언급할 때마다 잊지 않았던 말은 바로 이것이었다.

그때마다 어머니의 얼굴에 떠올랐던 안타깝고 서글픈 미소를 그녀는 잊을 수 없었다.

임소하는 단리백이 평생 동안 짊어졌던 고독의 무게를 짐작할 수 없었다. 하지만 조금이라도 자신이 그 무게를 덜어주고 싶었다.

그래서였을까. 임소하는 사실을 말할 수 없었다. 처음으로 발견한 단리백의 미소가 그의 얼굴에서 사라지는 걸 원치 않았기 때문이다.

휘이이잉!

펄럭.

눈송이를 말아 올리던 차가운 삭풍이 임소하의 소맷자락을 붙들고 심술을 부렸다. 그러고도 미련이 남았음인지 창백한 그녀의 얼굴을 쓰다듬었다.

단리백은 팔을 들어 그녀를 괴롭히는 바람을 떨쳐 냈다.

임소하는 추위를 피해 더욱 단리백의 가슴으로 파고들었다.

석양은 이미 어둠에 밀려 사라지고 사위는 고요함에 잠겨 있었다. 적막한 밤을 벗삼아 이따금씩 울어대는 야조 소리와 발밑에서 부서지는 눈 소리만이 전부였다.

하지만 눈은 감고 있는 임소하의 양 볼에는 어느새 소리없이 내려선 노을이 몰래 자리 잡고 있었다.

*　　　　*　　　　*

단리백 일행이 사라지고 얼마 지나지 않아 폐허로 변한 도박장 한 켠에서 쇠를 긁는 듯한 거친 음성이 울려 퍼졌다.

"어째서 만류한 것이오?"

"우리 쪽 사람이 인질로 잡혀 있는 이상 섣불리 행동할 순 없지 않습니까?"

"어차피 그자는 그를 죽이려 했소."

"하지만 죽지 않았지요."

그 말을 끝으로 일순 잔해만 남은 벽면 한곳이 안개처럼 일렁였다. 그리고 무너지는 어둠 속에서 두 사람이 모습을 드러냈다.

사람 좋아 보이는 미소를 머금은 사십대의 중년인과 관자놀이에서 턱까지 길게 그어진 칼자국을 지닌 호안(虎眼)의 사내였다.

"괜히 시간만 낭비할 뿐이오."

"주의해서 나쁠 건 없지 않습니까?"

"풍 문주, 기천문이 어째서 산서를 제패하지 못하는 줄 아시오?"

문주라 불리운 중년인이 빙그레 웃음을 머금었다.

"글쎄요. 고견을 듣고 싶습니다."

호안을 지닌 사내가 중년인을 향해 냉소를 흘렸다.

"그건 문주인 당신의 소심함에 원인이 있소. 아무리 이리 재고 저리 재봐야 강호란 사람의 계산으로 예측할 수 있는 곳이 아니오. 때론 과감히 모험을 감행할 결단이 필요한 법인데, 당신에겐 그것이 결여되어 있소."

무례하기 그지없는 사내의 말에도 불구하고 중년인은 여전히 부드러운 미소를 잃지 않고 있었다.

"그래서 혁련 사부를 초빙한 것이 아닙니까?"

자신을 치켜세우는 풍소명의 말에 혁련광은 손을 들어 자신의 뺨에 난 검상을 쓰다듬었다. 기분 좋을 때 취하는 그의 버릇이었다.

그런 그를 향해 풍소명이 다시금 입을 열었다.

"어떻습니까? 그를 상대할 수 있겠습니까?"

"흥! 자신의 코앞에 있는 상대의 기파도 눈치 채지 못하는 자쯤이야!"

혁련광의 오만한 표정에는 감출 수 없는 자신감이 넘쳐흐르고 있었다.

순간 그를 바라보던 풍소명의 눈에서 한순간 차가운 빛이 떠올랐다. 하지만 이는 나타날 때보다 더욱 빨리 사라져 혁련광은 알아챌 수 없었다.

"그래도 주의하십시오. 송자필은 본 문에서도 손가락으로 꼽을 수 있는 고수입니다. 그런 그가 제대로 힘도 써보지 못했으니……."

쾅!

"감히 그런 피라미와 나를 비교하는 것이오?!"

자신의 말을 자르는 쩌렁한 고함 소리에도 풍소명은 얼굴조차 찌푸리지 않았다. 대신 혁련광의 손에서 푸르스름한 빛을 뿌리는 거치도(鋸齒刀)를 바라보며 탄성을 터뜨렸다.

"축하합니다! 드디어 대공을 이루셨군요!"

톱날처럼 날카로운 이빨을 드러낸 거치도에서 흘러내리는 푸른 기운. 눈에 보이지 않는 진기를 유형화시킨 도기는 더없이 날카로운 예기를 품은 채 일렁이고 있었다. 이기생형(理氣生型)의 경지를 이루지 않고서는 보일 수 없는 신기(神技)였다.

이는 얼핏 도기와도 비슷해 보이지만 실제로는 그 차이가 극명하게 엇갈린다. 도기를 유형화시킬 수 있다는 것은 도를 병기로 쓰는 자라면 누구나 바라 마지않는 경지. 곧, 도강(刀罡)의 초입에 들어섰다는 뜻과도 다르지 않기 때문이다.

"풍 문주의 도움이 컸소."

"제가 한 일이 뭐 있겠습니다. 그간 묻혀 있던 혁련 사부의 재능이 드디어 빛을 발한 것이지요."

"아니오. 문주가 건넨 신단(神丹)이 아니었다면 이처럼 수월하게 기경팔맥(奇經八脈)을 타통하지 못했을 것이오."

풍소명이 손을 내저었다.

"보물의 주인은 하늘이 정해준다 했습니다. 제가 아니었어도 의당 보물이 혁련 사부를 찾아갔을 것입니다."

"흐흐, 풍 문주의 혀는 마치 기름칠을 한 것 같구려."

쓴웃음을 짓는 풍소명을 바라보며 혁련광(赫連光)이 자신의 가슴을 두드렸다.

"어찌 됐든 상관없소. 나 혁련광은 결코 은혜를 잊지 않으니까."

"그럼 부탁드리겠습니다."

"걱정 마시오. 오늘 밤이 가기 전에 그자의 목을 풍 문주 앞에 가져다 주겠소."

"그의 목을 제가 어디에 쓰겠습니까? 그냥 알아서 처리하십시오."

풍소명의 말이 끝나기도 전에 혁련광은 단리백 일행이 사라진 방향을 향해 성큼성큼 걸음을 옮기기 시작했다.

이윽고 혁련광의 모습이 어둠 속으로 사라지자 풍소명이 웃으며 신형을 돌렸다.

"언제 오셨습니까?"

풍소명의 음성은 십 장쯤 떨어진 곳에 위치한 가지만 남아 앙상한 나무 아래를 향하고 있었다.

그곳에는 복면으로 얼굴을 가린 흑의인이 유령처럼 서 있었다.

"저자는?"

흑의인의 질문에 풍소명이 웃으며 입을 열었다.

"어렵게 초빙한 본 문의 빈객입니다."

"재미있군. 정파인 기천문이 혈랑마도(血狼魔刀)와 같은 흑도의 인물을 빈객으로 데리고 있다니……."

"알고 계셨습니까?"

복면 사이로 흑의인의 눈빛이 차갑게 빛났다.

"나를 기만하지 마시오. 나는 혁련광처럼 어리석은 인간이 아니니."

풍소명의 미소가 더욱 짙어졌다.

"어찌 제가 감히 흑점(黑點)을 상대로 장난을 치겠습니까?"

흑의인은 잠시 말없이 풍소명을 응시했다.

이윽고 한참의 시간이 흘러 흑의인이 입을 열었다.

"당신이 의뢰했던 일은 실패했소."

"알고 있습니다. 그 아이가 살아 있는 것을 제 눈으로 확인했으니까요."

한순간 흑의인의 눈에서 살기가 튀어 올랐다. 풍소명의 미소가 마치 비웃는 것처럼 느껴졌던 것이다.

"당신이 제공한 정보가 잘못되었소."

"그들 여덟이면 황제도 암살할 수 있다 호언장담한 사람은 당신이었습니다."

"……."

심상치 않은 흑의인의 눈빛을 읽은 풍소명이 급히 손을 내저었다.

"그렇다고 해서 의뢰비를 돌려달라 하진 않을 테니 걱정하지 마십시오."

잠시 풍소명을 노려보던 흑의인의 눈빛이 서늘하게 가라앉았다.

"물론 그래야 할 것이오. 선수금과 의뢰는 철회되지 않는 것이 흑점의 원칙이니까. 그리고 우리를 건드린 이상 그는 내일 아침 떠오르는 해를 볼 수 없을 것이오."

"믿고 있겠습니다."

"나는 사람의 웃음을 믿지 않지. 당신과 같은 사람은 흉중에 무엇이 감춰져 있는지 알 수 없으니까. 특히 우리 흑점의 정보망을 통해서도 신원을 확인할 길 없는 사람은 더욱."

"제 신원이라면 기천문……."

"흥! 일 년 전 철련검법을 쓰던 중년인이 오태산의 녹림도들에게 살해당한 일이 있었소. 시신조차 남기지 못한 그의 죽음은 먼지에 묻혀 강호에 알려지지 않았지만 우리는 그가 풍씨 성을 썼다는 것을 알고 있소."

풍소명의 얼굴에 놀랍다는 감정이 떠올랐다.

그런 그를 향해 흑의인이 다시금 입을 열었다.

"어차피 우리에겐 상관없지. 당신이 누구든 우리는 당신의 의뢰를 수락했으니."

"그와 같은 신용 때문에 흑점이 백 년 넘게 명성을 잃지 않는 것이겠지요."

말을 하던 풍소명은 이내 쓴웃음을 머금었다. 자신의 말이 끝나기도 전에 흑의인의 신형이 그림자에 녹아들 듯 사라졌기 때문이다.

약간의 시간이 흘러 풍소명의 입에서 다른 목소리가 흘러나왔다.

"역시 흑점. 결코 얕잡아볼 수 없는 곳이야."

목소리뿐만이 아니었다. 그의 얼굴 역시 청수한 중년인이 아닌, 날카로운 눈매와 얇은 입술을 지닌 초로인으로 변해 있었다.

"자, 이제 무대는 마련되었으니 앞으로 벌어질 촌극을 구경만 하면 되는 것인가?"

독백을 흘리던 노인의 시선이 단리백 일행과 혁련광이 사라진 곳을 향했다.

"후훗, 그나저나 이곳에서 그를 보게 될 줄은 생각지 못했군. 그래도 꽤나 반가웠소, 사형."

　　　　　*　　　*　　　*

　깜깜한 방 안에 들어선 호계상은 탁자 위에 놓인 등잔에 화
섭자를 기울였다.

　"헉!"

　헛바람을 들이키며 호계상은 황급히 뒷걸음질쳤다. 분명
방에서는 아무런 인기척도 느껴지지 않았건만 불을 밝히자
단리백이 벽에 등을 기댄 채 자신을 응시하고 있었던 것이다.

　"말해봐, 내가 없는 동안 무슨 일이 있었는지."

　"하지만 난 지금 바쁘다네. 내일 이야기하는 것이 어떤
가?"

　말을 뱉어놓고 금세 후회하고 마는 호계상이었다. 살짝 미
간을 찌푸린 단리백이 팔짱을 풀며 자신을 노려봤기 때문이
다.

　"나… 나는……."

　자신도 모르게 말을 더듬던 호계상이 고개를 숙이며 한숨
을 터뜨렸다.

　"알겠네, 알겠어."

　힘없이 탁자로 다가선 호계상이 의자에 털썩 주저앉았다.

　한 잔의 차로 목을 축인 호계상이 입을 열었다.

　"자네가 의형인 임 보주를 도와 흑암보를 세웠다 들었네.

맞는가?"

단리백은 보일 듯 말 듯 미미하게 고개를 끄덕이는 것으로 대답을 대신했다.

호계상이 말을 이어갔다.

"어쩌면 자네가 관여한 것부터 일이 틀어졌는지도 몰라. 칠십 년 전의 일은 자네도 알고 있지?"

단리백은 묵묵히 고개를 끄덕였다. 무림 역사상 가장 치열했던 시기를 그가 모를 리 없었다.

백 년 만에 발호한 마교의 힘은 상상을 초월하는 것이었다. 오래전 신강 너머의 변방으로 쫓겨난 이후 암암리에 힘을 키워온 마교는 일거에 둑을 무너뜨리듯 중원 문파들의 이름을 지우며 남하했다. 이에 위기를 느낀 구대문파가 나서고, 오대 세가를 비롯한 나머지 백도 문파들이 의천맹이라는 이름 아래 힘을 모아 마교와 맞서 싸우기 시작했다.

결국 삼 년을 끈 전쟁은 구대문파와 의천맹의 승리로 돌아갔고, 패퇴한 마교는 다시금 신강 너머로 물러갔다. 하지만 마교와의 전쟁이 할퀴고 간 후유증은 적지 않았다.

수많은 제자를 잃은 청성과 아미가 이십 년간의 봉문을 선언했고, 구대문파 중 가장 처음 마교와 격돌했던 곤륜은 멸문에 가까운 피해를 입었다.

이는 소림을 비롯한 화산과 무당 등의 다른 구대문파 역시 다르지 않았다.

마교와의 싸움에서 늘 선봉에서 싸워왔던 그들은 당분간 피해를 수습하기 위해 강호의 일에 관여하지 않기로 결정했다.

구대문파가 그러할진대 하물며 작은 백도 문파들은 말할 것도 없었다.

그동안 숨죽이고 있던 흑도 문파와 사파인들이 제 세상을 만난 것마냥 활개를 치기 시작했다. 시간이 흐를 수록 그 폐해가 이루 말할 수 없을 지경에 이르자 결국 의천맹이 나서게 되었다.

구대문파에 비해 상대적으로 피해가 적었던 그들은 남은 힘을 끌어 모아 다시 한 번 흑도인들과 전쟁을 시작했다.

결과는 의천맹의 일방적인 승리였다.

명분에 따라 움직이는 정파와 달리 사파의 인물들은 철저히 명리를 따졌기에 서로 힘을 모은다는 것은 사실상 불가능했고, 마교와의 전쟁을 경험으로 한층 더 발전한 의천맹의 조직적인 힘을 감당할 수 없었던 것이다.

궁지에 몰린 흑도인들은 산서에 모여 대책을 강구하기 시작했다. 하지만 이미 기운 전세를 뒤집는 것은 불가능했다.

의천맹은 이 기회에 단번에 흑도인들을 강호에서 쓸어내려 했다.

이에 흑도인들은 자신들이 지닌 최후의 수단을 사용했다. 이 이상 자신들을 핍박한다면 마교에 힘을 보태겠다 선언한 것이다.

의천맹의 수뇌부는 고민에 휩싸였다. 마교를 몰아냈다 하더라도 실상은 서로가 아슬아슬한 균형을 이룬 상태에서 약간의 우세를 점한 것에 불과했다. 비록 흑도 세력이 약해졌다 하나 그들의 힘과 정보력이 마교에 보태진다면 간신히 잡았던 승기가 단번에 마교 쪽으로 기울 것이라는 사실은 불 보듯 뻔한 사실이었다.

결국 의천맹은 더 이상의 싸움을 포기하고 사파와 상호 불가침을 약조하기에 이르렀다. 다만 사파인들이 활동할 수 있는 강호는 산서로 한정 지어졌다.

그때부터 산서는 사파인들의 거점이 되어 지금까지 이르렀던 것이다.

호계상이 다시금 입을 열었다.

"자네가 끌고 간 그 세 늙은이는 성질은 더러워도 실력은 있었지. 서로 으르렁대긴 했어도 그들이 있음으로 해서 산서는 세력의 균형을 이루고 있었으니까. 하지만 그들이 사라지면서 산서의 균형은 무너지고 말았네. 대신 흑암보가 들어서며 그들 세 늙은이의 세력을 흡수했고, 산서의 패주로 군림했지. 임 보주의 뛰어난 무위도 무위였지만 흑암보가 그처럼 성장할 수 있는 이유는 따로 있었네. 그것은 사파인조차 감복할 만큼 훌륭한 그의 인품 때문이었지. 그가 살아 있는 동안은 누구도 감히 흑암보를 넘보지 못했으니까. 하지만 그가 죽고 나서 상황은 달라졌네."

긴 한숨을 흘린 호계상이 단리백을 바라봤다.

"생각해 보게. 섬서와 하남, 하북을 끼고 있는 지형적인 요건에 명리를 쫓는 흑도인들의 생리 탓에 암염(暗鹽)을 비롯한 온갖 밀거래가 끊이지 않는다네. 여기엔 당연히 막대한 이득이 따르고, 두 번의 전쟁을 치러 경제적인 타격이 큰 정파에게 있어 이곳 산서는 노른자위나 다름없었다네."

순간 단리백의 눈에서 푸른 안광이 일렁였다. 그 섬뜩한 눈빛에 호계상은 숨이 막히는 것을 느꼈다.

"임 형 부부의 죽음에 정파가 관여했다는 뜻인가?"

마른침을 삼킨 호계상이 고개를 끄덕였다.

"확실히 장담할 순 없지만 크게 다르진 않을 것이네. 산서에서 흑암보가 지닌 상징적인 위치는 결코 녹록한 것이 아니었으니까. 흑암보만 무너진다면 사실상 산서의 흑도인들은 구심점을 잃게 되는 셈이지. 산서를 집어삼키려 했다면 나라 해도 먼저 흑암보를 무너뜨렸을 게야."

"정황뿐이로군."

"아닐세. 그러니까 한 달 전, 흑암보를 침범한 무리들은 개개인이 검기를 다룰 만큼 일정 경지의 무위에 이른 자들이었네. 더구나 그중에는 십대고수와 맞먹는 무위를 지닌 자도 포함되어 있었어. 그들은 매우 조직적으로 움직였는데 상당히 노련한 솜씨를 지니고 있었다네. 흑암보의 호위 무사 백여 명이 비명조차 지르지 못하고 황천길에 올랐으니 말일세. 그들의 움직임은 연습이 아닌 경험을 바탕으로 한 것이었네. 자네도 알다시피 당금 혹도 문파 중에는 그와 같은 저력을 지닌 곳은 존재하지 않아. 의천맹이나 구대문파처럼 오랜 세월 싸움을 계속해 온 곳을 제외하곤 말일세."

"그때 당신은 뭘 하고 있었나?"

"상황이 급박해졌기에 나는 소하의 수혈을 짚은 다음 그 아이와 이곳을 탈출했네. 신법에는 누구보다 자신있었으니까. 그리고 이곳으로 돌아왔을 때는 이미 모든 상황이 끝난 뒤였네. 임 보주도, 그리고 그의 부인도 죽은 뒤였지."

말을 마친 호계상은 조심스럽게 단리백의 눈치를 살폈다. 그러나 이내 화들짝 놀라 고개를 돌렸다. 짙어지다 못해 섬전 같은 푸른 안광을 뚝뚝 흘리는 단리백의 눈빛을 마주하기가 겁이 났기 때문이다.

"그랬단 말이지."

낮게 깔린 단리백의 음성을 듣는 순간 호계상은 부르르 진저리를 쳤다. 심혼을 뒤흔드는 두려움이 스멀스멀 뒷골을 타고 기어오르고 있었다.

"그럼 난 이만……."

슬그머니 신형을 일으키는 호계상을 향해 단리백이 입을 열었다.

"쥐새끼가 숨어들었다."

"엇?"

놀란 표정을 짓던 호계상이 황급히 방을 박차고 나섰다. 방을 나선 호계상은 곧장 송자필을 가둬둔 창고로 향했다.

송자필은 자신의 원수를 잡기 위한 유일한 끈이자 단서였다. 그를 놓치면 평생 가슴에 쌓아두었던 한을 풀 기회를 놓치고 마는 것이다. 오십 년 만에 처음으로 잡은 기회를 수포로 돌릴 수는 없었다.

한편 문조차 닫지 않고 사라지는 호계상의 뒷모습을 바라보던 단리백이 냉소를 머금었다.

"홍! 쥐새끼 한 마리가 더 있었군."

순간 단리백의 신형이 그 자리에서 사라졌다.

바람에 흔들리는 유등만이 너울거리는 그림자를 방 안에 드리울 뿐이었다.

자신의 뺨을 툭툭 두드리는 손길에 송자필이 눈을 떴다.

"자네?"

"쉿!"

커다란 덩치와 어울리지 않게 마운영은 급히 손가락을 들어 입으로 가져갔다.

목소리를 죽여 송자필이 입을 열었다.

"어서 달아나게. 자네는 이곳에 와서는 안 됐어."

"자네를 두고 어찌 혼자 떠나겠나. 포승줄은 풀었으니 어서 일어나게."

송자필이 쓸쓸한 웃음을 머금고 고개를 흔들었다.

"틀렸어. 마혈이 짚여 꼼짝도 할 수 없다네."

"미안하네. 내 미처 몰랐군."

"자, 잠깐!"

마운영이 손을 뻗자 송자필이 대경실색하여 만류했다.

의아한 얼굴로 자신을 바라보는 마운영을 향해 송자필이 황급히 입을 열었다.

"그가 직접 점혈을 했네. 진기를 움직여 몇 번이나 타혈을 시도해 봤지만 도저히 방법을 찾을 수 없었다네."

마운영이 피식 웃음을 터뜨렸다.

"원래 스스로 마혈을 푸는 것은 어렵다네. 그걸 가지고 그리 죽을상을 한 겐가?"

말이 끝나기가 무섭게 마운영은 손을 들어 마운영의 견정혈 부근을 가볍게 두드렸다. 하지만 이내 고개를 갸웃거렸다.

"어? 이럴 리가 없는데?"

마운영은 다시금 송자필의 어깨 부분에 위치한 중부혈과 운문혈을 연속적으로 두들겼다. 하지만 여전히 송자필은 움직일 생각을 안 했다. 오히려 오한이 든 것처럼 부들부들 몸을 떨기까지 하고 있었다.

"헛? 자네?"

뒤늦게 송자필의 얼굴을 살핀 마운영이 기겁했다. 입술을 깨문 채 두 눈을 부릅뜬 송자필의 얼굴이 금세라도 핏물이 배어 나올 것처럼 붉게 달아올라 있었던 것이다.

마운영이 이러지도 못하고 저러지도 못해 안절부절못하는 사이 송자필이 가까스로 입을 열었다.

"그의 점혈 방법은 참으로 기이해 타혈을 시도하면 이처럼 지독한 고통이 뒤따른다네. 아마 그가 아니고서는 절대 마혈을 풀지 못할 거야. 그러니 자네는 혼자서라도 어서 이곳을 떠나게."

"무슨 소린가. 절대 안 될 말이네."

마운영은 대뜸 송자필을 들어 어깨에 짊어 멨다.

"일단 본 문으로 돌아가 해혈할 방법을 강구하도록 하세."

송자필은 한숨을 내쉬었다. 제아무리 힘이 좋은 마운영이라 하나 한 사람을 짊어진 상태에서 제대로 경공을 펼칠 리만무했다. 운 좋게 흑암보를 탈출한다 해도 금방 뒤를 밟힐게 틀림없었다.

하지만 이 또한 기우에 지나지 않았다. 어느새 창고 입구를 가로막은 노인 때문이었다.

"그를 내려놓게나."

"비켜!"

자신을 향해 말을 건넨 노인을 향해 마운영은 대뜸 주먹을 휘둘렀다.

쾅!

호계상이 슬쩍 어깨를 비틀자 마운영이 뿌린 경력은 그대로 벽을 때렸다.

"권풍(拳風)? 제법이군."

호계상이 탄성을 터뜨리자 마운영은 곧장 발을 들어 창고 안의 집기를 걷어차기 시작했다. 그리고 자신을 향해 날아드는 가구 등을 피해 호계상이 비켜선 사이 곧장 창고 밖으로 신형을 날렸다.

"흐흐흐, 느려."

마운영이 눈을 부릅떴다. 떨쳐 냈다 생각했던 호계상이 어느새 자신과 어깨를 나란히 한 채 달리고 있었기 때문이다.

마운영은 급히 오른손을 휘둘러 호계상의 얼굴을 후려쳤다. 하지만 그의 손은 허공을 두드렸을 뿐 어느새 호계상의 모습은 그의 눈앞에서 사라져 있었다.

"느리다니까."

"이익!"

바로 곁에서 귀에 대고 속삭이는 호계상의 음성에 마운영은 발작적으로 권풍을 날렸다. 그 순간 허리 어림이 따끔해지더니 저릿한 충격이 빠르게 온몸을 마비시켰다.

쿠당탕!

순간적으로 마혈이 짚인 마운영은 달리던 속도를 이기지 못하고 그대로 바닥에 부딪치고 말았다.

그런 자신의 눈앞에 흐릿한 잔영을 남기며 짓쳐든 노인의 모습을 보는 순간 마운영은 경악을 금치 못했다.

"유령환영보(踰嶺換影步)! 그렇다면 당신은……!"

"호오? 내 신법을 알아본 것인가? 견식이 제법일세그려."

"당신은 죽은 것이 아니었던가?"

"누가 그래, 내가 죽었다고?"

"하지만 당신은 이미 십육 년 동안 모습을 드러내지 않았……."

딱!

마운영은 채 말을 끝맺기도 전에 눈앞에 번갯불이 번쩍 하는 것을 느꼈다.

"이놈아, 멋대로 송장 만들지 마라."

자신의 머리를 후려친 호계상이 빙글거리며 웃자 마운영은 암담함에 질끈 눈을 감았다.

비록 십대고수에는 들지 못하지만 강호사사(江湖四邪) 중 한 명인 천면호리 호계상의 무위는 능히 백대고수 안에 들고도 남는 것이었다.

자신이 태어나기도 전부터 강호사사의 악랄함은 강호에 널리 알려져 있었고, 눈앞에 서 있는 호계상만 하더라도 자신 정도는 손가락 하나로 찜쪄 먹을 수 있는 위인이었다. 하지만 멀지 않은 곳에서 들려온 차가운 음성을 듣는 순간 마운영은 사고가 정지되었다.

"그자들을 이리 데려와."

단리백의 말이 떨어지자 호계상은 말 잘 듣는 하인처럼 송자필과 마운영의 목덜미를 잡아 단리백에게 끌고 갔다.

송자필과 마운영을 번갈아 바라보던 단리백이 마운영에게 시선을 고정한 채 조용히 웃음을 머금었다.

"내가 누군지 알고 있나?"

단리백의 질문에 마운영이 두려운 얼굴로 고개를 끄덕였다.

"그렇다면 이곳이 너에겐 사지(死地)라는 것도 알고 있겠군."

"우, 우리를 죽일 생각이시오?"

마운영의 반문에 단리백의 미소가 더욱 짙어졌다.

"나는 친우를 돕기 위해 기꺼이 목숨을 던지는 이를 싫어하지 않는다."

단리백의 대답에 마운영은 안도의 한숨을 내쉬었다. 하지만 이어진 단리백의 말에 그의 얼굴은 사색이 되었다.

"하지만 살수를 고용해 무공도 익히지 않은 여아를 노리고, 이를 멀리서 지켜보는 추악한 취미를 지닌 놈들을 살려줄 만큼 나는 너그럽지 못해."

"오, 오해요!"

"오해라……. 참으로 편리한 말이군. 좋아, 오해가 있다면 풀어야지. 단, 염왕에게 고할 말을 먼저 생각해 두는 게 좋을 거야. 하찮은 말장난을 늘어놓다 머리가 박살 나면 그마저도 쉽지 않을 테니까."

단리백의 엄포에 송자필과 마운영은 마른침을 삼켰다. 자신들을 응시하는 단리백의 눈빛에서는 그 어떤 타협의 의지도 찾아볼 수 없었다.

먼저 입을 연 것은 송자필이었다.

"우리는 기천문에 몸을 담은 범부들로서 일 년 전 실종된 문주님을 찾기 위해 오태산 일대를 조사하고 있었소. 그 근방에서 문주님의 행방이 묘연해졌기 때문이오. 그러던 중 본 문으로부터 전갈이 왔소. 문주님이 돌아오셨으니 하루빨리 귀환하라는 내용이었소. 그것은 우리가 문주님의 행방을 찾기 위해 본 문을 떠난 지 육개월 만인, 정확히 일주일 전이었소."

마운영이 송자필의 말을 받았다.

"본 문으로 복귀한 우리들은 그토록 찾아헤맸던 문주님의 무사한 모습을 뵙고 마음을 놓았소. 그런데 문주님께서 곧바로 우리에게 한 가지 일을 맡기셨다오. 그것은 흑암보의 소보주를 노리는 살수들로부터 그녀를 구해오라는 것이었소."

"우리는 문주님께서 지시한 대로 그녀를 구하기 위해 정양(定養)으로 향했소."

"하지만 우리는 하루를 꼬박 달렸음에도 불구하고 시간을 맞추지 못해 그녀는 이미 살수들의 공격을 받고 있는 상황이었소. 우리가 나선다 해도 그녀를 구할 수 있을지 확신할 수 없었으며, 자칫 더욱 상황이 나빠질까 우려해 사태를 주시하며 기회를 엿보고 있었소."

"그때 당신이 나타나서 살수를 주살하고 그녀를 구했던 것이오."

그들의 설명이 끝나자 호계상이 차가운 냉소를 터뜨렸다.

"흥! 그렇다면 어째서 그녀를 다시 납치한 것이냐?"

"그것은……."

곁눈질로 단리백의 눈치를 살피던 송자필이 곤혹스러운 표정으로 입을 열었다.

"그는 희대의 살성(煞星). 나는 그가 그녀에게 위해를 가할지도 모른다고 생각했기 때문에……."

"납치가 아니라 구하려고 한 것이다?"

호계상의 반문에 송자필이 고개를 주억거렸다.

이때 말없이 그들의 이야기를 듣고 있던 단리백이 앞으로 나섰다.

"좋아, 이제 오해는 풀렸군."

한순간 송자필과 마운영의 얼굴에 화색이 감돌았다. 그러나 옆에서 이들을 지켜보던 호계상은 잔뜩 인상을 찌푸렸다. 단리백의 입가에 감도는 심상치 않은 미소를 발견했기 때문이다.

아니나 다를까.

"자네들을 오해해서 미안하네. 답례로 고통없이 보내주지."

사악.

두 사내의 얼굴에서 핏기 가시는 소리가 들리는 듯했다.

"어, 어째서?"

"내가 희대의 살성이기 때문이지."

단리백의 오른손에서는 이미 핏빛 서기가 유형화되어 아지랑이처럼 일렁이고 있었고, 이를 바라보는 두 사내의 눈빛은 절망에 물들었다.

더 이상 단리백을 만류할 수 없다 판단한 호계상이 가장 궁금했던 질문을 송자필을 향해 던졌다.

"현암기진은 누가 설치한 것이냐?"

"현암기진이 뭐요?"

"도박장의 지하실 입구에 설치해 놓은 진법 말이다."

송자필은 의아한 얼굴로 마운영을 바라봤다. 하지만 마운영 역시 설레설레 고개를 흔들 뿐이었다.

"이놈들아, 똑바로 대답해. 그 대답 여하에 따라 네놈들의 목숨이 달려 있으니."

호계상이 재차 채근했으나 모르는 것은 모르는 것이었다.

"어이, 늙은이."

호계상이 자신을 돌아보자 단리백이 입을 열었다.

"숨기는 게 있지?"

"그게……."

"난 누구에게 속는 걸 좋아하지 않아. 그리고 지금의 상황에서 시체 두 개에 하나가 더 늘어난다 해도 이상할 것이 없다는 사실도 알아둬."

단리백의 엄포에 호계상은 흠칫하며 신형이 굳어졌다. 자신이 처한 상황이 송자필이나 마운영과 비교해 그리 나은 형편이 아님을 깨달은 것이다.

호계상은 무거운 한숨을 터뜨렸다.

"현문(玄門)이라는 문파가 있었네. 내 사문이었지."

단리백의 눈에 이채가 떠올랐다.

"재미있군. 강호사사의 일인인 천면호리의 사문이 현문이라니……."

단리백의 조소에 호계상이 쓴웃음을 머금었다. 비록 현문은 뛰어난 무위를 지니거나 세력이 거대한 것은 아니었지만 오랜 세월 이어져 온 명망있는 정도의 문파였던 것이다.

"그러니까… 벌써 사십 년도 더 된 일이로군."

과거를 회상하는 호계상의 눈빛이 우울하게 가라앉았다.

"당시 나에게는 사제 한 명이 있었네. 아주 영리하고 포부가 큰 녀석이었지. 반대로 나는 사제의 재능을 따라가지 못해 늘 사부님께 꾸지람을 듣기 일쑤였다네."

호계상의 신상 내력은 강호에 일절 알려진 바가 없었기에 중인들의 관심은 자연 그에게 쏠리기 시작했다.

"사제는 내가 열 살 때 사부님이 주워온 아이로 전란 통에 부모를 잃고 굶어 죽어가고 있었다 하더군. 나 역시 비슷한

계기로 사부님께서 거두셨기 때문에 나는 그 아이에게 혈육
과도 같은 정을 느꼈네. 그 일이 있기까지는 말이야."

호계상은 계속해서 말을 이어갔다.

"내가 서른이 되던 해였어. 임종을 눈앞에 둔 사부님은 나
를 차기 장문인으로 지목하셨지. 나도 놀라고 사제도 놀랄 일
이었네. 그도 그럴 것이, 나는 늘 사제의 능력에 미치지 못했
고, 사제는 사부님도 놀랄 만큼 뛰어난 오성을 지니고 있었기
때문이지. 사단은 거기에서 비롯되었네."

"계속해."

복잡한 마음을 뒤로한 채 호계상이 다시금 입을 열었다.

"사부님의 관을 주문하기 위해 마을에 갔다 온 나는 청천
벽력과 같은 소식을 접하게 되었네. 임종을 눈앞에 둔 사부님
께서 살해당하신 것이지. 황당하게도 그 범인으로 내가 지목
되었네. 사부님께서 사제를 차기 장문인으로 추대했는데 내
가 그것을 시기하여 사부님과 사제를 독살하려 했다는 것이
었지. 모든 것이 사제의 음모였네. 하지만 누구도 내 말을 믿
어주지 않았어. 누가 봐도 사제는 여러모로 나보다 뛰어났으
니까."

씁쓸한 입맛을 다시며 호계상이 말을 이어갔다.

"나를 포위했던 십여 명의 고수들과 그 사이에서 나를 가
리키며 흉수라고 소리치던 사제를 뒤로한 채 절망과 공포에
휩싸인 나는 목숨을 걸고 달아났네. 이후 백방으로 누명을 벗

기 위해 노력했지만 돌아온 것은 멸시와 비난뿐이었네."

호계상의 이마에 자리 잡은 주름의 골이 더욱 깊어졌다.

"내가 사제보다 뛰어났던 것은 오로지 신법뿐. 어느 날 나는 사문에 몰래 잠입해 몇 권의 비급과 영단을 훔쳤네. 내가 할 수 있는 복수라곤 그런 치졸한 방법밖에 남아 있지 않았으니까. 하지만 무공 서적을 제외한 대부분은 이미 사제가 전부 외우고 태워 버려 찾을 수 없었네. 그리고 얼마 안 가 현문은 사라졌지. 그 이후에도 나는 수많은 정파의 인물들에게 쫓기는 생활을 반복했고, 그런 위기 가운데 독해질 수밖에 없었네. 나는 살아남기 위해 본 문에서 챙겨온 무공 서적과 변장술을 바탕으로 추적자들을 죽이고 모습을 감췄네. 어느 날 정신을 차려보니 천면호리라는 명호로 강호사사의 일인이 되어 있더군."

"그 사제란 작자가 이자들과 관계가 있나?"

호계상이 고개를 끄덕였다.

"도박장에 설치되어 있던 현암기진이 바로 본 문의 것이었네."

잠시 생각에 잠겨 있던 단리백이 고개를 끄덕였다.

"현문에서 상대를 현혹시켜 사물을 숨기는 진법이 현암기진 하나뿐인가?"

호계상이 고개를 저었다.

"현암기진은 가장 하위의 진법일세."

"역시⋯⋯."

모진 강호의 풍파를 견디며 이백 년 이상 명맥을 이어왔다는 것은 특별한 의미를 지닌다. 현문과 같이 작은 문파라면 더욱 그랬다. 현문이 그처럼 오랜 역사를 지닐 수 있었던 이유, 그것은 진법과 기문둔갑과 같은 분야에서 독보적인 경지를 이뤘기 때문이다.

"혹시?"

"일단 이 이야기는 뒤로 미루지."

손을 들어 호계상의 말을 자른 단리백이 천천히 돌아섰다. 그리고 어둠 속을 향해 입을 열었다.

"언제까지 거기 웅크리고 있을 셈이지?"

스윽.

어둠 속에서 바위와 같은 신형이 걸어나온 것도 그때였다.

제4장

진솔한 대화를 나눠볼까?

진솔한 대화를 나눠볼까?

넉 자에 이르는 커다란 도신이 왜소해 보일 만큼 철탑 같은
체구를 지닌 사내였다.

"흐흐, 생각보다 눈치가 빠른 놈이군."

단리백이 눈살을 찌푸렸다.

"뭐야, 넌?"

"네 목을 따줄 어르신이다."

사내가 도를 어깨에 걸머지자 톱날처럼 들쭉날쭉 이가 선
거치도가 달빛을 받아 번뜩였다.

"혈랑마도?"

단리백과 달리 호계상은 단번에 사내의 정체를 알아냈다.

이처럼 커다란 거치도를 무기로 쓰는 사람은 강호에 흔치 않기 때문이다.

"그렇다. 혁련광이 바로 나다."

"간덩이가 부었군."

거드름을 피우는 혁련광의 모습에 호계상이 실소를 흘렸다. 낭인들 사이에선 제법 이름이 알려진 인물이었으나 자신의 위명에 비교하면 한참이나 거리가 있었기 때문이다.

하나 혁련광의 반응이 의외였다. 숨어서 그들의 대화를 들었다면 의당 자신의 위명에 주눅이 들어야 마땅한데 오히려 여유있는 태도로 자신의 뺨에 난 흉터를 더듬었던 것이다.

"노인네는 비키시지."

"내가 누군 줄 아나?"

"천면호리라며?"

"……."

어이없는 눈으로 혁련광을 바라보던 호계상이 고개를 돌려 송자필과 마운영의 표정을 살폈다.

그들의 얼굴에도 한결같이 의아함이 떠올라 있었다. 자신들이 아는 혁련광은 당금 백대고수에 당당히 이름을 올리고 있는 호계상을 상대로 이처럼 호기를 부릴 수 있는 인물이 아니었기 때문이다. 하물며 이 자리에는 호계상과는 비교도 되지 않는 흉신악살이 함께하고 있었다.

그걸 아는지 모르는지 혁련광은 턱짓으로 단리백을 가리

키며 입을 열었다.

"난 저놈의 목만 따면 그만이야. 괜히 애꿎은 노인네의 피를 봐봐야 꿈자리만 사나울 뿐이지. 그러니 어서 비켜."

호계상이 단리백을 바라봤다.

"이놈, 내가 처리해도 되겠나?"

"좋을 대로."

귀찮다는 듯이 단리백이 시큰둥하게 대답하자 호계상이 구부정한 허리를 펴며 앞으로 나섰다.

뚜두둑.

움켜쥔 호계상의 주먹에서 뼈마디가 부딪치는 소리가 터져 나왔다.

"미친놈에겐 매가 약이지."

말이 끝나기가 무섭게 호계상의 어깨가 흔들렸다. 순간 그의 신형이 엿가락이 늘어나듯 흐릿한 잔영을 남기나 싶더니 어느새 혁련광의 지척에 이르러 있었다.

쉬익!

"헛!"

허공을 가르는 한줄기 소성 사이로 헛바람이 터져 나왔다. 그리고 호계상은 달려들던 속도만큼 빠르게 뒤로 물러섰다.

"이런……"

인상을 찡그린 호계상이 낭패한 얼굴로 혁련광을 바라봤다. 소문으로 들었던 혁련광의 무위가 자신의 예상을 훨씬 상회하고 있었던 것이다.

반면, 혁련광은 느긋한 태도로 도를 들어 호계상의 가슴 어림을 가리켰다.

"……!"

호계상의 안색이 급변했다. 그제야 길게 잘려진 채 팔락이는 자신의 앞섶을 발견한 것이다.

낮에 단리백으로부터 얻은 내상이 완치되지 않아 육성의 공력을 운용했다곤 하나 그의 신법만큼은 강호의 누구에게도 뒤지지 않을 만큼 절륜한 것이었다. 유령환허보는 현문의 개파조사였던 조음매영(朝陰昧影) 장불염의 절기로, 그가 마음만 먹으면 누구도 그를 쫓을 수 없다는 일화를 남겼을 만큼 유명했다.

호계상 자신조차 구성의 유령환허보만으로도 신법에 관해서만큼은 강호에 적수가 없다 자부하지 않았던가.

"첫 상대는 천면호리인가? 그것도 나쁘지 않군. 어이, 잠깐 기다려. 이 늙은이 먼저 처리하고 네놈의 목을 따주지."

갈수록 가관이었다. 아예 자신은 안중에도 없다는 듯 단리백을 향해 호언장담하는 혁련광의 모습에 호계상의 기파가 급변했다.

"클클클, 새파란 애송이 녀석이 감히 노부의 성질을 긁는구나. 오냐, 네놈의 온몸을 얇게 저며주마."

촤랑.

호계상이 양손을 흔들자 어느새 그의 양손에는 비단처럼 하늘거리는 얇은 면도가 새하얀 빛을 뿌리고 있었다. 호계상의 성명병기인 혈영음도(血影陰刀)였다. 평소에는 팔에 감겨 있어 그 존재를 알아채기 힘들지만 일단 모습을 드러내면 반드시 피를 보고야 마는 마병이었다. 비단처럼 하늘거려 검이 움직이는 궤도를 읽기 어려울 뿐 아니라 손가락 굵기의 철봉도 가볍게 베어버릴 만큼 예리하기 때문에 강호에 몸담은 이라면 대부분 이를 꺼리게 마련이었다.

사실 호계상은 백대고수 중에서도 상위에 속하는 절정고수였다. 지금까지 그가 베어온 칠십여 명 중에 당시의 백대고수 다섯 명이 포함된 것이 이를 증명하고 있었다.

호계상이 진기를 끌어올리자 그의 양손에 쥐어진 면도가 살아 있는 뱀처럼 고개를 쳐들었다.

이에 혁련광의 어깨가 긴장으로 살짝 굳어졌다.

그림자조차 쫓기 힘든 유령환허보와 혈영음도의 조합. 희끗한 그림자가 지나가는 자리에는 어김없이 피보라가 뿌려진다는 명성에 걸맞게 호계상이 뿜는 기파는 범상치 않았다.

우우우웅.

혁련광이 두 손으로 도파를 거머쥐자 나직한 울음과 함께 거치도에서 푸르스름한 서기가 맺혀 일렁였다.

"이기생형!"

호계상은 놀라움을 금치 못했다.

'유형화된 도기를 다룰 만큼 고수였다니…….'

새삼 강호의 소문은 믿을 게 못 된다 생각하는 호계상이었다. 이런 자가 지금까지 일개 낭인에 머물고 있다는 것도 이해가 가지 않았다. 이 정도 무위라면 진작에 백대고수에 포함되었어야 마땅했던 것이다.

반면, 단리백의 눈에는 이채가 떠올랐다 사라졌다. 혁련광이 진기를 끌어올리자 희미한 마기가 느껴졌기 때문이다. 이는 마공을 익혀 얻은 것이 아닌, 이질적이면서도 독특한 기운을 품고 있었다. 하지만 이내 의아함이 밀려왔다. 자신이 아는 한 이와 같은 마기는 중원인이 절대 지닐 수 있는 것이 아니었기 때문이다.

단리백은 두 사람의 대결을 잠시 더 지켜보기로 결정했다.

'어디…….'

호계상이 슬쩍 오른손을 흔들었다.

촤라락!

바닥에 늘어져 있던 혈영음도가 혁련광의 가슴을 향해 날카로운 이빨을 들이댔다.

"광풍난참(狂風亂斬)!"

채앵!

혈영음도와 거치도가 부딪치자 허공에서 새파란 불꽃이 튀어 올랐다.

제법 묵직한 충격이 느껴졌다.

호계상은 계속해서 왼손을 움직였다.

쉬쉬쉭!

혁련광의 왼쪽으로 길게 우회한 혈영음도는 호계상이 손목을 비틀자 한순간 격렬하게 휘청이더니 곧바로 혁련광의 뒷목을 노렸다.

"광풍참해(狂風斬海)!"

땅!

함성과 함께 상반신을 틀어 호계상의 공격을 피한 혁련광은 재빨리 거치도를 휘둘러 허리 쪽으로 이동하는 혈영음도를 걷어냈다.

'멍청한!'

무공은 일류였으나 하는 짓은 삼류였다. 강맹한 도기를 동반한 초식의 위력은 상당했으나 일일이 초식 명을 외치며 도를 휘두르는 혁련광의 모습에 호계상은 내심 어이가 없었던 것이다. 그가 사용하는 광풍도법(狂風刀法)은 한때 강호를 떨어 울리는 절기였으나 지금은 어디에서나 흔히 볼 수 있는 도법 중 하나였다.

호계상 역시 광풍도법을 알고 있었고, 그가 일일이 초식을 외쳐 대는 까닭에 이어질 동작을 유추하는 것은 그리 어렵지 않았다.

호계상의 손끝을 따라 그의 혈영음도가 살아 있는 뱀처럼 영활하게 움직이며 광풍도법의 초식과 초식이 연결되는 빈틈을 비집고 교묘히 파고들기 시작했다.

그러자 불과 이십 초도 지나지 않아 혁련광은 팔방에서 날아드는 혈영음도의 새하얀 그림자에 갇혀 쩔쩔매는 형국이 되고 말았다.

"이제 쓰러져라!"

차가운 냉소성과 함께 호계상이 양손을 어지럽게 움직였다. 그와 동시에 궁지에 몰린 혁련광이 발작적으로 거치도를 휘두르기 시작했다.

콰콰콰콰!

혁련광의 도에서 무지막지한 도기가 쏟아져 나온 것도 그때였다.

"이런!"

호계상이 급히 혈영음도를 거두어들였다. 제아무리 날이 예리하다곤 하지만 도기(刀氣)와 견고함을 견주기엔 무리였던 것이다. 물론 호계상 역시 혈영음도를 사용해 도기를 뿌릴 순 있었으나 온전히 내공을 쓸 수 없는 상태에서는 초식의 정묘함만으로 승부를 내야 했다.

하나 그것이 실수였다.

째앵!

혈영음도를 회수하던 도중 혁련광이 마구잡이로 휘두르던 팔방풍우의 초식에 얻어맞은 혈영음도의 끝자락이 약간 잘려 나갔다.

혈영음도는 사용자에게도 까다로운 무기였다. 비록 두 치에 못 미치는 미묘한 길이의 차이였으나 혈영음도는 이미 호계상의 통제를 벗어나 있었다.

파라락!

당기는 힘에 혁력광의 도기가 더해진 혈영음도는 주인을 향해 곧장 날카로움을 드러냈다.

"……!"

호계상은 질끈 눈을 감았다. 평소라면 진기로 검의 궤도를 바꿀 수 있었을 테지만 지금처럼 내상을 입은 상태에서 끌어올릴 수 있는 내력은 오 할에 불과했다. 그것으로 되튕겨진 혈영음도를 제어하는 것은 무리였다.

하지만 한참이 지나도 몸을 파고드는 고통이 느껴지지 않아 호계상은 슬며시 눈을 떴다. 그리고 자신의 가슴과 불과 한 치쯤 떨어진 곳에서 보이지 않는 경력에 붙들린 채 바르르 몸을 떠는 혈영음도를 발견할 수 있었다.

"고, 고맙네."

단리백이 손을 썼음을 직감한 호계상이 안도의 한숨을 내쉬었다.

"아직 이야기가 안 끝났어."

호계상은 쓴웃음을 머금었다. 그 이유가 아니었더라면 저 냉혈한이 자신을 구해줄 리 만무했던 것이다.

그런 호계상을 뒤로한 채 단리백이 혁련광을 향해 걸음을 옮겼다.

호계상에게 곤욕을 치렀던 탓인지 혁련광은 처음과 달리 약간은 기가 죽은 모습이었다. 더구나 보이지 않는 경력으로 혈영음도를 낚아챈 단리백의 무위를 본 다음이라 두려운 마음으로 단리백을 대하게 되었다.

"네놈은 누구냐?"

"누구인지도 모르면서 내 목을 노렸단 말인가?"

할 말을 잃고 우물쭈물하는 혁련광을 향해 단리백이 손가락을 까닥였다.

"덤벼, 죽여줄 테니."

"이 개잡종 놈이……!"

자신을 마치 하인 부리듯 대하는 단리백의 모습에 노기가 치민 혁련광이 연달아 다섯 초식을 연결하며 달려들었다. 하지만 단리백의 지척에 이르러 혁련광은 뭔가가 잘못되었음을 깨달았다. 뒤로 가면 갈수록 강맹해져야 하는 초식의 위력이 오히려 현저히 줄어들고 있었던 것이다.

게다가 알 수 없는 불길함이 발목을 붙들고 있었다. 게다가 자신을 응시하는 한 쌍의 눈.

단리백의 눈빛에는 그 어떤 흔들림도 찾아볼 수 없었다. 심지어 긴장이나 투지 같은, 싸움의 기본이 되는 감정도 느껴지지 않았다.

'이건 아니다!'

뒤늦게 심상치 않은 분위기를 느낀 혁련광이 급히 신형을 멈춰 세웠다.

피식 웃으며 단리백이 입을 열었다.

"왜 덤비지 않지?"

단리백이 도발하듯 양손을 펼쳐 가슴을 훤히 드러냈음에도 불구하고 혁련광은 거미줄에 엉킨 것마냥 꼼짝도 할 수 없었다.

'뭐, 뭐야, 이 압박감은?'

혁련광은 새삼 경각심을 복돋웠다. 그러자 지금껏 느끼지 못했던 이질적인 기운을 느낄 수 있었다.

'암경?'

어느새 자신의 주위를 에워싸고 있는 음유한 경력을 눈치챈 혁련광은 그것이 말로만 듣던 암경일 것이라 짐작했다. 그렇지 않고서야 이처럼 아무런 기척도 없이 자신을 구속할 순 없었던 것이다.

혁련광은 자신의 거치도를 내려다봤다. 비록 눈에는 보이지 않았으나 마치 물레에서 뽑아진 실처럼 한 가닥 한 가닥의 가느다란 경기가 거치도를 칭칭 감고 있었다.

거치도뿐만이 아니었다.

'압박감의 정체는 이것이었나!'

수백 자루의 예리한 칼 앞에 전신이 노출된 것 같은 불길함. 어느새 암경의 그물은 자신의 전신을 타고 스멀스멀 기어

다니고 있었던 것이다.

창백하게 질린 혁련광을 향해 단리백이 성큼 한 걸음을 내디뎠다.

"오지 않는다면 내가 가지."

혁련광의 눈이 급격히 흔들렸다.

압도적인 살기!

열심히 싸워 상대를 멸하겠다는 식의 살기가 아니었다. 이미 손아귀 안에 넣어두고 손만 꽉 쥐면 터져 죽어버릴 것 같은 벌레를 바라보는 존재만이 보일 수 있는 그런 유형의 살기였다.

혁련광은 비로소 눈앞의 적이 자신은 가늠조차 하지 못할 경지에 이르러 있음을 절감했다.

'간신히 이기생형을 이루었건만…….'

강호에 몸담은 이라면 누구라도 이루길 마다하지 않는 성취. 어쩌면 십대고수의 한자리를 바라볼 수도 있을지 모른다는 기쁨에 들떠 혁련광은 정작 중요한 것을 간과하고 말았던 것이다.

"자, 잠깐!"

"이미 늦었다!"

말은 짧고 행동은 빨랐다.

'늦었다'라는 말이 들릴 때 이미 단리백의 주먹은 혁련광의 턱뼈를 으스러뜨리고 있었던 것이다.

콰직!

"……!"

비명조차 허락하지 않는 극심한 통증. 고통으로 벌어진 혁련광의 입에서 핏덩이와 부러진 이빨이 튀어나왔다.

도대체 어떻게 움직였는지 보이지도 않는 신속한 이동이었고, 매서운 손속이었다. 하지만 그걸로 끝난 것이 아니었다.

퍽!

단리백의 무릎이 혁련광의 명치에 틀어박혔다. 처음 턱을 부숴 버린 일격에 뒤이은 연속 공격은 혁련광으로서는 막을 수도 없었고, 막을 엄두도 낼 수 없었다. 단리백의 공격 자체를 볼 수가 없었기 때문이다.

'풍소명, 이 개자식아!'

흐릿해지는 의식 너머로 떠올린 것은 그게 전부였다.

"이래서야 유흥거리도 안 되는군."

털썩.

단리백이 한 걸음 물러서자 혁련광은 그제야 처참한 몰골로 바닥에 쓰러졌다.

순간 송자필과 마운영의 얼굴이 창백해졌다. 이기생형의 고수를 단 이 합 만에 피떡으로 만들어 버린 괴물이 얼음장 같은 눈빛으로 자신들을 바라보고 있었기 때문이다.

"쥐새끼의 실력은 어떤지 궁금한데?"

철렁.

가슴이 내려앉는 두려움이 순식간에 이들을 사로잡았다.

그때였다.

"용케 알아차렸군."

자신들의 등 뒤에서 난데없이 들려온 음성에 송자필과 마운영이 황급히 뒤를 돌아봤다. 그리고 믿을 수 없는 광경을 목도했다.

바닥에 길게 드리운 자신들의 그림자 속에서 흑의로 전신을 가린 사내의 신형이 천천히 솟구치고 있었던 것이다.

"쥐새끼가 아니라 두더지였나?"

단리백의 냉소에 흑의인은 허리에 매단 검을 뽑는 것으로 대답을 대신했다.

한편으론 안도하면서도 송자필과 마운영은 경악을 금치 못했다.

'이처럼 가까이 접근할 때까지 기척을 느끼지 못했다니!'

이때 단리백이 피식 웃으며 입을 열었다.

"살수였군."

"움직이면 그 아이는 죽는다."

단리백의 시선을 좇아 송자필과 마운영이 고개를 돌렸다. 그들의 눈에 들어온 것은 맨발로 천천히 월동문을 걸어 들어오는 임소하와 그녀의 목에 대어진 세 자루 검, 그리고 품 자 형태를 이뤄 그녀를 에워싼 세 흑의인의 모습이었다.

"의숙……."

간신히 입을 여는 임소하의 얼굴은 파리한 달빛처럼 창백하게 질려 있었다.

호계상은 재빨리 단리백을 향해 전음을 날렸다.

"잠시만 시간을 끌어주게. 육성의 진기가 모이는 대로 노부가 그들에게 접근해……."

"그만둬."

호계상이 화들짝 놀라 단리백을 바라봤다. 그도 그럴 것이, 자신은 전음으로 은밀히 이야기했건만 단리백은 입을 열어 대답했던 것이다. 이래선 적에게 자신의 의도를 알리는 것밖에 되지 않는가.

"자네, 미쳤나?"

"아무리 유령환허보를 펼친다 해도 그들과의 거리가 너무 멀어. 게다가 눈 뜨고 당할 만큼 저들은 호락호락한 상대가 아니다."

"끄응."

신음을 흘리며 호계상이 물러서자 단리백이 흑의인을 향해 입을 열었다.

"자, 이젠 어떡할 셈이지?"

"이 밤중에 살수가 방문한 이유가 달리 있겠나."

"자신있나 보군?"

"물론."

"크큭."

단리백의 입술을 비집고 웃음이 흘러나왔다. 그리고 그 웃음소리는 점점 커져 이내 장내를 쩌렁하게 울렸다.

"하하! 재미있군! 정말 재미있어!"

이에 흑의인은 눈살을 찌푸렸다. 웃음이 더해질수록 단리백의 전신에서 뿜어지는 살기가 더욱 짙어졌기 때문이다.

"무슨 짓이지? 저 아이가 죽어도 좋은가?"

뚝.

거짓말처럼 단리백이 웃음을 거두었다. 그리고 보는 것만으로도 가슴이 서늘해지는 눈빛으로 흑의인을 응시했다.

"해봐."

"……!"

할 말을 잃은 흑의인을 향해 단리백이 조소를 던졌다.

"무얼 망설이는 거지? 자네들은 살수가 아닌가? 자, 어서 해보라고."

"이보게!"

"영감은 닥쳐."

호계상은 어이가 없다 못해 기가 막혔다. 인질을 잡고 있는 살수를 도발하다니. 온정한 정신을 지니고 있다면 절대 이럴수는 없었다.

흑의인은 단리백의 진심을 파악하기 위해 단리백을 응시했다. 하지만 단호한 단리백의 눈빛에서는 그 어떤 타협의 여지도 찾아볼 수 없었다.

복면 사이로 드러난 흑의인의 눈이 가늘어졌다.

"원한다면 그렇게 해주지."

유쾌하다는 듯이 단리백이 웃음을 터뜨렸다.

"그래, 그렇게 나와야지."

흑의인이 임소하를 에워싼 수하들을 향해 고개를 끄덕였다.

"억!"

호계상은 자신도 모르게 경악성을 터뜨렸다. 흑의인의 명령에 따라 그의 수하들은 일말의 망설임도 없이 임소하의 목을 그어갔던 것이다.

금방이라도 임소하가 피를 뿌리며 쓰러질 것 같은 위태한 상황에 호계상은 주저하지 않고 신형을 날렸다.

그리고 믿을 수 없는 광경을 목도하게 되었다.

세 명의 흑의인 뒤로 어느새 한 사람이 모습을 나타낸 것이다. 그의 손에 들린 것은 주방에서 쓰이는 평범한 식도(食刀). 하지만 위력은 결코 평범하지 않았다.

스윽.

한 자루 식도가 어둠 속에서 꿈틀거렸다. 그 짧고 간단한 동작과 크게 휘두르는 팔 동작이 합쳐져 허공에서 큰 원이 그려졌다. 그리고 그 원 안에 세 개의 목이 걸렸다.

얼음 위를 미끄러지듯 소리도 없이 흐르는 칼날. 그 하얀 날에 스쳐 공중으로 솟구치는 세 개의 목이 호계상의 눈에 들어온 것은 거의 동시였다.

푸학!

머리를 잃은 흑의인들의 목에서 뒤늦게 피분수가 솟구쳤다.

무슨 일이 벌어졌는지 호계상이 깨달았을 때는 이미 임소하를 안은 채 가종령이 훌쩍 물러선 뒤였다.

"보주, 괜찮으십니까?"

어찌나 놀랐던지 임소하는 가종령의 물음에 대답할 수 없었다. 커다란 눈으로 머리를 잃고 뒹구는 세 구의 시신을 바라볼 뿐이었다.

놀라기는 호계상 역시 마찬가지였다.

"종령 자네……."

가종령은 얼떨떨한 표정으로 자신에게 다가서는 호계상을 향해 쓴웃음을 머금었다. 그리곤 고개를 돌려 단리백을 노려봤다.

"무슨 짓이오!"

단리백이 피식 웃음을 흘렸다.

"마치 내가 그 아이를 죽이려 한 것 같군."

"보주를 죽이려 한 살수나, 그들을 부추긴 당신이나 뭐가 다르단 말이오?"

"하지만 그 아이는 무사하잖아."

노여움에 부르르 몸을 떠는 가종령을 향해 단리백이 싸늘하게 입을 열었다.

"애초부터 네가 나섰다면 소하가 인질로 잡히는 일도 없었겠지. 뒤늦게 나선 것치곤 지나치게 생색을 낸다고 생각하지 않나?"

"당신……!"

가종령은 금방이라도 단리백에게 달려들 것만 같았다.

이때 가종령의 팔을 움켜쥔 손이 있었다.

"그만 하세요. 전 괜찮아요."

"보주……."

애써 웃는 임소하의 모습에 가종령은 간신히 화를 삭이며 천천히 칼을 내려놓았다.

그런 그들을 뒤로한 채 단리백이 흑의인을 향해 입을 열었다.

"유일하게 내세웠던 인질도 없어져 버렸군. 이제 어떡할 생각인가?"

시신이 되어버린 수하들을 물끄러미 바라보던 흑의인은 이윽고 검을 들어 단리백을 가리켰다.

단리백이 의외라는 표정으로 흑의인을 향해 입을 열었다.

"살수 주제에 정면 대결이라니, 가당치도 않군."

"암습만이 살수의 전부가 아니니까."

"자신있나?"

단리백의 질문에 흑의인은 검으로 대답했다.

츠츠츳!

차가운 검기가 대기를 갈랐다.

곧장 자신을 향해 짓쳐드는 한줄기 검기를 바라보던 단리백의 입매에 보일 듯 말 듯한 미소가 번진 것도 그때였다.

"사일검법(射日劍法)이라……. 살수에겐 과분한 무공이로군."

단리백은 슬쩍 상체를 젖혀 검기를 피했다. 하지만 흑의인의 공격은 그리 간단한 것이 아니었다.

촤악!

단리백의 상의가 길게 찢어지며 허공에 자욱한 피보라가 뿌려졌다. 검기 뒤에 숨어 있던 진공의 칼날이 어깨를 베고 지나간 것이다.

"……!"

중인들은 놀란 눈으로 단리백과 흑의인을 응시했다.

단리백 같은 괴물의 몸에서 피를 보게 하다니! 저자의 무공이 어느 정도이기에…….

한결같은 그들의 생각과 달리 단리백의 표정은 차갑게 굳어져 있었다.

"평범한 사일검법이 아니군. 누구에게 배웠지?"

이번에도 흑의인은 단리백의 질문에 대답하지 않았다. 검기를 뿌린 이후 곧바로 몸을 날려 수평으로 눕힌 검으로 단리백을 찔러올 뿐이었다.

일수초현(日輪超現)에 이은 후예사일(後銳射日)의 절초. 그
어떤 빈틈도 허용하지 않는 군더더기없이 매끄러운 동작이었
다.

"쳇."

단리백도 이를 얕볼 수 없었는지 지금까지와는 다르게 신
법을 펼쳐 움직이기 시작했다.

파파파팡!

허공에서 연달아 폭음이 터져 나오며 칼날 같은 경기가 휘
몰아쳤다.

중인들은 놀란 얼굴로 희끗한 잔영만을 남긴 채 어지럽게
격돌하는 두 사람을 지켜볼 뿐이었다.

그중에서 가장 놀란 사람은 호계상이었다. 신법의 대가라
자부하는 그조차도 단리백과 흑의인의 움직임을 정확히 읽어
낼 수 없었기 때문이다.

호계상이 그러할진대 다른 이들은 말할 것도 없었다. 눈으
로도 좇기 힘든 그들의 신법 앞에 벌린 입을 다물 줄 몰랐다.

사실 장내의 그 누구도 흑의인이 단리백을 상대로 이처럼
선전할지 예상하지 못했다.

처음 흑의인이 자신을 드러냈을 때 그는 은밀하게 흐르는
어둠과도 같은 존재였다. 하지만 기파를 개방하고 본격적으
로 검을 휘두르자 그의 움직임이 전혀 다른 사람처럼 급변

했다.

뿐만 아니라 그의 검에서는 범인이 상상하기도 어려운 패도적인 기운이 줄기줄기 뿜겨져 나오고 있었다. 혁련광의 어설픈 도기와는 아예 비교조차 되지 않았다.

'무슨 놈의 살수가 저리 강하단 말인가!'

호계상은 임소하의 곁에서 두 사람의 대결을 지켜보는 가종령을 힐끔거렸다. 얼핏 보았던 가종령의 도법 역시 범상치 않았기에 지금 그가 흑의인의 검법을 보며 어떤 표정을 짓고 있는지 궁금했던 것이다.

아니나 다를까. 딱딱하게 굳어 있는 가종령은 두 눈을 부릅뜬 채 두 사람의 대결을 지켜보고 있었다. 그의 손가락은 얼마나 식도를 세게 움켜쥐었는지 손톱 끝이 하얗게 변해 있다.

'음, 노부와 맞먹는 신법에 검법 또한 저 음흉한 숙수 놈만큼 뛰어나단 말인가?'

지금까지 호계상은 가종령을 평범한 숙수로만 생각했다. 하지만 그처럼 뛰어난 도법을 지닌 데다 지금껏 자신을 감쪽같이 속여왔으니 내심 그가 곱게 보일 리 만무했다.

그때였다.

"그랬군."

쫘아앙!

단리백의 음성과 동시에 귀청이 떨어질 듯한 굉음이 장내를 집어삼켰다.

경기의 폭풍에 휩쓸린 눈보라가 바람에 쓸려가자 장내의 광경이 모습을 드러냈다.

흑의인의 복면은 어느새 찢겨져 본래의 얼굴이 드러나 있었다. 창백한 얼굴과 달리 굵은 눈썹과 매를 연상시키는 날카로운 눈매가 인상적인 청년이었다.

그의 발밑에는 고랑처럼 길게 패인 족적이 남겨져 있었고, 입술에서는 한줄기 핏물이 흐르고 있어 이번 격돌로 얻은 피해가 상당했음을 증명하고 있었다. 더구나 힘없이 늘어뜨린 오른손에서도 피가 흘러내려 검신을 온통 붉게 적시고 있었다.

호계상은 놀람을 금할 수 없었다. 자신이 예상했던 것보다 청년의 얼굴이 훨씬 젊었기 때문이다. 기껏해야 약관이나 넘겼을까? 만약 그의 무위를 직접 보지 못했다면 그가 이룬 검의 경지를 믿지 못했을 것이다.

약관 남짓한 나이에 이기생형이라니……. 그것도 혁련광 따위와는 비교를 불허할 만큼 완숙한 경지에 이른 것은 정말 대단한 일이 아닐 수 없었다.

고개를 돌려 단리백을 살피던 호계상의 얼굴이 이번에는 와락 일그러졌다. 그리곤 이내 설레설레 고개를 흔들었다.

'그래, 저놈은 애초부터 인간의 범주를 벗어난 괴물이니까.'

양손을 흔들어 소매에 묻은 먼지를 떨어내는 단리백의 표정은 태연하기 그지없었다. 오히려 흥미로운 눈으로 흑의청년을 바라보는 얼굴에는 웃음마저 떠올라 있었다. 심지어 어깨의 상처마저 이미 지혈되어 어디에서도 부상의 흔적이나 낭패한 기색은 찾아볼 수 없었다.

"유(柳) 늙은이가 제법 공을 들였나 보군."

단리백이 건넨 말에 청년이 흠칫했다.

"당신은 누구요?"

"목표의 신상 내력도 모르면서 청부를 맡았단 말인가? 요즘 살수는 얼간이들밖에 없는 모양이군."

단리백의 비웃음에 유효명(柳驍名)의 눈에서 한광이 튀어 올랐다.

부욱.

유효명은 자신의 흑의를 찢었다. 그것으로 오른팔을 묶은 다음 왼손으로 검을 바꿔 쥔 채 단리백을 향해 신형을 날렸다.

츠츠츳!

날카로운 세 줄기 검기가 단리백을 덮쳐 갔다. 기수식과 연계 초식을 생략한 구곡전척(九曲電擲)의 최상승 절예였다. 하지만 본래 아홉 줄기의 검기를 뿌려야 하는 구곡전척임에도 불구하고 검기는 세 줄기에 불과했다. 내상을 입은 데다 오른손이 아닌 왼손으로 펼쳤기에 그만큼 위력이 반감된 것이다.

그래도 그 안에 실린 힘은 결코 무시할 수 없었다.

"어엇?"

호계상이 경악성을 터뜨렸다. 검기가 지척에 이르렀음에도 불구하고 단리백은 전혀 움직일 생각이 없어 보였기 때문이다.

"훗."

이때 단리백의 입술 사이로 웃음소리가 흘러나왔다.

그와 동시에 단리백의 오른손에 핏빛 서기가 안개처럼 일렁였다.

이를 알아본 유효명의 입에서 짤막한 신음이 흘러나왔다.

"염왕수(閻王手)!"

찌이익!

자신이 뿌린 검기를 간단히 잡아채 찢어버리는 단리백의 모습에 유효명은 어이가 없었다. 뿐만 아니라 검기를 날린 이후 곧바로 이어진 회심의 일격마저 무위로 끝나고 말았다.

쾌를 바탕으로 한 사일검법. 그중에서도 모든 동작을 배제한 쾌검의 최상승 절예인 후예사일이 단리백의 손끝에 가로막혀 옴짝달싹 못하고 있었다.

갑자기 주위가 쥐 죽은 듯 조용해졌다. 새파란 검기가 일렁이는 검을 맨손으로 잡다니. 끝을 짐작키 어려운 단리백의 무위에 기가 질려 버린 것이다.

당사자인 유효명은 말할 것도 없었다. 희미한 미소를 머금은 단리백과 시선이 마주친 순간 유효명은 얼음 굴에 빠진 듯 모골 송연한 느낌을 지울 수 없었다.

여유로운 표정으로 단리백이 입을 열었다.

"염왕수를 알아봤다니 내가 누구인지도 짐작했겠군. 네놈의 알량한 무공으로 날 쓰러뜨리는 것이 불가능하다는 것도."

말을 마친 단리백은 가볍게 손목을 뒤틀었다.

콰앙!

검을 쥐고 있던 유효명의 신형이 팽그르르 돌더니 굉음과 함께 그대로 바닥에 처박혔다.

"이미 밑천이 드러났는데도 계속할 생각인가?"

벌떡 일어난 유효명이 이를 악물었다. 그와 동시에 단리백의 눈빛이 차갑게 번뜩였다.

짜자자작!

날카로운 파공음이 장내에 울려 퍼졌다. 그리고 돌연 유효명의 의복이 갈가리 찢겨지더니 피부가 쩍쩍 갈라지며 왈칵 피를 쏟아냈다. 마치 눈에 보이지 않는 수십 자루의 칼날이 바닥에서 솟구쳐 오른 것만 같은 광경. 단리백의 주위에 음유하게 깔려 있던 암경이 만들어낸 무형의 검기였다.

"크아악!"

유효명의 처절한 비명이 울려 퍼지는 가운데 싸늘하기 그지없는 단리백의 음성이 파고들었다.

"봐주는 것도 여기까지다. 돌아가라. 며칠 내로 직접 유 늙은이를 찾아가겠다. 그에게 전해. 변명거리를 확실히 마련해 두는 게 좋을 거라고."

"잠깐만! 자네, 그자를 그냥 놓아줄 셈인가?"

황급히 앞으로 나선 호계상이었으나 단리백의 서늘한 눈 빛에 흠칫 신형이 굳어졌다.

"내 말은 그와 같은 고수가 또다시 소하를 노린다면……."

"상당히 말이 많아졌군, 늙은이."

"꿀꺽."

마른침을 삼키던 호계상은 결국 슬그머니 눈을 돌려 단리 백의 시선을 외면했다.

유효명은 이미 어둠 속으로 사라져 종적을 감춘 뒤였다. 새 하얀 눈 위에 흩뿌려진 붉은 피만이 그가 이곳에 있었음을 말 해주고 있었다.

"흥!"

차갑게 코웃음 친 단리백이 쓰러져 있는 혁련광을 향해 다 가섰다.

"일어나."

하지만 혼절한 혁련광이 일어날 리 만무했다. 단리백의 입 가에 잔인한 미소가 걸렸다.

단리백은 발을 들어 그대로 혁련광의 허벅지를 밟았다.

우지끈.

"끄아아악!"

뼈가 부러지는 소리와 뒤섞여 고통스러운 절규가 밤하늘을 울렸다.

챙그랑!

숨겨두었던 비수를 떨어뜨린 혁련광이 겁에 질린 눈을 들어 단리백을 바라봤다. 사실 혁련광은 정신을 잃은 척했을 뿐이고, 빈틈을 노려 암습을 하려 했던 것이다.

"내 앞에서 감히 잔꾀를 부리다니."

"제, 제발……."

혁련광의 비굴한 모습에 호계상은 인상을 찌푸렸다.

"멍청한 놈. 상대를 봐가면서 수작을 부려야지."

단리백이 특유의 섬뜩한 미소를 머금었다.

아니나 다를까.

상당한 부상을 입고 있음에도 불구하고 혁련광을 다루는 그의 손속은 추호의 인정도 남겨두지 않고 있었다.

단리백은 아예 혁련광의 아혈을 짚어 비명을 지르지 못하게 한 다음 사정없이 온몸을 짓밟았다.

우드득! 콰직!

뼈 부러지는 소리가 소름 끼쳤다.

단리백의 기세가 너무나 흉흉해 호계상을 비롯한 장내의 인물들은 어느 누구도 선뜻 앞으로 나서 그를 만류할 수 없었다. 그중에서도 혁련광과 처지가 크게 다르지 않은 송자필과 마운영은 머지않아 자신들에게도 들이닥칠 재앙을 예감한 듯 창백한 얼굴로 연신 식은땀을 흘리고 있었다.

약간의 시간이 흘러 단리백이 한쪽으로 비켜섰다. 늑골을 비롯한 팔과 다리의 모든 뼈가 부서져 연체동물처럼 흐느적거리는 혁련광은 눈물 콧물이 범벅된 얼굴로 애처롭게 단리백을 올려다보고 있었다.

단리백이 가볍게 손가락을 튕기자 혁련광의 아혈이 풀렸다. 단리백이 손을 써 기절도 할 수 없었던 그에게는 지옥과도 같은 시간이 아닐 수 없었다.

"끄으으으……."

"이제야 진솔한 대화를 나눌 수 있겠군."

단리백의 말에 호계상은 내심 온갖 육두문자를 동원하고 있었다.

'육시랄 놈, 진솔한 대화 두 번 나눴다간 뼈도 못 추리겠다. 아예 사람을 잡고 시체와 대화하지 그러냐?'

하지만 속으로만 외칠 뿐 차마 입 밖으로 낼 수 없는 호계상이었다.

이때 단리백이 혁련광을 향해 질문을 던졌다.

"마령단(魔靈丹)은 어디서 얻었나?"

'마령단? 무슨 약 같은 건가?'

호계상은 의아한 얼굴로 혁련광을 바라봤다. 하지만 혁련광도 영문을 모르기는 매한가지였다. 그로서도 마령단이라는 단어는 처음 듣는, 무척이나 생소한 것이었기 때문이다.

그러다 문득 혁련광의 머리를 스치는 것이 있었다. 풍소명이 건넸던 핏빛 환약!

이때 단리백의 말이 이어졌다.

"네놈은 그게 무슨 영단이라도 되는 줄 알았겠지만 그건 인세에 나와서는 안 될 마물(魔物)이다. 일순 무공을 급상승시켜 주기는 하지만 어느 정도 시간이 지나면 복용한 사람의 이지를 약 기운이 잠식하지. 사람에 따라 다르지만 대부분이 광인이 되거나 주화입마에 걸려 죽게 된다. 말해라. 너는 그것을 어떤 경로를 통해 손에 넣었느냐?"

혁련광은 충격을 금할 수 없었다. 단리백의 말이 사실이라면 자신은 언제 터질지 모를 폭약을 안고 있는 셈이다.

'설마……'

한 번쯤 의심을 해봤어야 했다. 일개 낭인의 우두머리에 불과한 자신에게 소림의 대환단이나 화산의 자소단에 버금가는 효과를 지닌 신단을 풍소명이 거저 줄 리 만무했던 것이다. 더구나 이전에 자신과 일면식도 없었던 자가 그와 같은 호의를 베풀 리도 없었다.

혁련광은 재빨리 머리를 굴렸다. 눈앞의 괴물은 자신이 마령단을 복용했음을 알고 있다. 그렇다면 주화입마나 죽음을 피하는 방법 역시 알고 있을지도 모른다.

실낱같은 기대에 모든 것을 걸며 혁련광은 자신이 아는 대로 고하기 시작했다.

"그건 풍소명, 기천문의 문주인 그 개자식이……."

하지만 혁련광은 말을 끝낼 수 없었다. 갑자기 사지가 경련을 일으키는가 싶더니 하얗게 눈을 까뒤집은 채 입에서 거품을 게워내기 시작했던 것이다.

"끄아아아!"

소름 끼치는 비명 소리에 임소하는 귀를 막았다.

그 와중에서도 혁련광은 단리백을 향해 손을 뻗었다. 하지만 단리백은 살고 싶다는 간절한 염원이 담긴 그의 손을 냉정히 뿌리쳤다.

"흥! 주화입마로군. 과욕이 부른 대가다."

"으아악! 제, 제발……!"

뿌드득.

기혈과 근육이 뒤틀리며 부서진 뼛조각이 혁련광의 피부를 뚫고 나왔다. 그러나 단리백은 고통에 몸부림치는 혁련광을 오연한 눈빛으로 내려다볼 뿐이었다.

그때였다.

문득 단리백의 시야에 창백하게 질려 있는 임소하의 모습이 들어왔다. 그녀는 창백하게 질린 얼굴로 처절한 비명을 터뜨리는 혁련광을 바라보고 있었다.

단리백이 미간을 찌푸렸다. 생각 같아서는 죽을 때까지 혁련광을 고통에 몸부림치게 하고 싶었다. 하지만 이미 살수들로 인해 놀랄 대로 놀랐을 그녀에게 굳이 잔인한 광경을 보여 주고 싶지 않았다.

"운이 좋군."

단리백이 오른손을 가볍게 휘둘러 혁련광의 목 뒤에 위치한 사혈을 건드렸다.

퍽.

그걸로 끝이었다. 축 늘어진 혁련광은 그대로 숨을 거뒀다.

경악 어린 얼굴로 자신을 바라보는 임소하를 향해 단리백이 입을 열었다.

"주화입마에 들어선 이상 고통을 더는 방법은 죽음뿐이다."

임소하는 몇 번 입술을 달싹이다 천천히 고개를 끄덕였다.

잠시 복잡한 시선으로 임소하를 바라보던 단리백이 천천히 돌아섰다.

"기천문이라……. 왠지 귀에 익은 문파로군."

"……!"

"솔직히 말하는 게 좋을 거야."

이때 송자필이 번쩍 고개를 들며 외쳤다.

"말하겠소! 대신 저 친구만은 살려주시오!"

마운영의 안색이 홱 변했다.

"자네, 무슨 소린가? 아니오! 내가 말하겠소! 그러니 저 친

구를 살려주시오! 나와 달리 저 송가 놈은 처자식이 있소! 그러니……."

"이 미친놈아! 네놈이 죽으면 연로하신 어머님은 어찌하려고 한단 말이냐?"

"당연히 네놈이 모셔야지! 얼마 안 가 저승에서 뵈면 내가 모실 테니 그때까진 네놈이 잘 봉양하거라."

자신을 앞에 두고 투닥거리는 그들의 모습에 단리백은 내심 기가 막혔다.

쾅!

단리백이 진각을 구르자 화들짝 놀란 송자필과 마운영이 단리백을 바라봤다.

"내가 건 조건은 한 가지다. 편하게 죽느냐, 아니면 고통스럽게 죽느냐."

단리백의 엄포에 송자필과 마운영의 얼굴에 체념의 빛이 떠올랐다. 풍소명의 이름이 언급된 이후 이미 저승에 한 발을 디뎠다고 생각한 그들이었다. 하지만 설령 목숨을 잃는다 해도 주군에 대한 충성심을 버릴 수는 없는 노릇.

"미안하다, 송가야."

"좋겠구나, 술값 굳어서."

"이런 빌어먹을 놈. 죽는 마당에 그런 농담이 나오냐?"

"싸우는 건 나중으로 미루자. 듣자 하니 북망산 가는 길이 꽤 멀다던데 가는 내내 할 말이 많을 것 아니냐?"

마운영이 초연한 얼굴로 단리백을 바라봤다.

"우리를 죽이시오."

단리백의 눈썹이 꿈틀거렸다.

그때였다.

"의숙… 설마 그들을 죽이실 건가요?"

임소하가 단리백에게 다가섰다. 그리곤 손을 뻗어 단리백의 손을 감쌌다.

"미처 말할 시간이 없어서 못했지만 어머니가 의숙께 전하라고 한 말이 있어요."

한참 동안 말없이 단리백을 바라보던 임소하가 잔잔한 미소를 건네며 입을 열었다.

"아무리 빛을 갈망한다 해도 어둠에 사로잡힌다면 결코 빛을 마주할 수 없어."

"……!"

일순 임소하의 얼굴과 명려군의 모습이 겹쳐진 것은 자신의 착각이었을까. 매우 드물게도 단리백의 눈빛에는 격동한 심정이 고스란히 드러나 있었다.

이는 임소하를 제외한 장내의 그 누구도 예상치 못한 일이었다.

단리백은 천천히 살기를 거두었다. 잔뜩 끌어올렸던 내력도 완전히 흩어버렸다.

"여전히 쓸데없는 말을 지껄이는 여자로군."

그 말을 끝으로 단리백은 휙 돌아섰다.

월동문을 넘어 멀어지는 단리백의 뒷모습을 멀뚱히 바라보던 임소하는 재빨리 그 뒤를 따르기 시작했다.

"자, 그럼."

단리백의 기세에 눌려 그때까지 어깨를 움츠리고 있던 호계상이 송자필과 마운영을 향해 다가섰다.

"자, 이제 그가 없으니 한결 대화하기가 편하겠군. 우리는 우리 방식대로 진솔한 대화를 나눠보세."

"무슨 꿍꿍이요?"

"말 그대로 허심탄회하게 이야기를 하자는 걸세."

"강호사사의 일인인 천면호리께서 우리와 대화를 하려 하다니… 영광이라고 해야 하나?"

이죽거리는 송자필을 향해 호계상이 눈을 부라렸다.

"범 앞에서 떨던 토끼가 승냥이 앞에서 호기를 부리는군."

"우리 의지는 변하지 않소. 죽이려면 죽이시오. 하나 우리에게 얻을 수 있는 건 아무것도 없을 것이오."

강경한 그들의 태도에 호계상이 슬쩍 웃으며 입을 열었다.

"그럼 이건 어떤가? 나는 자네들이 모르는 정보를 건네고, 자네들은 내가 모르는 정보를 건네는 것이지. 이른바 정보의 교환. 어떤가? 생각이 달라졌나?"

"감언이설로 넘어갈 우리가 아니오!"

"기천문주에 관한 것인데?"

"……!"

송자필과 마운영의 얼굴이 딱딱하게 굳어졌다.

그럴 줄 알았다는 듯 고개를 끄덕인 호계상이 의미심장한 표정으로 목소리를 낮췄다.

"자네들의 상관, 지금의 기천문주는 가짜일세."

"그게 무슨 소리요?"

초조한 그들과 달리 호계상은 한껏 여유를 부린 채 멀리 떨어져 있는 가종령을 향해 손짓했다.

"어이, 능구렁이. 자네도 이리 오지?"

가종령이 자신에게 다가서자 호계상은 그제야 기다렸다는 듯 이야기를 풀어놓기 시작했다.

호계상의 설명을 듣는 내내 송자필과 마운영의 표정은 그야말로 천변만화(千變萬化). 시시각각 표정을 달리하는 그들을 바라보던 호계상이 슬쩍 웃음을 머금었다.

"이제 자네들도 진솔한 대화를 나눌 용의가 있나 보군."

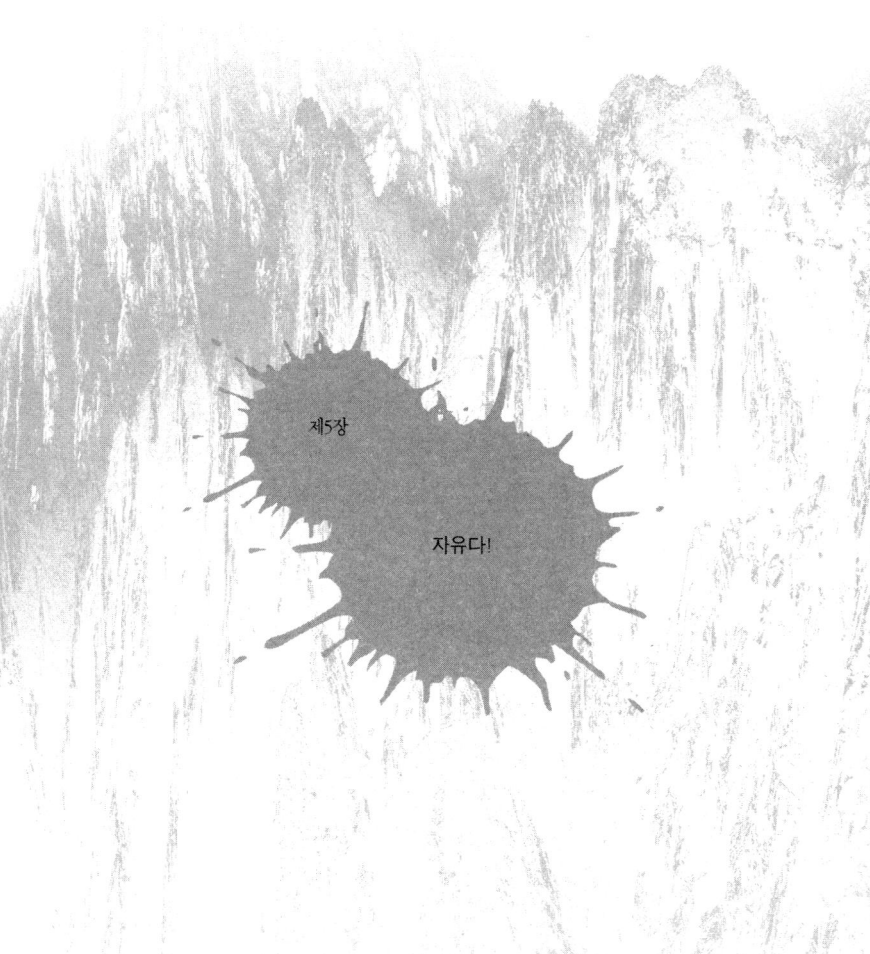

제5장

자유다!

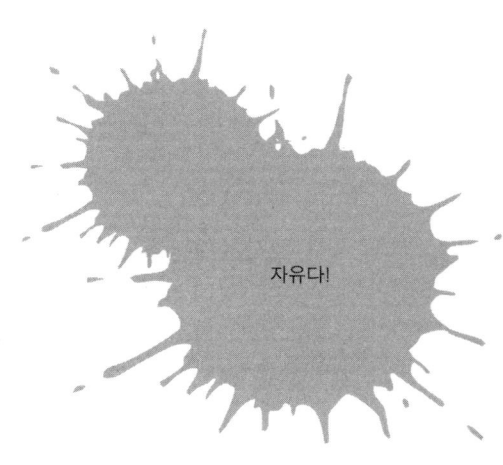

자유다!

"언제까지 거기서 떨고 있을 생각이냐?"

얼어붙은 연못을 응시하던 단리백이 입을 연 것은 일각의 시간이 지나서였다.

어색한 얼굴로 임소하가 다가섰다. 단리백은 기대고 있던 바위에서 한 걸음 옆으로 비켜섰고, 그 자리를 임소하가 차지했다.

문득 임소하의 얼굴에 의외란 감정이 떠올랐다. 하지만 이내 미소를 머금고 단리백을 바라봤다.

"고마워요."

"뭐가 말이냐?"

잠시 머뭇거리는가 싶더니 임소하가 말을 이었다.

"따듯하네요."

혹한의 바람에 시달렸을 바위이다. 의당 차디차게 얼어붙어 있어야 마땅하건만 따듯한 온기가 올라오고 있었다.

단리백은 자신이 한 일이 아니라는 듯 무뚝뚝한 얼굴로 연못을 바라볼 뿐이었다.

"다정하시네요, 의숙은."

"난 그런 것과는 거리가 먼 사람이다."

"아니에요. 의숙은 정말 다정하신 분인 걸요. 다른 사람은 어떻게 생각할지 몰라도 전 느낄 수 있어요."

두 눈을 동그랗게 뜨고 열을 올리며 이야기하는 임소하의 모습에 단리백은 그저 피식 웃고 말았다.

그렇게 둘의 대화는 싱겁게 끝나 버렸고, 두 사람 사이엔 어색한 침묵이 자리 잡았다.

그렇게 얼마나 시간이 흘렀을까.

"날씨가 좋죠?"

말을 꺼내놓고 금방 후회하는 임소하였다. 주위는 칠흑 같은 어둠에 잠겨 있어 십 장 앞의 사물도 분간할 수 없었기 때문이다. 하지만 뜻밖에도 단리백이 고개를 끄덕였다.

"그래, 좋은 밤이구나."

왠일인가 싶어 의아해하던 임소하는 이내 단리백의 시선을 좇아 하늘을 향해 고개를 들었다. 그리곤 탄성을 터뜨렸다. 어둠 속에서 빛을 발하는 찬란한 별무리를 뒤늦게 발견한 것이다.

"장님이 처음으로 눈을 떠 밤하늘을 보았다면 영락없이 네 표정과 같을 게다."

임소하가 눈을 동그랗게 뜨고 단리백을 바라봤다.

"어? 방금 농담하신 거예요?"

그리곤 깔깔거리며 웃음을 터뜨렸다.

"하하! 그거 알아요? 의숙의 농담은 농담 같지가 않아요. 그렇게 진지한 표정으로 농담하는 사람이 어딨어요?"

머쓱했던지 단리백이 나직이 헛기침을 토했다. 대인 관계에 담을 쌓은 단리백이 언제 농담을 해보았겠는가.

"앞으로 농담은 하지 않으마."

"아니요. 많이많이 하세요. 도둑질도 자꾸 해봐야 늘죠."

단리백의 표정이 묘하게 일그러졌다.

"도둑질?"

"말이 그렇다는 거죠."

웃고 떠들던 임소하가 갑자기 나직한 한숨을 내쉬었다. 그리곤 단리백을 향해 입을 열었다.

"고마워요, 의숙."

"뭐가 말이냐?"

"의숙이 아니었다면 저는 이렇게 웃지 못했을 거예요."

무슨 말인가 싶어 임소하를 바라보던 단리백은 피식 웃고 말았다.

그런 단리백을 향해 임소하가 말을 이어갔다.

"어째서 그들이 절 노린 걸까요?"

"네가 아니라 흑암보를 노린 거다."

"그렇군요. 저희 부모님도 흑암보 때문에 돌아가신 거겠죠?"

"아마도."

임소하의 얼굴에 그늘이 자리 잡았다.

"부모님의 임종조차 지키지 못했어요."

한숨을 터뜨린 임소하는 목걸이에 매달린 푸른빛이 감도는 작은 보석을 매만졌다. 열 살 되던 해 그녀의 어머니가 선물해 준 보석. 어머니와의 추억이 깃든 유일한 물건이었다. 이를 만지는 것으로 한없이 밀려드는 그리움을 달래는 것은 이미 그녀의 습관이 되어버렸다.

흐려지는 임소하의 얼굴을 바라보던 단리백은 마음이 무거워지는 것을 느꼈다.

나직한 한숨과 함께 단리백이 입을 열었다.

"자책할 것 없다. 그곳에 네가 있었다면 오히려 그들에게 부담만 되었을 것이다. 네가 위험에서 벗어났기에 그들도 편히 눈을 감을 수 있었겠지. 더구나 너 때문에 벌어진 일도 아니지 않느냐?"

단리백의 위로에 임소하는 말없이 고개를 끄덕였다.

그렇게 얼마나 시간이 흘렀을까.

임소하가 붉어진 눈시울을 들어 단리백을 바라봤다. 그리곤 애써 미소를 지어 보였다.

"이상하죠? 의숙하고 있으면 저도 모르게 마음이 약해지고 말아요."

더없이 처연한 그녀의 미소에 단리백은 자신도 모르게 손을 뻗어 임소하의 어깨를 토닥였다.

열여섯. 아직은 아이라 부를 수 있는 미묘한 나이. 하지만 슬픔을 참아내는 그녀의 모습은 또래의 밝은 모습을 찾아볼 수 없었다. 비록 자신 앞에선 웃으려 애쓰지만 단리백은 그 너머에 감춰진 위태로운 그녀의 마음을 읽어낼 수 있었다.

단리백이 조용히 입을 열었다.

"속으로 삭인다 해서 슬픔은 사라지는 것이 아니다. 오히려 사람의 마음을 병들게 하지. 차라리 속 시원히 울어라. 네가 눈물을 보인다 해서 누구도 너를 탓하지 않는다."

단리백을 바라보던 임소하의 눈빛이 미미하게 흔들렸다.

살얼음판 위를 걷는 기분으로 하루하루를 힘겹게 버텨왔던 그녀이다. 하지만 매일같이 밤마다 밀려드는 그리움과 슬픔에 남몰래 베갯잇을 적시곤 했다. 몸서리쳐지게 괴로운 현실이 버거워 모든 것을 포기하고 부모님의 뒤를 따르고 싶은 마음 또한 간절했다.

토도독.

몇 방울의 눈물이 임소하의 **뺨**을 타고 흐르다 당혜(唐鞋) 위로 떨어졌다.

  그런 임소하를 단리백은 말없이 바라볼 뿐이었다.

  그 어떤 위로의 말도 한마디 없었다. 하지만 임소하는 마음 한 켠에 자리하고 있던 응어리가 서서히 풀리는 것을 느꼈다. 따스한 단리백의 눈빛은 천 마디 말보다 그녀에게 더욱 위로가 되었다. 더 이상 혼자가 아니라는 안도감이 가슴을 적시며 슬픔의 짐을 덜어낼 수 있었다.

  하지만 이도 잠시, 임소하가 문득 얼굴을 붉혔다. 지금 자신과 단리백과의 거리는 서로의 숨소리도 들을 수 있을 만큼 가까운 거리임을 뒤늦게 알아챈 것이다. 이를 의식하자 심장이 빠르게 뛰기 시작했고, 피가 얼굴로 쏠린 듯 얼굴 전체가 뜨뜻해졌다.

  한 번도 경험해 보지 못한 낯선 감정 앞에 그녀가 몹시 당황해하고 있을 때였다.

  단리백이 의아한 표정으로 입을 열었다.

  "어디 아픈 것이냐?"

  "아뇨. 그게……."

  "맥박이 빠르구나. 열도 있는 것 같고."

  단리백은 임소하의 상태를 살피기 위해 손목을 잡았다. 단리백의 손이 닿는 순간 임소하는 마치 불에 덴 것처럼 화들짝 놀라더니 그의 손을 뿌리쳤다.

"괜찮아요. 어제부터 감기 기운이 조금 있었는데 쉬면 나을 거예요."

어찌나 당황했던지 그녀는 목덜미까지 붉게 달아올라 있었다.

임소하는 재빨리 말을 돌렸다.

"그나저나 재미있는 사람들이죠? 자신의 목숨도 위태로운 상황에서 서로의 안위를 먼저 생각하다니. 그런 사람들은 좀처럼 보기 힘들 거예요."

임소하가 송자필과 마운영을 언급하자 단리백의 표정에 냉랭함이 감돌았다.

"분수를 모르는 위인들이지."

"하지만 의리있는 인물들이죠. 의숙도 그렇게 생각하시잖아요. 그래서 그들을 해치지 않은 게 아닌가요?"

임소하를 바라보던 단리백의 인상이 팍 구겨졌다. 하지만 되는대로 주워 담는다고 생각하기엔 그녀의 눈빛이 너무도 맑았다.

"마음대로 생각하려무나."

자신을 향한 맹목적인 믿음이 부담스러워 단리백은 퉁명스럽게 대꾸했다. 이를 알 리 없는 임소하는 계속해서 말을 이어갔다.

"그들의 우정이 부러워요. 아버지와 의숙께서도 틀림없이 그랬겠죠?"

단리백은 쓴웃음을 머금었다. 사실 임채성과 자신의 사이는 그리 원만하지 못했기 때문이다.

매번 자신의 일을 방해하고는 사람 좋은 웃음으로 대충 넘기려 드는 임채성이 늘 못마땅했던 단리백이다. 게다가 누구 못지않게 급한 임채성의 성격으로 인해 종종 두 사람은 격하게 다투곤 했고, 때로는 생사결에 버금가는 비무로 이어져 임채성을 반쯤 죽여놓은 적도 있었다. 물론 그것도 단리백이 많이 봐주었기에 가능했지만.

그때마다 틀어진 두 사람을 억지로 화해시킨 사람이 명려군이었다.

그들을 떠올리자 단리백은 가슴 한구석이 바늘로 찌른 듯 아파오는 것을 느꼈다.

"이렇게 허무하게 져버릴 바엔 차라리 피지 않는 편이 나았을지도……."

단리백의 시선은 연못 한 켠에 자리 잡은 매화나무에 고정되어 있었다. 본래는 화사한 꽃을 피워냈어야 할 매화나무는 한겨울 삭풍에 얼어붙어 앙상한 가지만 드러내고 있었다.

"하지만 겨울의 정원도 아름답죠. 화사한 꽃들이 달빛을 질투하지 않으니까요."

"너는 재미있는 말을 하는구나."

"하지만 그렇잖아요. 화사한 꽃들이 만발했다면 꽃향기에 취해 이처럼 호젓한 정취는 느끼지 못했을 거예요."

그 말을 듣는 순간 단리백은 문득 한 사람의 모습이 떠올랐다. 매화 가지를 꺾어 자신의 눈앞에 흔들던 장난스런 표정, 그리고 부드러운 미소. 금방이라도 코끝에서 매화 향이 느껴지고 그녀의 웃음소리가 들려올 것처럼 생생한 기억이건만 이제는 몇 안 되는 추억이 되어버렸다.

"닮았군."

때를 놓칠세라 임소하가 재빨리 질문을 던졌다.

"어머니와 닮았다는 이야기죠? 그렇죠?"

임소하가 집요하게 물고 늘어지자 단리백이 인상을 찡그리며 쏘아붙였다.

"그래, 얼빠졌달까 도통했달까…… 왠지 보고 있으면 속이 터지지."

"하하하! 그 정도예요? 그래도 그건 좀 심하다."

뭐가 그리 재밌는지 깔깔 웃음을 터뜨리는 그녀의 모습에 단리백은 왠지 기운이 빠지는 것을 느꼈다.

"좋은 사람치고 오래 사는 사람 못 봤다. 그러니 사람 좋은 것도 정도껏 해."

임소하의 얼굴에서 웃음이 걷혔다. 대신 슬픈 미소가 자리 잡았다. 착잡한 얼굴로 입을 여는 단리백의 말에 드리워진 깊은 그리움을 그녀 역시 느꼈기 때문이다.

그때였다.

돌연 단리백이 정색하며 임소하를 노려봤다.

"그만둬!"

"네?"

"남의 속내를 빤히 들여다보는 짓 따윈 그만두란 말이다."

영문을 몰라 의아해하는 임소하의 모습에 단리백이 눈매를 찡그렸다.

'잘못 느낀 것인가?'

단리백은 유심히 임소하의 표정을 살폈다. 한순간 자신의 속내가 낱낱이 드러내진 느낌을 지울 수 없었던 까닭이다. 이 때문에 단리백은 한순간 파랗게 빛나는 임소하의 목걸이를 놓치고 말았다.

'착각인가?'

"의숙?"

"미안하다. 내가 과민했던 모양이다."

당혹스러우면서도 한편으론 미안한 마음도 들어 단리백은 다시금 연못을 향해 시선을 던졌다.

'아무래도 제 어미의 능력은 물려받지 못한 모양이군.'

시무룩한 얼굴로 고개를 끄덕이는 임소하의 모습이 연못에 비쳐졌다.

순간 단리백은 가슴이 답답해지는 것을 느끼며 스스로 놀라고 말았다. 옆에서 재잘거리는 그녀에게 자신도 모르게 동화되어 있는 스스로를 뒤늦게 발견한 것이다.

단리백의 심기가 불편한 듯하자 임소하는 먼저 자리에서

일어났다.

"바람이 차네요. 먼저 들어갈게요."

그 말을 끝으로 임소하가 돌아섰다.

단리백은 임소하를 애써 붙들지 않았다. 가슴속에서 무언가가 빠져나간 듯한 허전함을 느끼며 멀어지는 그녀의 뒷모습만을 바라볼 뿐이었다.

"우습군."

홀로 남은 단리백이 마른 웃음을 터뜨렸다. 그리고 다시금 얼어붙은 연못 위로 시선을 던졌다.

희미한 달빛이 연못 위로 부서지고 있었다. 있을 리 없는 매화 향이 코끝에 느껴진 건 순간의 착각이었을까? 호젓한 달밤은 그리움을 부르고 있었다.

                    *   *   *

휘이이잉.

눈보라를 동반한 매서운 바람이 몰아치는 촉산 준령(峻嶺). 아찔한 천장단애(千丈斷崖) 위에 칼날을 거꾸로 세워놓은 듯한 험준한 봉우리 위로 세 사람이 모습을 나타냈다. 피풍의를 두른 노인들이었다.

하지만 그들의 모습은 판이하게 달랐다. 선두의 노인은 족히 이백여 근은 나갈 듯한 비대한 몸집에 키는 오 척밖에 되지 않아 마치 거대한 가죽 공이 굴러다니는 것을 연상케 했다. 하지만 경쾌하게 산을 타는 움직임은 기민하기 그지없었다.

그 뒤를 따르는 칠 척 거한은 유난히 붉은 얼굴과 괴팍한 성정이 고스란히 묻어나는 날카로운 눈매를 지니고 있었는데 특이하게도 오른손 새끼손가락이 잘려 아홉 개의 손가락을 지니고 있었다.

그리고 마지막으로 삐쩍 마르고 음산하게 생긴 노인이 후미에서 그들을 따르고 있었다. 노인답지 않게 훤칠하고 몸의 자세도 아주 곧았지만 관에서 튀어나온 시체처럼 창백한 피부에 뼈마디가 앙상하여 피골이 상접한 목내이(木乃伊:미라)를 보는 것만 같았다.

한결같이 비장한 표정으로 걸음을 옮기는 그들의 움직임은 그 어느 때보다 조심스러웠다. 그도 그럴 것이, 그들로선 일생일대의 모험을 감행하고 있는 중이었기 때문이다.

이윽고 촉산의 최고봉인 첨영봉(尖嶺峰) 정상에 오른 세 노인은 제자리에 선 채 눈보라가 그치기만을 기다렸다.

그렇게 얼마나 시간이 흘렀을까.

"바람이 멎었다!"

선두에 서 있던 뚱뚱한 노인이 입을 열었다. 얼어 죽을 것만 같은 혹한의 날씨에도 불구하고 그는 흘러내리는 땀을 주체하지 못하고 손수건으로 연신 얼굴을 훔치고 있었다.

아홉 개의 손가락을 지닌 노인이 뒤를 돌아보며 입을 열었다.

"뼈다귀야, 뭐 좀 보이냐?"

이에 삐쩍 마른 노인이 차갑게 쏘아붙였다.

"닥쳐, 병신아! 아직 저쪽은 바람이 그치지 않았단 말이다!"

"말하는 싸가지 하곤. 이 어르신이 뼈마디를 분질러 줄까?"

"네놈 손가락이나 잘 관리하시지."

금세라도 맞붙어 싸울 것처럼 으르렁대는 두 사람 사이로 뚱뚱한 노인이 끼어들었다.

"망할 놈들. 지금 이러고 있을 때냐?"

사염천이 중재에 나서자 해골처럼 삐쩍 마른 백무쌍이 봉우리 아래쪽으로 시선을 돌려 버렸다. 백무쌍을 노려보던 위송령 역시 아홉 개밖에 남지 않은 손가락을 우두둑 꺾으며 화를 삭였다.

"이상하군."

봉우리 아래를 응시하던 백무쌍이 입을 연 것은 근 이각의 시간이 흐르고 나서였다.

"뭐가 말이냐?"

위송령의 반문에 백무쌍이 고개를 갸웃거렸다.

"아무것도 보이지 않아."

"쳇, 우리 중 안력이 제일 뛰어나다며? 자랑도 다 헛것이었 군."

비아냥거리는 위송령의 음성에 움푹 꺼진 백무쌍의 눈에 서 흉흉한 안광이 번뜩였다.

이때 사염천이 뱃살을 출렁이며 백무쌍에게 다가섰다.

"좀 더 자세히 말해봐."

"아무것도 없다고. 그 단가 놈도 검선이라는 작자도."

위송령이 또다시 끼어들어 비아냥거렸다.

"그놈 성은 단가가 아니라 단리다. 복성이라고. 그 대가리 로 어찌 무공을 익혔는지 신기하구나."

"노부는 네놈의 간이 얼마나 큰지 평소부터 확인해 보고 싶었다."

쉬지 않고 으르렁대는 두 사람의 모습에 사염천은 머리가 지끈거렸다.

"이럴 게 아니라 내려가서 확인해 보자."

사염천의 제안에 위송령이 망설이듯 입을 열었다.

"만약 그놈이 우릴 발견하면?"

기다렸다는 듯 백무쌍이 걸고넘어졌다.

"호호호, 단가 놈이 무섭긴 무서운 모양이로구나. 순식간 에 간이 콩알만 해진 걸 보면."

위송령이 발끈하여 소리쳤다.

"이 빌어먹을 해골이! 오냐, 내 오늘 네놈의 **뼈다귀**를 골고루 추려내 줄 테다."

하나 두 사람의 싸움은 오래가지 않았다. 사염천이 훌쩍 신형을 날려 산봉우리 아래를 향해 내달렸기 때문이다. 이백 근에 달하는 몸무게가 무색하게 사염천의 신법은 날렵하기 그지없었다.

"이따 보자, 해골."

"내가 할 말이다, 병신."

두 사람은 동시에 신형을 날렸다.

처음 조심스럽게 봉우리를 오르던 것과 달리 두 사람은 자신이 지닌 최대의 경공술을 발휘해 사염천을 뒤따랐고, 그들이 지나는 자리엔 눈보라가 휘몰아쳤다.

이윽고 널따란 분지에 도착한 이들은 유심히 주위를 살피기 시작했다.

"대단하군!"

무엇을 발견했음인지 사염천이 감탄성을 터뜨렸다. 사염천의 시선을 좇아 눈을 돌린 백무쌍과 위송령의 얼굴이 핼쑥해졌다.

무려 십 장에 달하는 절벽. 자연적인 풍화가 아닌 인위적인 힘이 가해진 것이 분명했다. 그렇지 않고서야 유리처럼 매끈한 단면을 설명할 수 없었다.

그것뿐만이 아니었다. 군데군데 생겨난 수십 개의 구덩이는 수백 근의 화약을 터뜨린 것처럼 움푹 주저앉아 있었다.

"엄청난 격전이었나 보군."

"그런데 그 두 놈은 어딜 간 거지?"

"글쎄다."

이야기를 나누던 백무쌍이 돌연 신형을 날렸다.

"뭔가 발견한 것이냐?"

위송령의 물음에 백무쌍이 손에 들린 물건을 내밀었다. 이를 알아본 위송령과 사염천이 동시에 외쳤다.

"풍아(風牙)!"

백무쌍의 손에 들린 것은 한 자루의 검이었다. 고색창연한 빛을 뿌리는 검은 한눈에 보기에도 명검이 틀림없었다. 하지만 이들이 놀란 이유는 따로 있었다. 풍아란 이름을 지닌 그 검의 주인은 당대 최고의 고수이며 검선이라 불리우는 우일태의 신물이었기 때문이다.

검사에게 있어 검이란 생명과도 같은 것. 주인을 잃은 검이 바닥을 구르고 있다 함은 검의 주인에게 변고가 닥쳤음을 암시했다.

"그 늙은이는 죽었나?"

위송령의 물음에 백무쌍이 질린 표정으로 고개를 흔들었다.

"그 애송이가 설마 검선마저 황천으로 보낼 줄이야. 그렇다면 그가 당대 최고 고수란 말인가?"

"아니, 그는 최고 고수가 아닐세."

위송령과 백무쌍이 무슨 소리냐는 표정으로 사염천을 바라봤다.

이에 사염천은 손을 들어 주위에 뿌려진 핏자국을 가리켰다.

"저 절벽을 만든 것은 검선이겠지? 그런 공격을 받고도 무사할 리 없지. 두 사람은 틀림없이 양패구상한 것이 틀림없다. 그렇지 않았다면 그 악귀 같은 놈이 장원으로 돌아오지 않을 리 없을 터. 이미 죽은 자가 어찌 천하제일고수가 될 수 있겠어. 안 그래?"

위송령과 백무쌍의 얼굴이 점차 환해졌다.

"그럼……."

"우리는……."

사염천이 씨익 웃으며 고개를 끄덕였다.

"자유다."

서로의 얼굴을 바라보던 세 사람이 동시에 앙천광소를 터뜨렸다.

"으하하하하! 그 지옥 같던 시간이 드디어 끝나는군!"

"크헤헤! 꼴 좋다, 빌어먹을 애송이 자식! 깝죽대더니 결국엔 시신조차 찾지 못하는구나!"

"하하! 고맙소, 노신선. 그대는 분명 천당에 갈 거요. 그 지긋지긋한 놈을 보내준 답례로 내 지전은 충분히 살라주리다."

우화등선한 우일태가 들으면 기가 막힐 노릇이었다. 하나 단리백과 우일태가 양패구상했다 철석같이 믿고 있는 그들 삼 인은 십육 년 만에 금제에서 벗어났다는 기쁨에 들떠 한 가지를 간과하고 말았다.

"강호로 가자."

성큼 걸음을 내딛는 위송령을 사염천이 붙들었다.

"잠깐! 그전에……."

"아!"

위송령이 자신의 이마를 탁 치며 탄성을 터뜨렸다. 이는 백 무쌍과 사염천 역시 마찬가지였다.

이들은 누가 먼저랄 것도 없이 경공을 전개하기 시작했다.

장원에 도착한 이들이 향한 곳은 장원의 내원에 위치한 단 리백의 처소였다.

문을 벌컥 열고 안으로 들어선 이들은 책장 서랍을 비롯해 침상 밑까지 샅샅이 헤집기 시작했다. 하지만 좀처럼 그들이 찾는 물건은 발견되지 않았다.

"썅! 대체 어디다 숨겨놓은 거야?"

쿠웅!

위송령이 성질을 못 이겨 벽을 걷어찼다.

순간 사염천의 눈빛이 빛났다. 벽을 울리는 둔중한 소리에 섞여 다소 이질적인 울림이 귀에 잡힌 것이다.

"잠깐."

사염천은 신중한 표정으로 벽을 두드리기 시작했다.

그러기를 잠시.

"찾았다!"

사염천이 벽 한곳을 손으로 밀자 벽돌이 스르르 밀리며 빈 공간을 드러냈다. 그리고 그 안에는 흑색의 작은 목갑이 조용히 놓여 있었다.

"흐흐… 수고했다, 염가야."

"드디어!"

위송령과 백무쌍이 웃음을 흘리며 사염천에게 다가섰다.

사염천이 목갑의 뚜껑을 열었다.

"있다!"

그토록 찾아 헤매던 물건을 확인한 이들의 얼굴에 희열이 감돌았다.

피처럼 붉은빛이 감도는 손톱 크기의 환약. 이로써 십육 년 동안 시달려 온 지옥 같은 금제에서 벗어날 수 있는 것이다.

단리백에게 붙들려 온 이후 이들은 억지로 한 알씩의 독단을 복용해야 했다. 독에는 일가견이 있는 사염천으로서도 처음 접하는 독이었다. 훗날 그것이 전설로만 전해지던 고독(蠱毒)임을 알게 된 이들은 눈앞이 캄캄해졌다.

그때부터 끔찍한 나날이 시작되었다. 내공은 십분의 일로 급감했고, 매일같이 창자가 뒤집어지는 고통을 겪어야만 했다. 비록 고통의 시간은 일각에 불과했지만 그들에겐 지옥의 겁화보다 두려운 시간이었다.

이후 사염천은 단리백 몰래 고독에 대해 연구하기 시작했다. 다행히 이곳엔 자신도 놀랄 만큼 의학 서적이 풍부했고 고독에 관한 다양한 자료도 포함되어 있었다. 그리고 해약이 존재한다는 것도 알게 되었다. 하지만 고독의 해약을 조제하는 것은 번번이 실패로 돌아갔다. 수백에 달하는 고독의 종류 중에서 자신들이 당한 고독을 알아낼 방법이 없었기 때문이다.

하지만 해약을 발견한 이상 그 고생도 오늘로 종지부를 찍을 수 있을 것이다.

이때 위송령이 문득 의구심을 드러냈다.

"잠깐. 이거 해약이 확실해?"

"그렇군. 이게 해약이라는 증거가 없어."

백무쌍도 거들고 나서자 사염천은 기분이 나빠졌다.

"이게 해약이 아니었다면 무엇 때문에 그놈이 벽 속 깊은 곳에 꼭꼭 숨겨놨겠냐? 봐라. 더도 덜도 말고 딱 세 개잖아. 그리고 붉은색은 길한 징조야."

"또 모르지. 우릴 골탕 먹이려고 만든 고약한 물건일지도."

"먹기 싫음 말던가."

사염천이 히죽 웃으며 붉은 단약을 입 안에 털어 넣었다. 그리곤 운기조식을 시작했다.

이윽고 약 일각의 시간이 지나 사염천이 눈을 떴다.

"어때?"

"효과 있어?"

사염천의 곁에서 반응을 지켜보던 위송령과 백무쌍이 조심스레 질문을 던졌다.

사염천이 웃으며 신형을 일으켰다.

"좋군. 내공이 일 할 정도 회복되었어."

위송령이 인상을 찌푸렸다.

"고작 일 할?"

실망스러운 기색이 역력한 위송령과 달리 백무쌍은 사염천을 향해 손을 내밀었다.

"일 할도 어디야. 나도 줘봐."

그제야 위송령도 허겁지겁 손을 뻗었다.

"나도! 나도!"

그러자 사염천이 오만한 표정으로 두 사람을 바라봤다.

"먹기 싫다며?"

"그래서 주기 싫다는 거야?"

백무쌍이 노려보자 사염천이 음침하게 웃었다.

"힘으로라도 뺏을 기세로군. 하지만 난 이미 일 할의 내공을 회복했는데 과연 내 상대가 될까?"

"흥! 우리 둘이 힘을 합치면 너 따위는……."

으르렁거리던 백무쌍은 급히 입을 다물었다. 사염천이 남은 두 개의 단약을 들어올리며 음침하게 웃었던 것이다.

"이대로 내가 삼매진화(三昧眞火)를 일으킨다면?"

"……!"

사염천의 협박에 위송령과 백무쌍의 얼굴이 팍 일그러졌다.

그런 그들의 모습을 바라보며 사염천이 입을 열었다.

"우리가 중독되어 있던 시간은 십육 년. 일거에 모든 것을 되찾는 건 불가능하다. 하지만 지금은 비록 일 할의 내공을 되찾았을 뿐이지만 해약을 복용한 이상 시간이 지날수록 원래의 공력을 회복할 수 있을 것이다. 이대로라면 일주일 정도? 하지만 이 해약이 없다면 어떻게 될까?"

사염천이 내공을 끌어올리자 그의 소매가 펄럭였다.

"잠깐!"

사색이 된 백무쌍이 급히 소리쳤다.

"원하는 게 뭐냐?"

사염천이 빙그레 웃으며 입을 열었다.

"우리 중 내가 제일 나이가 많지?"

"그래서?"

"왜 꼬박꼬박 반말하는데?"

"그럼 널 형님이라 부르란 말이냐?"

끄덕.

삐쩍 마른 백무쌍의 신형이 부르르 떨렸다. 비슷한 무위에 비슷한 명성. 하지만 강호에서 명성을 날리기 시작한 건 자신이 먼저였다.

"못해! 아니, 안 해!"

"해약이 재가 되어 사라진 데도?"

"……."

이때 위송령이 사염천을 향해 한 걸음을 내디뎠다.

"염천 형님!"

"이 배신자!"

백무쌍의 말을 흘려들으며 위송령은 비굴하게 허리까지 굽신거렸다.

"헤헤, 저 백가 놈과 달리 저는 일찍부터 형님을 존경해 왔지요. 저런 놈은 신경 쓰지 말고 이 아우를 불쌍히 여겨 해약을 건네주십시오."

사염천이 만족스러운 얼굴로 백무쌍을 바라봤다.

백무쌍은 속이 끓어올랐으나 그라고 해서 뾰족한 수가 있는 것도 아니었다. 어쩔 수 없다. 일단은 살고 볼 일이다.

"혀… 형님."

"응? 뭐라고? 잘 안 들리는데?"

"형님!"

"하하하! 좋아, 좋아. 두 아우의 어려움을 형님으로서 못 본 척할 수 없지!"

비대한 살을 출렁이며 웃음을 터뜨린 사염천은 위송령과

백무쌍에게 붉은 단약을 건넸다.

그 역시 처음부터 그들에게 해약을 건넬 생각이었다. 한때는 세력권을 놓고 으르렁대던 사이였지만 십육 년이란 긴 세월 동안 함께 고통을 겪으며 남모를 동지 의식 같은 게 싹터 있었기 때문이다. 다만 뻣뻣하기 그지없는 백무쌍을 골려주기란 흔치 않았고, 모처럼 얻은 기회를 놓치지 아까웠을 뿐이다.

이를 모를 백무쌍과 위송령이 아니었다. 하지만 단약을 복용하고 운기조식을 마친 그들이 잡아먹을 듯이 사염천을 노려봤다.

"자자, 지금 이럴 때가 아니지 않은가?"

사염천이 부리나케 방 밖으로 빠져나가자 그 뒤를 백무쌍과 위송령이 쫓아 나갔다. 하지만 사염천이 향하는 방향을 깨닫고 잡아먹을 듯이 그를 노려보던 눈빛이 바뀌었다. 탐욕의 눈빛이었다.

이들이 서둘러 달려가 멈춘 곳은 장원 한 켠에 자리한 창고였다.

위송령은 그 안에서 수십 개에 달하는 묘안석을 비롯해 진귀한 보석들을 한 아름 가득 들고 나왔다.

"이 정도면 평생 도박을 해도 모자람이 없겠군."

자유를 얻자마자 도박 타령을 하는 위송령의 모습에 백무쌍이 혀를 찼다.

"쯧쯧, 미친놈. 아예 눈이 돌아갔군."

"놔둬. 저거 손가락 다 없어지기 전엔 못 고쳐."

사염천의 말에 백무쌍이 고개를 끄덕였다. 도박에 미쳐 손가락 하나를 날리고도 정신을 못 차리는 걸 보면 구지광도(九指狂賭)란 별호가 괜히 붙은 게 아니었다.

"자넨 뭘 들고 나왔나?"

"흐흐, 이걸세."

백무쌍이 내민 것은 한 쌍의 장갑과 붉은빛이 감도는 퉁소였다.

"호오, 용케도 그걸 찾아냈군. 그놈이 꽤 아끼던 물건인데."

흡족한 미소를 머금은 채 백무쌍은 그 물건들을 품속에 갈무리했다. 한 쌍의 장갑은 그가 익힌 고루천강수(骷髏天罡手)의 위력을 더욱 배가시켜 줄 것이다. 그리고 적소(赤簫)는 앞으로 익힐 음공을 위해 반드시 필요했다.

반면 사염천의 손에는 자그마한 목갑이 들려 있을 뿐이었다.

"그걸 어디다 쓰게?"

"클클, 노부에게 이보다 귀한 보물이 어디 있겠나."

백무쌍이 고개를 끄덕였다. 자신에겐 필요없지만 독심광의(毒心狂醫)라 불리울 만큼 의술에 미친 사염천이라면 달랐다. 죽은 이도 살려낸다는 초혼신침(招魂神針)은 그에게 천금보다 귀한 물건임이 틀림없었다.

그렇게 각자의 물건의 챙긴 삼 인은 발걸음도 가볍게 장원을 나섰다. 하나 오래가지 않아 그들은 걸음을 멈췄다.

장원에서 그리 멀지 않은 곳에서 일단의 무리들과 마주쳤기 때문이다.

"으잉? 화산파 애들이 왜 여기서 알짱거리는 거지?"

위송령의 물음에 백무쌍이 퉁명스럽게 대꾸했다.

"낸들 어떻게 알아."

잠시 생각을 정리하던 사염천이 낮게 웃음을 흘렸다.

"흐흐, 검선을 기다리고 있나 보군."

위송령과 백무쌍도 그제야 우일태가 화산의 속가제자였음을 기억해 냈다.

이때 그들 삼 인을 발견한 화산파 무인들이 그들에게 다가섰다.

서로의 거리가 오 장쯤 남았을 때 위송령이 버럭 고함을 질렀다.

"이놈들! 여기가 무림절대금지임을 모르는 것이냐? 뒈지기 싫으면 어서 꺼져라!"

"무량수불. 빈도는 화산의 조명이라 하외다."

위송령은 자신을 조명이라 밝힌 노도사를 노려봤다. 하얀 눈썹과 푸른 도포, 거기에 기다란 수염을 멋들어지게 늘어뜨린 모습이 신선을 연상시킨다. 그러나 청수해 보이는 외모와 달리 깊게 가라앉은 그의 눈빛은 잔잔한 가운데 폭발적인 기도를 담고 있었다.

어디선가 들어본 것 같은 이름이라 위송령이 고개를 갸웃거리고 있을 때 사염천이 전음을 날려왔다.

"청심홍매(靑心紅梅)! 청심홍매 조명이 바로 그다!"

위송령과 백무쌍의 얼굴이 동시에 굳어졌다. 현 화산파 장문인의 사제이자 검에 관해 화산파 내에서도 다섯 손가락 안에 꼽히는 고수가 바로 그였던 것이다.

눈매를 실룩이며 위송령이 입을 열었다.

"그래, 화산파의 장로님이 예까지 어인 일이신가?"

"빈도는 본 문의 어르신을 한 분 찾고 있소. 그분께서……."

"시끄러워! 여기가 어딘 줄 알고 알짱거려? 사람을 찾으려면 관아에 가서 물어보든가!"

위송령이 자신의 말을 자르며 고함을 지르자 조명의 눈에서 일순 섬전 같은 안광이 일렁였다.

이때 조명의 뒤에 있던 젊은 제자 한 명이 그에게 귓속말을 건넸다. 조명의 입가에 실낱같은 미소가 번진 것도 그때였다.

"그렇다면 귀하들께서는 이곳에 어인 일이시오?"

"그건 왜 묻는데?"

"그대들이 강호사사가 아닌가 해서 묻는 말이오."

위송령을 비롯한 백무쌍과 사염천이 흠칫하는 사이 조명

이 빙그레 웃으며 말을 이어갔다.

"한동안 모습이 보이지 않는다 했더니 이런 곳에 은거를 하고 계셨구려."

말은 그렇게 하고 있지만 자신들 뒤에 있는 장원을 힐끗 쳐다보는 모양새가 영 수상하다.

"십육 년 전 빈도는 재미있는 이야기 하나를 들었소이다. 강호사사와 매우 닮은 인상착의를 지닌 세 명이 한 젊은이에게 개 끌려가듯……."

"닥쳐라, 말코도사! 무슨 소리를 지껄이는 게냐!"

"하하하! 뭘 그리 흥분하고 그러시오. 빈도는 그 이야기를 믿지 않소이다. 강호의 소문이 으레 그렇듯 누군가가 지어낸 소리라 생각하기 때문이오. 누가 감히 천하의 강호사사를 그리 다룰 수 있단 말이오?"

백무쌍이 재빨리 위송령과 사염천에게 전음을 날렸다.

"저놈들을 죽여야 해."

위송령이 동의했다.

"해골 말이 맞다. 저자들이 우리가 이곳에서 그놈에게 붙잡혀 있었다는 소문을 퍼뜨리면 우리는 그야말로 망신살이 뻗친다. 어떻게 고개를 들고 강호를 돌아다닐 수 있겠냐."

금방이라도 뛰쳐나갈 것 같은 그들을 사염천이 만류했다.

"아서라. 조명 저 늙은이 혼자라면 나 혼자서도 어찌해 보겠다만 저 뒤에 스물네 명이 힘을 더한다면 우리만으론 절대 그들을 상대할 수 없다."

"무슨 소리야? 귀밑에 솜털 보송보송한 애송이들이야 백 명이 와도 상관없어."

위송령의 전음에 사염천이 인상을 찌푸렸다.

"네가 왜 도박만 했다 하면 밑천을 홀랑 털어주는지 알겠다. 내공을 일부 회복했다곤 하지만 우린 아직 본신 내력의 절반의 힘도 발휘할 수 없는 상태란 말이다. 게다가 저자들의 소매를 봐라. 붉은 매화가 수놓아져 있지? 저자들은 화산이 자랑하는 당대 매화검수들이다. 매화검수 전체를 몽땅 끌고 왔는데 저자들을 죽이자고? 아서라. 차라리 화약을 지고 불 속으로 뛰어드는 것이 낫겠다."

"젠장! 그럼 어쩌라고! 강호에 웃음거리가 되느니 차라리 죽는 게 나아!"

"나한테 생각이 있다."

뱃살을 출렁이며 사염천이 앞으로 나섰다.

"매화검수 모두를 대동하고 오다니……. 이곳에서 무력시위라도 하실 생각이오?"

"무량수불. 빈도가 어찌 그럴 수 있겠소. 빈도는 단지 빈도의 사백만 모셔갈 수 있다면 만족하오. 촉산의 주인께 빈도의 말을 전해주시겠소?"

"안타깝지만 그럴 수 없소."

의아한 표정을 짓고 있는 조명을 향해 사염천이 입을 열었다.

"너무 늦게 오셨소. 그들은 이미 싸움을 시작했소."

그리고 이 말을 덧붙였다.

"일각만 기다리시오. 그러면 검선의 시신을 이리 모셔오리다."

"무, 무슨 뜻이오?"

당황한 표정이 역력한 조명의 모습에 사염천은 내심 회심의 미소를 머금었다.

"두 사람의 격전이 거의 마지막에 이르렀소. 처음엔 검선이 우위를 점하고 계셨으나 지금은 패색이 짙더구려. 그 괴물… 아니, 우리 주인의 무위는 이미 검선을 압도하고 있소."

"장로님!"

앞으로 나서는 매화검수들을 조명이 손을 들어 제지했다. 그리고 싸늘하게 가라앉은 음성으로 사염천을 향해 입을 열었다.

"두 사람이 싸우고 있는 곳이 어디오?"

"그건 왜 물으시오? 설마 일 대 일 비무에 끼어들어 검선을 도울 생각은 아니겠지요?"

사염천은 정파를 자처하는 그들의 자존심을 살살 긁고 있었다.

아니나 다를까. 조명의 얼굴이 수치심으로 붉게 달아올랐다. 하지만 조명은 이내 단호한 눈빛으로 사염천을 노려봤다.

"그 어떤 오명을 뒤집어써도 좋소. 그분은 아직 돌아가셔
서는 안 될 분. 정아, 매화검진을 개진해라."

"예, 사부님."

차차차차창!

조명의 명령이 떨어지자 스물네 자루의 검이 서늘한 검광
을 뿌리며 사염천을 비롯한 위송령과 백무쌍을 에워쌌다.

"빈도를 용서하시오."

"잠깐!"

사염천의 외침에 매화검진을 움직이려던 조명이 동작을
멈추었다.

"하실 말씀이 남았소?"

"우리가 졌소. 순순히 비켜줄 테니 우리를 그냥 가게 해주
시오."

수상쩍다는 눈빛으로 자신들을 응시하는 조명을 향해 사
염천이 말을 이어갔다.

"매화검진을 상대로 일전을 불사할 만큼 무모한 우리가 아
니오. 그리고 당신네 정파들이 명예를 추구하는 것과 달리 우
리는 실리를 추구하오. 이런 곳에서 뼈를 묻고 싶은 생각은
추호도 없단 말이오."

"미안하오. 이번 일이 강호에 알려진다면 본 문에 크나큰
불명예가 될 것이오."

말은 그렇게 하고 있지만 결국엔 자신들을 살려줄 수 없다는 뜻이었다.

참다못해 위송령이 버럭 고함을 질렀다.

"이 망할 말코도사들아! 정파라는 작자들이 구린내 나는 행동을 서슴지 않는구나!"

"이는 어디까지나 빈도의 결정. 이번 일을 마무리하면 빈도 역시 스스로 목숨을 내놓을 것이오."

위송령은 기가 막혀 말을 잇지 못했다. 자신이 모든 걸 뒤집어쓰겠다는데 더 이상 뭐라 할 말이 있겠는가.

사염천은 손수건으로 비 오듯 흐르는 땀을 훔치며 음흉하게 웃었다.

"우리를 죽이면 검선 또한 죽게 될 것이오."

"무슨 뜻이오?"

조명의 반문에 사염천이 기다렸다는 듯이 쉬지 않고 말을 쏟아내기 시작했다.

"이곳은 곳곳에 절진이 설치되어 있소. 그들이 싸우고 있는 곳 역시 마찬가지요. 그들이 지금 치열한 접전을 벌이고 있는 데도 아무런 소리가 들려오지 않는 것도 이 때문이오. 그들 정도의 고수라면 그야말로 경천동지(驚天動地), 하늘을 울리고 땅을 흔드는 싸움임이 분명한 데도 주위는 고요하기만 하지 않소? 만약 우리를 보내준다 약속하면 그들이 싸우는 장소를 알려주겠소. 하지만 우리를 죽이면 결코 그 장소를 찾지 못할 것이오. 일각 안에 촉산 전체를 샅샅이 뒤질 자신이 있다면 우리를 죽여도 좋소."

잠시 고심을 거듭하던 조명이 사염천을 응시했다.

"하지만 귀하들이 이번 일을 묵과한다고 빈도가 어찌 믿을 수 있겠소?"

"좋소. 솔직히 말하리다. 우리는 그자에게 끌려온 게 맞소. 이곳에서 지옥 같은 십육 년을 보냈단 말이오. 그자에 대한 의리는 눈곱만큼도 없소. 오히려 그자가 검선에게 죽길 바랐지. 하지만 상황이 나빠져 우리는 도주를 결심한 것이오. 게다가 우리가 강호에 나가 당신들이 협공하여 촉산혈성을 죽였다고 떠든다 칩시다. 당신들이 아니라고 잡아떼면 그만 아니오? 당금은 백도 천하인데 누가 사파인인 우리 말에 귀를 기울일 것 같소?"

생각해 보니 일리있는 말이다. 그리고 사염천 일행의 행색을 보니 각자 무언가 짐을 챙긴 것이 이곳을 떠나려는 의도가 확실했다.

"어찌할 것이오? 지금 이러고 있는 순간에도 시간은 흐르고 있소."

사염천의 채근에 조명은 한숨과 함께 도호를 읊었다.

"무량수불. 알겠소. 빈도는 그대들의 도움에 감사할 따름이외다."

"남아일언!"

"중천금. 되었소? 어서 그 장소를 알려주시오."

"따라오시오."

사염천이 앞장서서 달리자 위송령과 백무쌍이 그 뒤를 따랐다. 조명 또한 화산 문하들을 이끌고 그들을 따르기 시작했다.

이윽고 그들이 도착한 것은 단리백과 검선이 결전을 벌였던 분지였다.

"어떻게 된 것이오? 아무도 없지 않소?"

의심스러운 조명의 눈빛에 사염천은 돌연 무언가를 발견한 듯 손을 들어 한곳을 가리켰다.

"엇? 저건?"

사염천의 손가락을 따라 시선을 옮긴 조명의 눈에 들어온 물건. 그것은 햇살을 받아 반짝이는 한 자루의 검이었다.

"헛!"

조명이 검을 향해 신형을 날렸다.

"이건……."

틀림없는 검선의 물건이었다.

조명이 당혹감에 젖어 있을 때 돌연 뒤쪽에서 사염천의 웃음소리가 들려왔다.

"하하, 이 말코도사야! 검선은 이미 죽었다! 감쪽같이 속았지?"

"이노옴!"

분노하여 신형을 돌린 조명의 얼굴이 딱딱하게 굳어졌다.
분명 목소리가 들려왔건만 사염천을 비롯한 그들 삼 인의 모
습이 보이질 않는 것이다.

　이때 사염천의 음성이 다시 들려왔다.

　"말했잖아, 절진이 설치되어 있다고. 평생 그 안에서 썩어
라."

　조명은 주위를 둘러봤다. 분명 들어설 땐 분지가 분명했건
만 지금은 시커멓게 입을 벌린 천장단애가 주위를 에워싸고
있었다.

　혹시나 하는 마음에 절벽 아래로 돌멩이를 던져 보았다.

　콰직!

　절벽 밑으로 떨어지던 돌멩이가 돌연 가루가 되어 흩날렸
다. 절벽 아래에는 검기와도 같은 칼바람이 휘몰아치고 있었
던 것이다. 이래서야 벽을 타고 내려갈 수도 없었다.

　"이런!"

　"사부님, 어찌합니까?"

　"어딘가 진의 축을 이루는 사물이 있을 것이다. 그것을 파
괴해야 한다."

　조명의 말이 떨어지기가 무섭게 스물네 명의 매화검수들
이 검기를 날리기 시작했다.

　한편, 진 밖에서 화산 문하들의 모습을 지켜보고 있던 삼

인은 배를 움켜쥔 채 웃고 있었다.

"하하하! 저렇게 멍청한 놈들이 감히 우리를 협박하다니."

"내 말이. 허공에 칼질하는 저 꼬락서니를 보라고."

"그래도 애들이 하나같이 한 칼 하는데? 가장 무공이 낮은 놈조차 무인검(無刃劍)의 경지라니……."

"그래 봤자 암혼대라진(暗溷大羅陣)은 못 벗어나. 파훼법은 그놈만이 알고 있으니까."

"하지만 그놈은 검선에게 죽었지."

그렇게 한참을 낄낄대던 그들은 새삼 누리게 된 자유에 환호성을 터뜨리며 산 아래로 내달렸다.

"그런데 어디로 가지?"

백무쌍의 물음에 사염천이 대답했다.

"산서밖에 더 있냐?"

위송령이 빠드득 이를 갈며 소리쳤다.

"호계상, 이 빌어먹을 자식!"

"맞아! 그때 혼자만 빠져나갔었지? 틀림없이 그놈이 산서를 쥐고 흔들고 있겠군."

"일단 그놈을 족치자. 그 다음 산서를 우리가 접수하는 거야."

사염천이 음산한 웃음을 흘리며 고개를 끄덕였다.

"당연하지. 우리의 강호를 다시 찾는 것이다."

그들의 모습은 이내 까만 점이 되어 지평선 너머로 사라졌다.

두 시진이 흘렀다.

뉘엿뉘엿 저무는 해가 새하얀 눈 위를 붉게 적실 무렵.

콰콰콰쾅!

지축을 뒤흔드는 폭음과 함께 자욱한 먼지구름이 분지를 뒤덮었다.

차가운 바람이 먼지를 걷어내자 그 속에서 이십여 명의 인물이 모습을 드러냈다. 넝마처럼 찢겨진 도포와 까치집마냥 헝클어진 머리, 새파랗게 질린 얼굴로 주위를 둘러보는 그들의 모습에서는 하나같이 낭패한 기색이 역력했다.

"휴, 다행이다. 사백에 의해 절진의 일부가 망가지지 않았다면 이곳에서 뼈를 묻고 말았을 것이다."

안도의 한숨을 흘리며 가슴을 쓸어내리는 조명의 모습은 참으로 가관이었다. 그토록 보기 좋던 수염은 절반 이상 뭉텅 잘려 나가 있었고, 찢어진 도포 사이로는 핏물도 내비치고 있었다. 혈색이 감돌던 얼굴도 양 볼이 움푹 패인 채 핼쑥하게 변해 있었다. 절진 안에서 상당한 고생을 치렀음이 분명했다.

"사부님, 그들이 보이지 않습니다."

"그 노마들에게 보기 좋게 당했구나."

"이제 어떡합니까?"

제자의 물음에 조명은 무거운 한숨을 터뜨렸다.

"사백의 검을 회수했으니 본 파로 돌아가야지."

"하지만……."

"물론 이번 일을 묵과할 생각은 없다. 희미하긴 했으나 그자의 흔적이 남아 있었다. 애석하게도 그는 죽지 않은 것 같구나. 노마들이 강호에 나갔으니 머지않아 사백의 죽음이 알려질 터. 촉산혈성 그를 찾아 잃어버린 본 파의 명예를 되찾아야 한다. 하지만 그전에 보고를 올리는 게 우선이다."

말을 마친 조명은 자신의 장포를 벗어 우일태의 검을 조심스레 감쌌다. 그러나 촉산을 내려서는 그의 어깨는 힘없이 축 늘어져 있었다.

*   *   *

식당에 들어선 단리백은 인상부터 찌푸렸다. 코를 찌르는 식초 냄새가 식당 안에 진동하고 있었던 것이다.

단리백은 주방 쪽으로 걸음을 옮겼다. 그리고 피식 웃고 말았다.

난장판도 이런 난장판이 없었다. 허공에 나풀거리는 닭털은 둘째 치고, 산산조각난 채 주위에 널린 집기들과 날개를 퍼덕이며 날뛰는 수탉 한 마리, 그리고 잔뜩 겁먹은 표정으로 닭을 쫓는 임소하의 발밑에는 커다란 항아리가 넘어진 채 식초를 콸콸 쏟아내고 있었다.

'원, 이래서야······.'

단리백은 아직도 날뛰고 있는 닭을 향해 손을 뻗었다. 그러자 보이지 않는 힘에 붙들린 닭이 마치 빨려들 듯 단리백의 손을 향해 날아들었다.

우두둑.

그대로 닭의 목을 꺾어 도마 위에 던진 단리백은 임소하를 향해 입을 열었다.

"아침부터 요란하구나."

"아! 의숙."

"아는 무슨. 도대체 이게 무슨 난리냐?"

"그게… 처음엔 얌전했는데 식초를 먹였더니 갑자기 미친 듯이 날뛰기 시작했어요."

단리백은 상황을 짐작할 수 있었다. 아마도 낙산봉봉계를 만들려 했을 것이다. 그리고 닭을 잡을 때 술 대신 식초를 쓰라는 자신의 말 때문에 아침부터 이 난리인 것이다.

"다친 데는 없느냐?"

"네."

머리에 잔뜩 묻은 닭털을 떼어내며 배시시 웃는 임소하였다. 그러다 갑자기 단리백을 향해 질문을 던졌다.

"그런데 어떻게 하신 거예요?"

"뭘 말이냐?"

"방금 허공에서 닭을 낚아챈 방법이오. 배워놓으면 편리할 것 같아서요."

단리백은 어이없는 표정으로 임소하를 바라봤다. 격공섭물(隔空攝物)의 신기(神技)가 고작 닭 잡는 기술로 전락한 것이다.

"바닥에 쏟아진 식초부터 닦아내라."

"앗, 이런!"

뒤늦게 사태를 파악한 임소하는 황급히 걸레를 들어 바닥을 훔치기 시작했다.

그런 그녀를 뒤로한 채 단리백은 닭을 손질하기 시작했다. 그리고 손질한 닭을 아마(亞麻) 줄로 묶은 다음 찬물에 넣어 센 불에 올려놓았다. 물이 끓기 시작하자 불을 약하게 하고 약 일각 정도 더 익기를 기다렸다.

어느새 청소를 마친 임소하는 요리하는 단리백의 모습을 신기한 듯 지켜보고 있었다.

"그런데, 의숙?"

"말해라."

닭이 알맞게 익자 단리백은 이를 건져 내어 차갑게 식히고 가슴과 다리 부위의 살을 찢어 작은 나무 막대로 두드리기 시작했다.

"의숙은 요리도 할 줄 아시네요? 보통 남자들은 이런 걸 잘 못하잖아요. 숙수들을 제외하곤 말이에요."

단리백이 닭을 두드리던 막대를 멈추고 임소하를 바라봤다.

"네 어미에게 낙산봉봉계의 요리법을 알려준 사람이 나다. 처음 만났을 때 그녀는 국수 마는 방법도 몰랐지."

"에? 몰랐어요. 그런 말씀은 안 하셨는데……."

"그랬겠지. 자신에게 장기라고 할 만한 건 그것밖에 없었을 테니까. 나에게 요리를 배운 주제에 매번 요리를 내놓을 때마다 생색이란 생색은 다 내곤 했지."

"하하, 맞아요. 저한테도 그러셨어요."

"내가 아니었다면 너는 네 어미로부터 제대로 된 음식은 기대하지 못했을 것이다."

말을 마친 단리백은 문득 의아함을 느꼈다. 임소하의 얼굴에 드리워진 그림자를 읽어낸 까닭이다. 하지만 이내 이유를 짐작할 수 있었다. 어머니의 추억을 떠올리자 새삼 그리움과 슬픔이 복받쳐 올랐을 것이다.

단리백은 짐짓 목소리를 가다듬어 입을 열었다.

"한 번만 설명할 테니 잘 들어라. 이렇게 막대로 고기를 두드릴 때에는 힘을 균등하게 사용해야 한다. 그래야 닭고기가 부드럽게 갈라져 양념이 쉽게 배이고 씹는 질감도 좋아지기 때문이다. 그 다음 가슴과 다리 부위를 실처럼 가늘게 찢어 접시에 놓고 이어서 양념을 만든다. 양념은 야채씨기름, 간장, 고추기름, 참기름, 설탕, 파뿌리를 쓴다. 야채기름을 가마에 넣고 끓인 후 파 가루를 넣고 향이 올라오면 파를 걸러낸다. 준비한 양념 중에 파만 실처럼 찢어 닭고기 위에 올리고, 나머지는 모두 요리 사발 안에 넣어 고루 섞은 후 미리 준비한 닭과 파 위에 쏟는다. 그래야만 얼얼하고 향기로우며, 신선한 낙산봉봉계의 풍미를 제대로 살릴 수 있다."

설명과 함께 단리백은 능숙한 솜씨로 요리를 만들어 임소하 앞에 내밀었다.

그제야 임소하는 단리백이 그 나름대로 자신을 위로하고 있음을 깨닫고 빙그레 미소를 머금었다.

"먹어봐도 되나요?"

단리백이 고개를 끄덕이자 임소하는 젓가락으로 요리를 집어 입으로 가져갔다. 그리고 몇 번 오물거리지도 않아 눈이 동그래졌다.

"와! 정말 맛있네요!"

"네가 만든 낙산봉봉계가 얼마나 형편없었는지 이제 알겠느냐?"

"아이 참, 의숙도. 이제 그건 잊으세요. 앞으론 제대로 된 낙산봉봉계를 올려 드리겠어요."

이들은 몇 가지 반찬을 챙겨 식당으로 나왔다. 때맞춰 식당 안으로 들어선 호계상과 가종령이 의아한 눈으로 단리백과 임소하를 바라봤다. 하나 이도 잠시, 호계상이 코를 벌름거리며 식탁을 향해 다가섰다.

"오호, 맛있겠군."

"총관도 같이 드세요."

"그럴까… 도 생각했는데 역시 안 되겠어. 아침부터 기름진 음식을 먹으면 종일 속이 불편해서 말이야. 이보게, 종령. 가서 국수나 좀 말아오게."

반색하며 의자에 앉으려던 호계상이 벼락을 맞은 듯 화들짝 놀라더니 재빨리 말을 덧붙였다. 잡아먹을 듯이 자신을 노려보는 단리백의 서늘한 눈빛 때문이었다.

엉거주춤 앉아 있던 호계상은 가종령이 닭 국물에 국수를 말아오자 재빨리 다른 식탁으로 자리를 옮겼다.

묵묵히 식사를 하는 가종령과 달리 호계상은 단리백의 눈치를 살피느라 국수가 입으로 들어가는지 코로 들어가는지도 알지 못했다.

그런 그들을 향해 임소하가 뾰로통한 표정으로 입을 열었다.

"너무하세요. 어쩜 그렇게 감쪽같이 절 속일 수가 있어요? 두 분이 무림의 고수라는 사실을 저만 모르고 있었잖아요."

"굳이 속이려 한 건 아니다. 저 능구렁이는 어떨지 모르지만."

가종령이 잠시 호계상을 노려보다 임소하를 향해 고개를 숙였다.

"죄송합니다, 보주."

"아니에요. 가 숙수께서 사과할 일이 아닌 걸요. 오히려 제 목숨을 구해주셨으니 제가 감사를 드려야죠."

"당연히 해야 할 일을 했을 뿐입니다. 다만 흑암보 안에서 피를 본 것이 죄송할 뿐입니다."

"아! 그건……."

임소하는 단리백을 힐끔거렸다. 영락방의 졸개들이 쳐들 어왔을 때 단리백이 살인하는 걸 막기 위해 급히 지어낸 자신 의 말을 가종령은 곧이곧대로 믿고 있는 것이다. 하지만 단리 백 앞에서 사실대로 고할 수도 없는 노릇.

결국 임소하는 난처한 표정으로 웃고 말았다.

탁.

단리백이 소리 나게 젓가락을 내려놓았다.

"기천문주가 틀림없나?"

면을 다 비우고 국물을 후루룩 넘기던 호계상이 그릇을 내 려놓고 소매를 들어 입가에 묻은 기름을 닦아냈다.

"정확히는 기천문주로 변장한 내 사제겠지. 어제 붙잡은 두 놈의 이야기에 의하면 그는 살수들이 소하를 노리는 것을 알고 있었음이 확실하네. 더구나 도박장에 설치되어 있던 현 암기진은 그놈 아니면 다룰 수 없으니까. 그리고 살수들의 소 속 말인데……."

"아마도 흑점이겠군."

호계상이 고개를 끄덕여 단리백의 말에 동의했다.

"그 정도 실력의 살수를 동원할 수 있는 문파는 흑점뿐이지. 살막은 이십 년 전에 사라져 버렸으니까. 하지만 어디까지나 짐작일 뿐일세. 흑점은 의뢰인의 신분을 밝히지 않으니 누가 사주했는지 알아내는 건 힘들 거야. 아, 그리고……."

차로 입을 헹궈낸 호계상이 쓴입맛을 다셨다.

"일이 좀 귀찮게 되었네. 혁련광 그놈 때문인데… 그 망나니 녀석이 혁련세가의 가주인 혁련걸의 막내아들이라 하더군."

"혁련세가요?"

임소하가 놀라 되물었다. 그도 그럴 것이, 혁련세가는 당금의 의천맹을 떠받치는 다섯 개의 기둥 중 하나였기 때문이다.

처음 의천맹이 만들어졌을 당시에는 사천의 패주 당가와 하북팽가, 그리고 진주언가와 모용세가, 남궁세가가 주축이었다. 하지만 오랜 싸움 끝에 모용세가가 몰락하고 그 빈자리를 채운 것이 욱일승천의 기세로 세를 늘려가던 혁련세가였다.

혁련세가의 가주 혁련걸은 매우 야심이 큰 인물로, 그 야심만큼이나 무공이 뛰어나 철장금도(鐵掌金刀)라는 그의 명호는 십대고수에 필적하는 무게를 지니고 있었다.

"혁련세가가 흑암보를 노리고 있는가?"

단리백의 질문에 호계상은 고개를 저었다.

"그거야 모를 일이지. 어쩌면 그 배후에 의천맹이 있을지도 모르는 일이고. 기천문 역시 의천맹에 속해 있는 문파이니 말일세."

단리백은 잠시 생각에 잠겼다.

그렇게 약 일각 동안 말없이 찻잔을 응시하며 생각을 정리하던 단리백이 고개를 들어 임소하를 바라봤다.

"어제 그들이 네 목에 칼을 들이댔을 때 기분이 어땠느냐?"

"네?"

의아한 얼굴로 반문하는 임소하를 향해 단리백이 말을 이어갔다.

"두려웠느냐?"

잠시 단리백을 바라보던 임소하가 말없이 고개를 끄덕였다. 목에 와 닿는 차갑고도 섬뜩한 감촉에 눈을 떠보니 감정이라곤 느껴지지 않는 세 쌍의 냉혹한 눈이 자신을 내려다보고 있었다. 두 번 다시 경험하기 싫은 끔찍한 기억.

흐려지는 임소하의 얼굴을 보며 단리백은 다시금 입을 열었다.

"지금이라도 늦지 않았다. 네가 원한다면 나는 언제든지 너를 안전한 곳으로 데려다줄 수 있다."

하지만 의외로 그녀의 대답은 단호했다.

"그럴 수는 없어요."

임소하는 분명한 어조로 말을 이어갔다.

"흑암보는 부모님께서 피땀으로 일궈놓으신 곳이에요. 그리고 제가 태어나고 자란 곳이죠. 전 이곳을 지키고 싶어요."

"그들은 네가 고초를 겪으면서까지 흑암보를 지키는 것을 원하지 않을 것이다. 죽어가는 순간에도 그들이 바랐던 건 오직 하나, 너의 행복이었을 것이다."

"의숙이 그걸 어떻게 알죠?"

"부모란 그런 법이니까."

임소하는 말없이 단리백을 응시했다. 그리곤 천천히 고개를 저으며 입을 열었다.

"흑암보를 떠나서는 전 행복해질 수 없어요."

단리백은 인정할 수밖에 없었다. 등을 곧게 펴고 흔들림없는 눈으로 자신을 바라보는 임소하의 모습에서 확고한 의지를 느낄 수 있었기 때문이다.

"좋다."

고개를 끄덕인 단리백이 호계상을 향해 입을 열었다.

"흑점의 분타가 있는 곳을 알고 있나?"

"멀지 않은 곳에 서향(書香)이란 고서점이 있다네. 한데 그것은 왜 묻나?"

"단서가 나오는지 흔들어봐야지."

"나오면?"

"대가를 치르게 해주겠다."

"흑점을 말하는 것인가, 아니면 흑점에 사주를 한 자?"

"누가 되었든."

"이미 말했지만 흑점의 배후에는 의천맹이 있을지도 모르네."

"흑점이 아닌 의천맹이라 할지라도 그들 부부의 죽음에 관여했다면 나는 결코 묵과하지 않겠다."

호계상이 어이없다는 표정으로 고개를 흔들었다.

"제정신이 아니군. 구대문파가 침묵하고 있는 이상 의천맹이 곧 정파라 해도 과언이 아닐세. 자넨 정파무림 전체와 싸울 생각인가?"

순간 호계상은 말로 형언하기 힘든 살기가 단리백의 전신에서 폭사되는 것을 느꼈다.

호계상이 자세를 바로잡았다. 단리백이 결코 허언을 입에 담을 인물이 아님을 누구보다 잘 아는 그였던 것이다. 무림 전체를 피로 씻는 한이 있어도 자신의 의지를 관철시킬 사내. 자신이 아는 단리백은 그런 사내였다.

"계획은 세웠나?"

단리백의 대답은 의외로 간단했다.

"흑암보를 노리는 자들의 정체가 명확하지 않다면 그들이 직접 모습을 드러내게 하는 수밖에. 흑암보가 이전의 힘을 되찾는다면 그들은 어떤 식으로라도 수작을 부려오겠지."

"일리있군. 그럼 난 뭘 하면 되나?"

"총관이라며? 언제까지 손 놓고 밥만 축내고 있을 작정이야?"

호계상은 멋쩍은 웃음을 흘렸다.

"듣고 보니 그렇군."

이때 임소하가 단리백을 향해 외쳤다.

"저도 가겠어요!"

"그들은 매우 흉악한 놈들이다. 그들을 상대하는 건 그에게 맡기는 게 좋을 것 같구나. 굳이 네가 따라나설 것까지는……."

자신을 만류하는 호계상을 향해 임소하는 강경하리만큼 딱 부러지게 입을 열었다.

"알고 싶어요. 그들이 왜 저를 죽이려 했는지, 무엇 때문에 부모님이 돌아가셔야만 했는지를. 언제까지 이렇게 앉아서 기다리고만 있을 순 없어요."

단리백이 임소하를 바라봤다.

"각오는 되어 있느냐?"

"네."

단리백이 물끄러미 임소하를 응시했다.

"조건이 있다. 무슨 일이 있어도 내 행사에 끼어들지 말 것."

"명심할게요."

"그럼 되었다. 따라오너라."

그 말을 끝으로 단리백과 임소하는 흑암보를 나섰다.

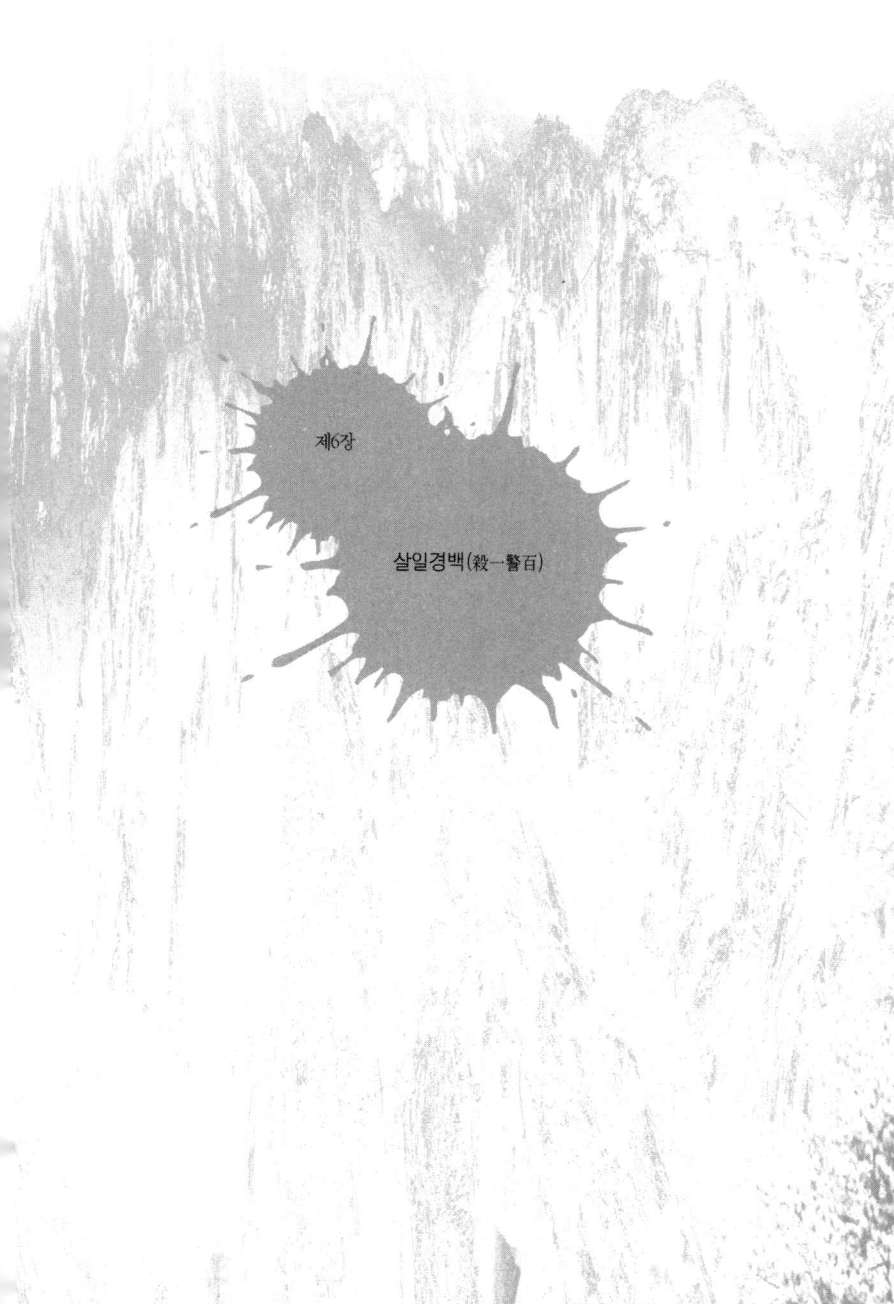

제6장

살일경백(殺一驚百)

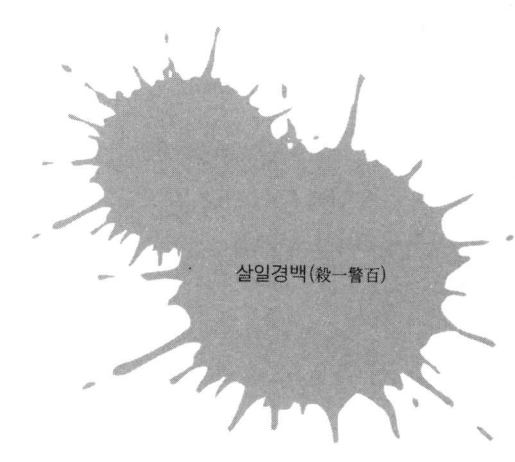

살일경백(殺一警百)

햇살은 따스했다.

모처럼 눈이 그친 거리에는 일찍부터 장사를 시작한 사람들이 분주하게 움직이며 하루를 열고 있었다.

단리백은 그런 그들 사이를 묵묵히 지나쳤고, 임소하는 간혹 들이치는 찬바람에 옷깃을 여미며 그 뒤를 따랐다.

이윽고 그들이 도착한 곳은 유독 음침하게 느껴지는 골목 끝자락에 위치한 작은 건물 앞이었다.

고아한 글씨체로 서향(書香)이라 적힌 현판. 한눈에 보기에도 먹 냄새 묻어나는 고서점이 분명했다.

문을 열고 안으로 들어선 단리백은 서가를 둘러보며 보일 듯 말 듯한 미소를 머금었다. 희미하긴 했으나 곳곳에서 자신을 향해 쏘아지는 살기를 읽어냈기 때문이다.

이때 중후한 인상의 중년인이 수염을 쓰다듬으며 다가섰다.

"무슨 일로 오셨습니까?"

"흑점의 주인을 만나러 왔다."

친절한 웃음을 띠고 있던 중년인의 얼굴이 한순간에 냉막하게 변해 버렸다.

"손님께선 뭔가 착각을 하신 것 같군요. 이곳은 책을 파는 곳입니다."

"살명부(殺命簿)도 책이라 할 수 있는가?"

단리백의 시선을 마주하던 중년인은 자신도 모르게 움츠러드는 자신을 발견하곤 목소리를 쥐어짜듯 입을 열었다.

"다, 당신은 사람을 잘못 본 것 같소."

"아니, 사람을 잘못 본 것은 너희들이다."

말을 마친 단리백은 돌연 손을 뻗어 중년인의 목을 움켜잡았다.

"컥!"

금방이라도 숨이 넘어갈 듯한 얼굴로 발버둥치는 중년인을 단리백은 눈앞으로 끌어당겼다. 그리고 음산하게 가라앉은 목소리로 입을 열었다.

"오다 보니 천향루(天香樓)라는 다루가 있더군. 그곳에서

기다리겠다 전해라."

단리백의 손에서 풀려난 중년인이 손자국이 난 목 언저리를 쓰다듬었다.

"당신은 누구요?"

"혹점의 적."

"……!"

중년인은 할 말을 잃어버렸다. 당금 강호에 누가 있어 감히 혹점을 적으로 돌리려 한단 말인가. 하지만 눈앞의 사내는 그 말을 끝으로 돌아서 버렸다.

단리백과 임소하의 모습이 사라지자 중년인이 허공을 향해 입을 열었다.

"그가 움직였다고 전해라."

고서점 안에 떠돌고 있던 인기척 하나가 사라졌다. 그리고 잠시 후 한 마리의 전서구가 고서점을 떠났다.

*　　　*　　　*

번잡한 시간임에도 불구하고 다루 안은 의외로 한산했다.

열 살쯤 되었을까? 계산대에 앉아 있는 다동(茶童)은 어젯밤 잠을 설쳤는지 턱을 괸 채 꾸벅꾸벅 졸고 있었다. 창가에는 머리 허연 노인과 젊은 청년이 차를 주제로 토론에 열을 올리고 있었고, 장사치로 보이는 세 명의 중년인은 밤새 술이

과했는지 탁자에 코를 박고 엎어져 있었다.

단리백이 다루 안으로 들어서자 창가에 위치한 노인과 청년의 시선이 그에게 쏠렸다. 일순 감탄인지 호기심인지 모를 눈빛이 그들의 얼굴에서 스쳤다 사라졌다. 독특한 단리백의 모습 때문이었다.

피처럼 붉은 적포라는 것이 원래 그리 평범한 것이 아니기도 했지만, 단리백의 날카로운 눈매와 위협적인 기파가 조화되면 더없이 사이하고 위험한 분위기가 더욱 강조되어 보이는 것이다. 게다가 도무지 어울릴 것 같지 않은 준수한 외모가 더해지자 말로는 설명하기 힘든 묘한 느낌을 자아내고 있었다.

단리백은 말없이 의자를 끌어 앉았다. 그리고 탁 소리가 나게 탁자를 내려쳤다.

화들짝 놀라 잠에서 깬 다동이 쪼르르 달려왔다.

"어서 오십시오. 무엇으로 올릴까요?"

"철관음."

"잠시만 기다리십시오."

다동이 주방 너머로 사라지자 임소하가 목소리를 낮춰 입을 열었다.

"그들이 올까요?"

"이미 와 있다."

"네?"

놀란 눈으로 주위를 두리번거리던 임소하는 자신을 빤히 바라보는 노인과 시선이 마주쳤다. 청년과 함께 창가에 자리한 노인이었다.

처음에는 스치듯 지나쳐 알아보지 못했으나 한눈에 보기에도 노인은 범상치 않은 기도를 지니고 있었다. 태양혈은 밋밋했으나 두 눈을 가득 채운 강렬한 안광은 그가 내, 외공을 겸비한 고수임을 짐작케 했다.

"허허, 참 눈이 예쁜 소저로군 그래."

노인의 말에 마주 앉아 있던 청년도 웃으며 고개를 끄덕였다.

"그렇군요. 죽기엔 아까워요."

"참으로 안타깝구나. 하지만 어쩌겠느냐? 저 아이가 살아 있으면 우리 흑점의 명예는 땅으로 곤두박질치고 마는 것을. 강호란 어찌 이다지도 냉혹한지……."

혀까지 차는 노인의 얼굴에는 진심으로 슬퍼하는 기색이 역력했다. 하지만 그의 눈빛은 먹이를 노리는 뱀처럼 싸늘하게 식어 있어 임소하는 전신에 소름이 돋는 것을 느꼈다.

소리장도(笑裏藏刀).

웃음 속에 칼을 감춘 노인의 태도는 마음속에서부터 얼음처럼 차가운 사람이 아니면 지닐 수 없는 음험함이 담겨 있던 것이다.

이때 주방에서 나온 다동이 단리백과 임소하가 앉아 있는 탁자 위에 다기를 올려놓았다. 그리곤 자신도 맞은편 의자에 앉았다.

"졸리니 바로 본론으로 들어가지."

다동의 말에 임소하는 일순 어이없는 표정을 지었다. 하지만 단리백의 입가에 희미하게 맺혀 있는 미소를 발견하고 그 의미를 깨닫는 데엔 그리 오랜 시간이 걸리지 않았다.

"당신이 흑점주?"

임소하의 질문을 무시한 채 다동은 단리백만을 응시하고 있었다. 자신은 안중에도 없는 듯한 그의 태도도 기분이 나빴지만 임소하는 이처럼 어린아이가 섬서 흑도를 지배하는 흑점주라는 사실을 납득하기 어려웠다.

임소하가 다시금 질문을 던졌다.

"왜 나를 죽이려 했죠?"

"아아, 걱정 마. 원한다면 당장이라도 죽여줄 수 있으니. 하지만 지금은 이자와 용무가 있으니 잠시 미루도록 하지. 그때까지 입 다물고 얌전히 있는 게 좋아."

귀찮다는 듯이 휘휘 손을 젓는 다동의 모습에 임소하는 할 말을 잃어버렸다.

"꽤나 겁이 많으시군."

조소가 담긴 단리백의 말에 다동은 씨익 웃으며 차를 내밀었다.

"세상이 워낙 험악해서 말이지."

"난 시체와 이야기 나누는 취미는 없어."

다동의 눈이 이채를 띠었다.

"호오? 알고 있었단 말인가?"

"훙!"

차가운 웃음과 함께 단리백이 오른손을 휘저었다. 그러자 태연히 이야기를 나누던 다동이 돌연 경련을 일으키나 싶더니 탁자 위로 힘없이 쓰러졌다.

"으웩!"

동시에 노인과 마주 앉아 있던 청년이 피를 토했다.

너무 놀란 나머지 소리조차 지르지 못하는 임소하를 향해 단리백이 입을 열었다.

"시혼술(屍魂術)의 일종이다. 저 아이는 원래부터 죽어 있었지. 저자가 시신을 가지고 장난을 친 것뿐이다."

자리에서 일어난 청년이 입가에 묻은 피를 소매로 쓱 훔치더니 단리백을 향해 다가섰다. 마름모꼴의 눈을 지닌 강퍅한 인상의 청년이었다.

"대단하군. 미처 염력(念力)을 거둬들일 여유도 없었어."

"네가 흑점의 주인인가?"

단리백의 질문에 청년이 웃으며 고개를 흔들었다.

"그분은 바쁘셔서 말이야. 하지만 내가 대신 들어도 상관없을 것 같군. 어쨌거나 나는 이 자리에 사부님의 대리인 자격으로 나왔으니까."

잠시 청년을 바라보던 단리백은 소매 속에서 한 알의 묘안석을 꺼내 탁자 위에 올렸다.

"무슨 뜻이지?"

청년의 질문에 단리백이 조용히 웃으며 입을 열었다.

"정보를 사고 싶다."

청년은 묘안석을 건드리지도 않았다. 다만 지그시 단리백을 응시하며 고심을 거듭할 뿐이었다.

"정보를 원한단 말이지? 그 아이를 죽이지 말라는 요구가 아니라? 부담스럽군. 이처럼 큰 액수를 대가로 받을 만큼 우리의 정보력은 훌륭하지 못해서 말이야. 욕심이 화를 부른다는 것 정도는 잘 알고 있거든."

"걱정할 것 없다. 흑점은 내가 원하는 정보를 제공할 수 있을 테니까."

"당신이 원하는 정보란?"

"흑점에게 이번 일을 의뢰한 자."

청년이 팔짱을 끼며 의자에 등을 기댔다.

"과연. 그 아이의 죽음을 사주한 자를 우리가 모를 리 없지. 하지만 안타깝군. 의뢰인의 신분은 절대 밝힐 수 없는 게 이 계통의 철칙이라서 말이지."

"어리석군."

"나도 그렇게 생각해. 하지만 어쩌겠어? 그게 관례인걸. 수백 냥의 황금을 눈앞에서 놓치는 내 기분도 매우 좋지 않다네."

"내 말을 오해했군."

의아한 표정을 짓는 청년을 향해 단리백이 말을 이어갔다.

"만약 이 자리에 네 사부가 있었다면 결코 내 제안을 거절하지 못했을 것이다."

"어째서?"

"흑점이 무림에서 지워지는 위험을 굳이 감수할 필요가 없을 테니까."

"……!"

부릅뜬 청년의 눈에서 자욱한 살기가 떠오르기 시작했다.

그런 그를 마주 보며 단리백이 씨익 웃어 보였다.

"협상은 결렬이다. 그리고 더 이상의 관용도 없다. 북망산 입구에 먼저 가서 전해, 단체 손님이 기다린다고."

"크큭."

얼빠진 얼굴로 단리백을 응시하던 청년이 돌연 웃음을 터뜨렸다.

"하하! 들으셨소, 화노(花老)? 이자가 한 말을?"

뚝.

웃음을 그친 청년이 의자에서 일어나 세 걸음을 물러섰다.

"그럼 어디 실력을 볼까? 자네 입담에 내가 기대한 만큼 실력도 부응하길 바라네."

말을 마친 청년의 뒤로 세 사람이 도열했다. 방금 전까지

문 옆의 탁자에 엎드려 있던 세 사람이었다. 그들의 손에는 각각 창과 참마도, 그리고 거대한 도끼가 들려 있었다.

"시작할까?"

쾌애애액!

청년의 말이 떨어지기가 무섭게 각기 다른 세 개의 병기가 허공을 찢었다.

갑작스런 공격에 임소하는 비명조차 지를 수 없었다. 하나 단리백은 자리에서 일어나지도 않았다. 그저 손을 들어올리더니 미간을 향해 떨어지는 창날 끝에 손을 가져다 대었을 뿐이다.

콰직!

창을 다루던 장한이 허공에서 완전히 한 바퀴 회전했다. 그리고 머리부터 떨어져 마룻바닥을 박살 냈다.

"음……."

공격을 지시한 청년의 입에서 침음성이 흘러나왔다. 초식은 단순했지만 그들의 병기 위에 실린 힘은 만 근 거석도 일격에 으스러뜨릴 수 있을 만큼 강맹한 것이었다. 단리백은 놀랍게도 창끝을 건드리는 것만으로 엄청난 신력을 지닌 고수를 간단히 뒤집어 버린 것이다.

도끼와 참마도를 든 사내들 역시 마찬가지였다.

쿠웅! 콰드득!

단리백이 손끝으로 참마도와 대부의 넓은 도면을 툭 건드리자 다루 안을 뒤흔드는 충격음과 함께 그들의 신형도 거칠게 바닥에 처박혔다.

"어떻게 하신 거예요?"

임소하의 질문에 단리백은 대답하지 않았다. 다만 어떠냐는 듯 싱긋 웃으며 청년을 바라봤을 뿐이다.

그런 단리백을 노려보며 청년도 마주 웃었다.

소위 사량발천근(四兩拔千斤), 혹은 무형의 힘. 방금 전 단리백이 사용했던 신기는 그런 것의 연장선상에 있는 것이다.

모든 것이 움직일 때는 일정한 속도와 방향을 지니게 된다. 그 힘의 방향, 그리고 흐름을 파악할 수 있다면 그것을 조종하는 것 또한 불가능한 일은 아니었다. 다만 의외라면 하수에게나 통용될 법한 기술이 그들의 타고난 신력마저 무위로 돌렸다는 데 있었다. 하지만,

"그따위 잡기가 그들에게 통하리라 생각했나?"

청년의 말에 단리백은 의아한 표정으로 고개를 돌렸다. 쓰러져 있던 세 사람이 꿈틀거리며 일어서는 모습이 눈에 들어왔다.

"강시?"

먼지가 묻었을 뿐 이렇다 할 충격이 느껴지지 않는 모습이었다.

단리백의 반문에 청년의 얼굴에 득의만면한 웃음이 떠올랐다.

"평범한 강시가 아니지. 그들은 수라여혼인(修羅如魂人)이다."

단리백의 눈에 이채가 떠올랐다 사라졌다.

산서 강시당. 오랜 세월 벽력당과 함께 산서를 지배해 온 패주였다. 칠십여 년 전, 마교가 발호했을 당시 강시당은 혼란을 틈타 경쟁 관계였던 벽력당과 싸움을 시작했다. 그들은 삼백에 이르는 강시와 십여 구의 철골강시, 그리고 다섯 구의 수라여혼인을 앞세워 벽력당을 공격했고, 그 위력은 엄청났다. 불과 반 시진 만에 오백에 이르는 벽력당의 식솔이 몰살당했던 것이다. 하지만 벽력당 역시 쉽게 당하고만 있진 않았다. 비록 무공은 약했으나 강호의 그 누구도 벽력당을 괄시하지 못했던 이유, 진천뢰라 불리우는 폭약을 일거에 폭발시켜 버린 것이다. 칠천 근의 폭약이 지닌 위력은 그야말로 경천동지, 하늘을 흔들고 땅을 뒤집어 당시에 솟구친 불기둥이 오십 장에 달했고, 이백 리 밖에서도 진동을 느낄 수 있었다 한다.

비록 승리를 거머쥐긴 했으나 강시당의 피해는 막심했다. 대부분의 강시는 화염에 재가 되어버렸고, 고수들 대부분도 불귀의 객이 되었기 때문이다. 그리고 머지않아 마교가 산서를 점령하며 강시당의 잔당 또한 그들의 손에 의해 죽음을 피해갈 수 없었다. 그렇게 강시당은 멸문했고, 그들이 다루었던 강시들 또한 호사가들의 입에 오르내릴 뿐 지금은 존재하지 않는 것으로 알려져 있었다.

　그중에서도 수라여혼인은 무적으로 알려져 있었다. 도검이 박히지 않는 금강불괴의 신체에, 뻣뻣한 여타 강시들과 달리 동작이 유연할 뿐 아니라 생전에 익힌 무공을 그대로 사용할 수도 있었다. 하지만 가장 무서운 점은 따로 있었으니, 그것은 그들이 영성(靈性)을 지니고 있어 주인과 직접 교감한다는 것이었다.

　즉, 청년은 수라여혼인과의 교감을 통해 그들이 보고 듣는 것을 전부 그대로 느낄 수 있기 때문에 본래의 오감에 그들삼 인의 감각이 더해져 있었다. 더구나 자신의 의지가 곧 그들의 의지가 되니 수라여혼인은 그의 수족과도 다름없었다.

　"재미있군."

　"이기생형을 이룬 절정고수 다섯으로도 수라여혼인 하나를 감당할 수 없다. 심지어 생채기조차 내지 못하지. 하물며 이 자리에 있는 수라여혼인은 세 명이다. 네가 아무리 당금 십대고수 중 한자리를 차지한 촉산혈성이라 할지라도 살아서 이곳을 빠져나가지는 못할 것이다."

　하나 청년의 웃음은 오래가지 못했다. 이어진 단리백의 말에 얼굴을 와락 일그러뜨렸기 때문이다.

　"약해 빠진 개가 요란하게 짖는 법이지."

　"찢어 죽일 놈!"

　세 명의 수라여혼인이 동시에 움직이기 시작했다. 족히 사십 근은 되어 보이는 중병기를 다루고 있음에도 불구하고 그들의 움직임은 거침이 없었다. 게다가 일종의 합격진을 운용하는 듯 그들의 움직임은 톱니바퀴가 맞물리듯 일사불란했다.

콰콰콰콰!

도끼가 마룻바닥을 박살 내고 도풍이 이를 갈가리 찢어냈다. 그리고 분분히 튀어 오르는 목피를 헤집으며 희뿌연 창 그림자가 단리백을 향해 쇄도해 왔다.

단리백의 한 팔이 임소하의 허리를 감았다. 그리고 훌쩍 뒤로 물러서는 한편 다른 한 손을 뻗어 병기들을 잡아챘다.

카라라락!

단리백이 손끝에 잡힌 창날을 비틀자 때맞춰 떨어지던 참마도와 불꽃을 튀기며 엉켰다. 그 상태에서 창을 잡아당기자 수라여혼인이 힘없이 끌려왔고, 슬쩍 털어내듯 창을 튕기자 용수철처럼 튀어 오른 창날이 대부를 휘두르는 수라여혼인의 목을 향해 날아들었다.

쩡!

차가운 금속성이 장내에 울려 퍼졌다. 하지만 대부를 든 수라여혼인은 창날을 목으로 받아내고도 핏물은커녕 생채기조차 나지 않았다.

"하하하! 수라여혼인은 무적이다!"

"무적이라고?"

단리백이 슬쩍 조소를 말아 올렸다. 그의 오른손에 붉은빛이 감도나 싶더니 균형을 잡지 못해 비틀거리는 수라여혼인의 가슴을 그대로 갈겨 버렸다.

쾅!

단리백이 뿌린 장력에 얻어맞은 수라여혼인들이 한데 뒤엉켜 바닥을 굴렀다. 하지만 얼마 안 가 그들은 다시 일어서고 있었다.

방금 작렬한 붉은 광채의 잔상이 아직도 그들의 가슴팍에 희미하게 흐르고 있었다. 인세에 보기 드문 기공에 정면으로 격중되었음에도 불구하고 옷자락을 조금 그슬린 것 말고는 거의 충격을 받지 않은 것 같았다.

단리백의 눈에도 의외라는 빛이 떠올랐다.

"오성의 염왕수를 견뎌냈단 말인가? 그럼 어디."

츠츠츠츠!

단리백의 전신에서 서릿발 같은 기파가 흘러나오기 시작했다. 조금 전과는 확연히 다른 핏빛 서기. 아지랑이처럼 일렁이며 서서히 단리백의 온몸을 뒤덮은 붉은 서기가 점차 한곳에 모아지기 시작했다.

그의 온몸을 감싸고 흐르던 핏빛 서기가 내민 두 손끝에서 용틀임하듯 더욱 짙은 빛을 뿌리나 싶더니 한순간 세 자루의 창이 되어 전면을 향해 격사되었다.

땅!

무거운 격중음. 비산하며 부서지는 혈광이 한순간 모든 사람의 주의를 집중시켰다.

그중에서도 이제껏 싸움을 지켜보기만 하던 노인은 경악에 눈을 부릅뜨고 있었다. 이기생형을 뛰어넘어 강기를 다루는 단리백의 무위는 칠십 평생 무공에만 매달려 온 그로서도 처음 보는 경지였던 것이다.

하지만 놀란 마음도 잠시, 노인은 이내 안도의 한숨을 내쉬었다. 수라여혼인들은 그 자세 그대로 그 자리에 서 있었던 것이다. 그리고 다시 움직이기 시작했다.

이때 싸늘한 냉소와 함께 단리백이 입을 열었다.

"역시 단단한 인형일 뿐이었어."

그제야 노인은 수라여혼인들의 동작이 어색하다는 것을 발견했다. 병기를 들고 있는 오른팔을 축 늘어뜨린 채 걸음도 불안정했다.

"헛!"

노인이 헛바람을 들이켰다. 시커먼 구멍이 입을 벌린 수라여혼인들의 어깨에서 삐죽이 튀어나온 하얀 물체. 단리백의 강기는 그들의 어깨를 관통하여 어깨뼈를 바수어 버린 것이다.

단리백이 임소하를 향해 입을 열었다.

"강한 것을 상대하는 데에는 두 가지 방법이 있다. 하나는 부드러움으로 강함을 무력화시키는 것이고, 다른 하나는 그보다 강한 것으로 꺾어버리는 것이지. 처음 사용했던 금나술이 전자에 속한다면 방금 전의 혈라강기는 후자에 속한다. 너는 이 의미를 알겠느냐?'

살벌한 격전 속에서 적지 않게 놀랐던 임소하의 얼굴은 창백하게 질려 있었다. 하지만 단리백의 질문에 급히 대답했다.

"전 무공을 배우지 않아서 그 안에 담긴 깊은 뜻을 이해하지 못하겠어요."

단리백의 얼굴에 걸쳐 있던 잔인한 미소가 더욱 짙어졌다.

"무조건 들이댄다 해서 능사가 아니라는 거지. 예를 들어……."

단리백이 창을 들고 있는 수라여혼인을 향해 손을 뻗었다.

콰자자작!

가공할 격공섭물에 붙들린 수라여혼인이 마룻바닥을 부수며 끌려왔다.

수라여혼인이 지척에 이르는 순간, 단리백은 갈고리처럼 말아 쥔 손가락을 들어 수라여혼인의 옆구리를 후려쳐 버렸다.

우드득!

수라여혼인의 옆구리 전체가 불에 구워진 돼지고기 찢어지듯이 뜯겨져 나갔다. 그 옆구리에서는 피도 흐르지 않았다. 역겨운 냄새와 함께 흰 연기가 솟아올랐을 뿐이다.

'지독한 열양무공(熱陽武功)!'

노인은 믿을 수가 없었다. 진천뢰의 화염 속에서도 무사했던 수라여혼인이 단리백의 일격을 버텨내지 못한 것이다.

하나 그것이 끝이 아니었다.

임소하를 내려놓은 단리백이 양손을 뻗어 수라여혼인을 끌어당겼다.

턱!

양손에 수라여혼인의 목줄기를 움켜쥔 단리백은 그들을 들어올려 공중에서 서로 충돌시키기 시작했다.

쩡! 쩌엉! 쩡!

대장간에서나 들릴 법한 금속성이 다루 안을 가득 메웠다.

도마 위의 북어처럼 으깨지는 수라여혼인의 얼굴은 처음의 모습을 찾아볼 수 없었다.

휙.

수라여혼인들을 허공에 던진 단리백이 수도로 허공을 그었다.

한순간 단리백의 손끝에서 붉은 섬광이 번뜩이나 싶더니 수라여혼인의 허리가 그대로 두 동강이 나버렸다.

터엉! 후두둑.

네 개로 나뉜 수라여혼인의 시신 위로 자욱한 피비가 쏟아져 내렸다.

"나처럼 진정으로 강한 무인과 부딪치면 이렇게 되는 것이지."

노인의 얼굴이 검붉게 물들었다. 자신더러 들으라는 듯이 임소하를 향해 입을 여는 단리백의 모습에 진정으로 치가 떨려왔다.

먼발치에 쓰러져 있는 청년의 모습이 노인의 눈에 들어온 것도 그때였다.

"고, 고검!"

고검이라 불리운 청년의 모습은 참담 그 자체였다. 하얗게 눈을 까뒤집은 채 바닥에 널브러진 그는 혼절하고 나서도 계속해서 시커멓게 죽은 피를 게워내고 있었고, 단정하던 그의 의복은 자신의 피로 흠뻑 젖어 있었다.

수라여혼인을 움직인 것은 청년의 염력이었다. 그가 미처 염력을 거두기도 전에 수라여혼인은 곤죽이 되어버렸고, 그 타격은 그들과 영적으로 연결되어 있던 그에게 고스란히 돌아간 것이다.

"한 번 내뱉은 말은 주워담을 수 없지."

입을 여는 것과 동시에 단리백이 천천히 발을 들어올렸다.

"한 번 떠난 목숨 역시 마찬가지고."

단리백의 발이 청년의 머리를 향해 떨어졌다.

"안 돼!"

고함을 지른 노인이 청년과 단리백 사이로 뛰어들었다.

노인의 눈엔 아무것도 보이지 않았다. 다만 무슨 수를 써서라도 청년을 살려야만 한다는 일념뿐이었다.

콰르르르!

단리백은 웅혼한 우렛소리와 더불어 자신을 향해 짓쳐들어오는 강맹한 장력을 느꼈다.

"풍뢰장(風雷掌)!"

노인의 무공을 알아본 단리백의 얼굴에 약간의 감탄이 떠올랐다 사라졌다. 마교와의 전쟁 이후 실전되었던 풍뢰장은 한때 개세무공이라고도 불리울 만큼 강호를 쩌렁하게 울렸던 무공이다.

꽈앙!

지금까지와는 비교도 되지 않는 충격음이 다루를 송두리째 뒤흔들었다.

자욱하게 치솟은 먼지구름이 가라앉자 장내의 광경이 일목요연하게 드러났다.

서로 일 장의 거리를 둔 채 단리백과 노인이 마주하고 있었다.

전력을 다하는 듯 단리백을 향해 두 손을 내민 채 끊임없이 진기를 발출하고 있는 노인의 안색은 자줏빛으로 물들어 있었다. 그의 장포 역시 팽팽하게 부풀어 올라 금세라도 찢어질 것처럼 펄럭이고 있었다.

반면, 한 손으로 이를 받아내는 단리백의 표정은 태연하기 그지없었다.

치이익!

달아오른 쇠를 기름 속에 집어넣은 것처럼 날카로운 소성이 터져 나왔다. 동시에 수만 근의 압력이 노인의 전신을 짓눌렀다.

"우욱!"

밀리지 않기 위해 젖 먹던 힘까지 끌어올리는 노인의 수염이 부르르 떨렸다. 그러나 단리백을 상대하는 것이 얼마나 무모한 짓인지를 깨닫는 데는 그리 오랜 시간이 걸리지 않았다.

"겨우 그 정도인가?"

단리백의 차가운 음성을 듣는 순간 노인은 암담함을 느껴야 했다. 내력을 겨루는 와중에 입을 열어 말을 하다니! 차원이 다른 고수였던 것이다.

단리백은 힐끔 고개를 돌려 임소하를 바라봤다. 아니나 다를까. 보랏빛으로 물든 입술을 꾹 다문 채 창백하게 질린 그녀의 얼굴이 눈에 들어왔다.

비록 단리백이 풍뢰장을 정면에서 막아서고 있다곤 하나 경기의 충돌로 인해 발생한 압력은 범인이 감당할 수 있는 것이 아니었다. 하지만 그와 같은 살인적인 경력 앞에서도 임소하는 신음조차 흘리지 않고 있었다. 오히려 단리백을 향해 웃어 보이기까지 했다.

그런 임소하의 눈빛에서 단리백은 자신을 향한 그녀의 절대적인 신뢰를 읽을 수 있었다.

단리백이 희미한 웃음을 머금었다. 그리곤 손은 뻗어 임소하의 맥문을 잡았다.

순간 임소하는 손목을 통해 뜨거운 기운이 흘러들어 오는 것을 느꼈다. 동시에 수백 개의 바늘이 온몸을 찌르는 듯한 지독한 고통이 거짓말처럼 사라졌다. 전신을 옥죄던 기파가 사라지자 막혔던 호흡이 트이고 혈색도 본래대로 돌아왔다.

"……!"

반대로 노인의 얼굴은 흙색으로 변해 버렸다. 단리백이 펼친 격체전력(隔體傳力)의 수법을 알아봤기 때문이다.

'내가 꿈을 꾸고 있는 것인가?'

노인은 눈앞의 상황이 믿기지 않았다. 풍뢰장을 맞받은 상태에서 진기를 나누어 다른 이에게 호신강기를 펼친다는 것은 그로선 듣도 보도 못한 이야기였던 것이다.

최후의 한 가닥 희망이 사라졌다.

사실 그가 풍뢰장을 펼친 이유는 임소하를 염두에 두고 있었기 때문이다. 비록 단리백을 해치진 못하더라도 무공을 익히 않은 그녀가 풍뢰장의 여압(餘壓)을 견뎌낼 리 만무한 터. 그녀의 목숨을 담보로 고검을 구하는 것이 그가 생각한 계획이었다. 하나 단리백은 너무도 간단히 이를 와해시켜 버렸고, 그의 압도적인 무위에 오히려 자신이 기가 꺾여 버렸다.

그런 노인을 향해 단리백이 피식 웃음을 흘렸다.

"믿기지 않는다는 표정이군."

저벅저벅.

여전히 한 손으로 장력을 받아내며 단리백이 노인을 향해 다가섰다. 서로의 거리가 좁혀질수록 압력은 더욱 배가되었고, 노인의 두 발은 이미 무릎까지 흙바닥을 파고든 지 오래였다.

필사적으로 버티고 있는 그의 코에서는 연신 코피가 줄줄 흘러내렸고, 허리는 반 이상이나 뒤로 젖혀져 있었다.

노인의 안색이 절망으로 물들었다.

"강호란 참으로 냉혹하지?"

노인이 읊조렸던 말을 그대로 돌려주며 단리백이 벼락같이 손을 휘둘렀다.

쌍장으로 가슴 앞을 단단히 방비하고 있었지만 단리백의 손속은 여느 고수들과는 다른 것.

우두둑!

가슴뼈가 부서져 움푹 주저앉은 노인이 한 사발이 넘는 핏덩이를 왈칵 토했다.

"이름은?"

단리백의 질문에 노인이 마른 웃음을 풀풀 날렸다.

"노… 백……. 하남광살(河南狂殺) 노백(勞伯)이… 노부다."

"그래, 노백. 북망산 입구에 가서 확실하게 전해. 나 단리백이 보내서 왔다고."

"흐……."

노백이 허무하게 웃었다.

강했다. 강해도 너무 강했다. 죽기 직전까지 십대고수의 높은 벽을 뼛속 깊이 새긴 채 노백은 숨을 거두었다.

잠시 노백의 시신을 바라보던 단리백이 신형을 돌렸다. 그리곤 잔뜩 눈살을 찌푸렸다. 안타까운 눈으로 노백의 시신을 바라보는 임소하를 발견했기 때문이다.

단리백이 냉막한 표정으로 입을 열었다.

"널 죽이려 했던 자다. 동정할 가치가 있느냐?"

"그래도……."

못마땅한 듯 잠시 임소하를 노려보던 단리백은 약간 누그러진 음성으로 입을 열었다.

"살일경백(殺一警百)이란 말이 있다."

"살일경백이요?"

"한 명을 죽여 백 명에게 경고한단 뜻이다. 흑점의 구성원은 거의 알려진 바가 없다. 또한 그 안에 몇 명의 살수가 있는지도 모른다. 아무리 나라 할지라도 보이지 않는 칼로부터 널 지키는 것은 쉬운 일이 아니다. 이 노백이란 자가 지닌 무위라면 흑점 내에서도 위치가 낮지 않을 터. 나에 대한 경각심을 복돋워 함부로 덤비지 못하게 하고 그들에 대한 내 의지를 확고히 알리기 위해서는 그의 죽음이 필요했다."

살일경백이란 단어가 지닌 흉험한 의미에 임소하의 안색이 일순 흔들렸다.

"만약 흑점의 인원이 천 명이라면 앞으로 여덟 명을 더 죽여야 한다는 뜻인가요?"

"아홉 명이다."

단리백이 손을 들어 한쪽을 가리켰다.

단리백이 가리킨 곳을 향해 고개를 돌린 임소하는 수라여혼인을 다루던 청년의 모습이 사라진 것을 발견했다. 선연한 핏자국만을 남긴 채 달아난 것이다.

"어쨌든 앞으로 더욱 많은 사람들을 죽이게 될지 모르는데……."

점차 굳어지는 단리백의 모습에 임소하가 말끝을 흐렸다. 그녀가 겪어본 단리백은 누군가가 자신의 말에 토를 달거나 이의를 제기할 때마다 몹시 노여워했기 때문이다.

결국 임소하는 완곡하게 말을 돌려 입을 열었다.

"힘들지 않겠어요?"

"무슨 뜻이냐?"

"만약 흑점의 인원이 오천 명이라면요? 혹시 만 명이 넘을 수도 있잖아요. 그렇다면 계속 백 명에 한 명씩을 죽여 그들에게 경고하실 건가요?"

별것 아니라는 듯 단리백이 피식 웃음을 흘렸다.

"걱정할 것 없다. 살인은 내가 하니까. 그리고 그건 내가 아주 잘하는 일이다."

'그런 뜻이 아닌데…….'

차마 내뱉지 못하고 한숨과 함께 속으로 삭여 버리는 임소하였다.

"가자."

주위를 둘러보던 임소하가 한숨을 흘렸다. 조금 전만 해도 평화롭던 다루 안은 잔혹한 시신만이 즐비했고, 피 냄새가 진동하고 있었다. 살풍경한 모습에 진저리가 났다. 그저 뜨거운 물에 몸을 담그고 지친 마음을 달래고픈 생각만이 간절했다. 하지만 자신을 바라보는 단리백의 표정은 그녀의 기대를 깨뜨리고도 남았다.

"그자의 뒤를 밟는다."

"흑암보로 돌아가는 것이 아닌가요?"

"내가 왜 그자를 살려뒀다 생각하느냐?"

"그럼……."

"흑점 본타의 위치를 알아내야지."

"하지만 어떻게요? 그 사람은 이미 사라졌잖아요."

단리백은 대답 대신 임소하의 눈앞에 손을 들어 보였다. 그의 손가락에 끼워진 혈영환이 유독 붉은빛을 뿌리고 있었다.

"방법이야 얼마든지 있지."

그 말을 끝으로 단리백은 걸음을 옮기기 시작했다. 한차례 한숨을 흘린 임소하는 말없이 그를 따라 다루 밖으로 나섰다.

그리고… 흑점에게 있어서 지옥과도 같은 하루가 시작되었다.

　　　　＊　　　　　＊　　　　　＊

　"사람이 삶에 집착하는 것은 한갓 어리석은 일이며, 죽음을 싫어하는 것은 일찍 고향을 떠난 나그네가 고향으로 돌아감을 잊는 것과 같다."

　얼마나 읽었는지 겉장이 닳고 바랜 책자. 장자의 제물론이었다. 차분한 표정으로 이를 읽어 내려가는 중년인의 표정은 평화롭기 그지없었다. 사십대 후반쯤 되었을까. 희끗한 반백의 머리칼을 단정히 올리고 문사건을 쓴 중년인의 모습은 방 안 가득한 다향처럼 더없이 고아하고 정갈하게 느껴졌다.

　탁.

　읽던 책을 서탁에 내려놓은 중년인이 미간을 찌푸렸다. 문 밖에서 느껴지는 인기척. 하지만 의당 둘이어야 할진대 한 사람의 존재가 느껴지지 않는다.

　"들어오너라."

　드르륵.

　문이 열리고 피로 앞섶을 흠뻑 적신 청년이 들어섰다.

　"노백은?"

　"죄송합니다, 사부님. 화노는……."

　고검은 대답 대신 고개를 떨구었다.

　"으음……."

중년인, 산서 흑점의 우두머리인 그의 입에서 침음성이 흘러나왔다.

'수라여혼인 셋과 노백이 감당하지 못할 정도라니……'

손해가 컸다. 흑점 내에서도 다섯 손가락에 꼽히는 고수를 잃은 것은 둘째 치고라도 수십 년 동안 각고의 노력을 기울여 복원한 세 구의 수라여혼인을 잃은 것은 그로서도 예상치 못한 일이었다.

'그가 정말 촉산혈성이란 말인가?'

하나 중년인은 이내 고개를 저었다. 정보에 의하면 당대 촉산혈성의 나이는 아무리 못 잡아도 오십을 넘겼을 터. 보고가 사실이라면 그는 이십대 후반 정도라 하지 않았던가.

"효명과 유 노인을 불러주게."

"복명."

문밖에서 대기하고 있던 수하가 물러나자 중년인은 고검을 향해 시선을 던졌다.

"네가 보기에 어떻더냐?"

의아한 표정으로 자신을 바라보는 제자의 모습에 중년인이 인상을 찡그렸다.

"그자 말이다. 그를 제거하는 데 어느 정도의 전력이 투입되어야 할 것 같으냐 말이다."

"그게……"

우물쭈물하는 고검의 모습에 속 터졌던 것일까. 중년인이 버럭 고함을 질렀다.

"한심한 놈! 그러게 내가 뭐라 했더냐! 수라여혼인의 무위
는 네 무위와 비례한다 가르치지 않았느냐! 평소 그리 무공에
정진하라 일렀건만……! 아느냐? 너는 본 파 전력의 삼 할을
말아먹었다!"

"사부님……."

완전히 기가 죽은 제자의 모습에 중년인은 애써 화를 가라
앉혔다. 하지만 아무리 생각해도 입맛이 썼다. 고작 계집 하
나 죽이는 일이었다. 엄청난 의뢰비에 비해 손쉬운 일이라 생
각했건만 벌써 죽어 나간 일급 살수만 해도 열한 명이었다.
거기에 노백과 수라여혼인까지……. 처음 일급 살수 여덟 명
이 죽은 시점에서 이미 손해를 보기 시작했다. 그래도 이번
일은 반드시 마무리 지어야 했다. 한 번도 의뢰를 실패한 적
이 없는 흑점이다. 지금까지 그랬던 것처럼 앞으로도 오점을
남겨서는 안 되는 것이다.

지끈거리는 관자놀이를 문지르며 중년인이 입을 열었다.

"그자는 어느 정도의 부상을 입었느냐?"

"다치지 않았습니다."

중년인의 눈썹이 꿈틀거렸다. 노백과 수라여혼인 셋을 상
대하고도 멀쩡하다고?

중년인은 제자를 지그시 응시했다.

"그걸 나더러 믿으라는 이야기냐?"

그때였다.

삐이익!

밖에서 들려온 날카로운 소음에 중년인이 벌떡 일어났다.

"미행을 당했더냐?"

"아닙니다. 삼백 장 이내에서 미행의 움직임은 절대 없었습니다."

고검의 눈빛은 거짓을 고하고 있지 않았다. 살수로서 교육받았기에 퇴로의 흔적을 지우는 것은 기본이다. 고검 역시 어렸을 때부터 이를 배워왔고, 자신의 진전 대부분을 이었기에 누구보다 뛰어난 살수였다. 미행 따위를 허용할 리 만무했던 것이다.

'하지만 어떻게?'

중년인은 의아함을 금할 수 없었다. 흑점은 철저한 점조직으로 구성되어 있었기에 제아무리 아랫것들을 족친다 한들 본타의 위치를 알아낼 수 없기 때문이다.

'어쩌면 그가 아닐 수도 있지.'

하지만 갑작스런 수하의 음성에 중년인은 단리백이란 작자에게 본타의 위치가 드러났음을 인정할 수밖에 없었다.

"침입자는 일남 일녀입니다. 적포를 입은 사내와 이번의 암살 대상이었던 계집입니다."

"본타에 남아 있는 모든 이를 동원하여 제거해라."

"복명."

중년인 앞에 부복해 있던 수하가 문을 열고 나가려는 순간,

"여기 있었군."

"헛!"

갑자기 눈앞에 나타난 단리백의 모습에 복면인은 경악성을 터뜨리며 허리에 차고 있는 검으로 손을 가져갔다. 하지만 단리백의 손이 훨씬 빨랐다.

뚝.

섬뜩한 소리와 함께 단리백의 손아귀에 목을 틀어 잡힌 복면인의 몸이 힘없이 늘어졌다.

털썩.

복면인을 가볍게 집어 던진 단리백이 중년인을 향해 걸음을 옮겼다.

"으으……."

단리백이 다가오자 고검은 바람 앞의 사시나무처럼 몸을 떨기 시작했다.

"고맙군. 덕분에 일일이 장원을 뒤지는 수고를 덜었다."

단리백의 말에 고검의 눈이 화등잔만하게 커졌다. 고개를 돌리자 격노한 얼굴로 자신을 노려보는 사부의 모습이 보였다.

고검은 사색이 된 채 고개를 흔들었다.

"사부님, 아닙니다! 제자는 미행을 당하지 않았습니다!"

중년인은 한숨을 내쉬었다. 침입을 알리는 호각 소리가 들

리고, 불과 몇 번 호흡을 하기도 전에 단리백이 들이닥쳤다. 수많은 함정과 기관을 피해 다른 열일곱 개의 건물을 제치고 곧장 이곳으로 향하지 않았다면 어찌 그 짧은 시간에 이곳에 당도했겠는가. 누군가 장원의 정보를 팔아 넘기지 않고는 불가능한 일이었다.

"내가 제자를 잘못 키웠어."

한심하다는 듯이 자신을 바라보는 사부의 모습에 고검은 절박한 음성으로 외쳤다.

"사부님! 아닙니다!"

퍽!

고검이 눈을 부릅떴다. 가슴 어림에 예리한 고통이 느껴졌기 때문이다. 천천히 고개를 숙이자 손잡이만 남긴 채 심장 깊숙이 박혀 있는 소도가 눈에 들어왔다. 사부의 성명병기인 월광비(月光匕)였다.

"이런… 개 같은……."

쥐어짜듯 욕설을 내뱉은 고검의 얼굴에는 억울한 기색이 역력했다. 하나 이도 잠시, 그의 어깨 위로 사신이 내려앉았다. 눈도 감지 못하고 절명한 그의 얼굴은 두려움과 분노로 일그러져 있었다.

이윽고 중년인이 고개를 돌려 단리백을 바라봤다.

"부끄럽군. 꽤 강단있는 아이라 생각했는데 두려움 때문에 제가 몸담은 곳을 팔아넘길 줄은 몰랐네."

단리백이 슬쩍 웃음을 말아 올렸다.

"팔아넘겨? 누가?"

의아한 표정을 짓는 중년인을 향해 단리백이 사이한 미소를 지어 보였다.

"그는 사문을 팔지 않았어. 오히려 이곳의 위치를 들키지 않으려고 애쓰더군."

"그렇다면 어떻게……?"

단리백은 고개를 돌려 얼굴을 찌푸린 채 서 있는 임소하를 향해 입을 열었다.

"아무리 내가 차가운 빙심(氷心)의 소유자라 한들 저자를 따라가지 못할 것이다. 자신이 거두고 키운 제자를 저리 쉽게 죽이다니. 가슴속까지 뱀처럼 차가운 피가 흐르지 않고서야 불가능하지."

"무슨 소리냐?!"

중년인의 일갈에도 단리백은 고개조차 돌리지 않았다. 임소하를 향해 계속해서 입을 열 뿐이었다.

"천잠사라 들어보았느냐? 남만에서 서식하는 천잠이란 누에에서 뽑은 실을 천잠사라 한다. 가늘 뿐만 아니라 매우 질기고 튼튼해서 머리카락 굵기의 천잠사로 능히 백 근의 무게를 견뎌낼 수 있지. 하지만 이것보다 더욱 가늘어 눈에 보이지 않을 만큼 미세한 실이 있다. 물에 적시지 않는 이상 육안으로 확인할 수 없을 정도로 가늘지. 하지만 천잠사보다 열

배는 질겨 능히 보물이라 불리울 만하다."

중년인은 문득 짚이는 바가 있었다.

"월광사(月光絲)!"

그제야 단리백이 중년인을 바라보며 고개를 끄덕였다.

"잘 아는군. 그 녀석의 발목을 살펴봐."

중년인은 힐끔 죽어 있는 제자의 발목 어림을 살폈다. 아무 것도 보이지 않았다.

중년인은 탁자 위의 찻잔을 들어 허공에 찻물을 끼얹었다. 찻물이 보이지 않는 무언가에 걸려 물방울처럼 대롱대롱 매달려 있는 것을 발견한 중년인은 그제야 월광사의 존재를 확인할 수 있었다.

"으음……."

중년인이 단리백을 노려보며 침음성을 흘렸다. 괜히 애꿎은 제자만 죽인 셈이다.

"네놈이 나를 속였구나!"

중년인의 호통에 단리백은 피식 웃음을 날렸다.

"당신 스스로 오해한 것마저 나더러 책임지란 말인가? 억지가 심하군."

"큭."

틀린 말은 아니다. 하지만 부아가 치밀어 오르는 건 어쩔 수 없었다.

와지끈!

이때 방문이 부서지며 수십 명의 인물이 우르르 방 안으로 몰려들어 왔다. 대부분이 복면으로 얼굴을 가린 그들의 손에는 한결같이 병장기가 들려 있었다. 대부분의 인물이 단리백과 임소하를 에워쌌고, 그중 검버섯이 가득한 중늙은이 한 명과 오 척 단구의 꼽추노인이 중년인을 향해 다가섰다.

"주군, 괜찮으십니까?"

노인들의 질문에 중년인은 단리백을 가리키며 고함을 질렀다.

"두 호법은 나서지 마시오! 내 직접 저 연놈들을 죽일 것이외다!"

그 말과 동시에 중년인은 양손을 늘어뜨렸다. 언제 꺼냈는지 그의 손에는 우윳빛이 감도는 여덟 자루의 비수가 쥐어져 있었다.

두 노인은 의아한 얼굴로 서로를 바라봤다. 이처럼 격노한 점주의 모습을 본 적이 없었기 때문이다.

그 흉흉한 기세에 임소하는 자신도 모르게 단리백의 옷깃을 붙잡았다.

"죽엇!"

쐐애애액!

중년인이 장포를 펄럭이는 것과 동시에 여덟 자루의 비수가 한꺼번에 허공을 갈랐다. 그 속도가 어찌나 빠르던지 비수의 형태도 보이지 않았다. 다만 비도가 지나간 자리에 희끗한 유웃빛 잔영만이 남았을 뿐이다.

중년인은 자신의 비도가 단리백을 관통하리라 믿어 의심치 않았다. 하지만 그것이 자신의 착각이었음을 깨닫는 데는 그리 오랜 시간이 걸리지 않았다.

"……!"

단리백과 불과 한 치의 거리만을 남겨둔 채 비도가 멈춰 있었다.

천천히 손을 들어올린 단리백이 손가락으로 눈앞의 비도를 툭툭 건드렸다.

"월광비(月光匕)인가? 과연 날이 잘 서 있군."

"어떻게?"

침음성을 삼키며 중년인이 질문을 던졌다.

월광비는 웬만한 호신강기는 종잇장처럼 찢어버리는 예리함을 지니고 있었다. 아니, 원래부터 전문적으로 호신강기를 와해시키며 파고들게끔 설계된 물건이었다. 강호칠대기보 중 하나로 불리우는 이유도 여기에 있었다. 지금까지 얼마나 많은 고수들이 월광비 아래 목숨을 잃었던가.

중년인은 눈앞의 상황을 납득할 수 없었다.

"월광비를 막아낼 수 있는 호신강기라니, 들어본 적도 없다! 대체 무슨 사술을 쓴 것이냐?!"

"호신강기가 아니야."

"그렇다면……?"

"아마 월광비가 칠대기보 중에서 네 번째인가 그랬었지?"

그 말과 함께 단리백이 손가락을 까닥였다. 순간 중년인은 자신의 뺨에 와 닿는 서늘한 기운을 느꼈다. 손을 들어 뺨을 쓰다듬으니 어느새 베였는지 진득한 선혈이 묻어 나왔다. 마치 눈에 보이지 않은 칼날이 소리없이 훑고 지나간 것만 같았다.

"월린광사(月躪鑛絲)!"

"돌머리는 아니군. 다른 이름으로 혈영사(血影絲)라고도 하지."

"……!"

중년인은 경악을 금치 못했다. 단리백이 언급한 혈영사는 칠대기보 중에서도 이위에 올려져 있는 물건이기 때문이다. 월광사를 특수한 약물에 오랫동안 담가놓아 탄성과 강도를 비약적으로 높인 실.

그제야 중년인은 월광비가 눈에 보이지 않는 혈영사에 붙들린 채 허공에 묶여 있다는 것을 깨달았다.

"수하들을 물리는 게 어때? 난 흑점주 당신과 대화를 나누고 싶은데 말이야."

단리백의 말에 중년인이 으스러져라 이를 악물었다. 살기 어린 그의 눈빛에 단리백이 피식 웃음을 터뜨렸다.

"월광비보다 혈영사를 더 높게 쳐주는 이유를 알고 있나?"

그 말과 함께 단리백이 손가락을 까닥였다.

털썩.

"……!"

소리가 들려온 쪽으로 고개를 돌린 중년인의 얼굴이 돌처럼 굳어졌다. 검을 쥐고 있는 수하의 팔이 바닥을 구르고 있었다. 곧이어 팔을 잃은 수하의 모습이 눈에 들어왔다. 기척을 죽인 채 단리백의 뒤쪽으로 조심스럽게 접근하던 자였다.

어깨부터 잘려 나갔음에도 불구하고 수하는 비명조차 지르지 않았다. 심지어 그의 어깨에서는 피도 흘러나오지 않고 있었다.

무척이나 비현실적인 상황.

아마도 그 자신은 고통을 느낄 여력도 없었으리라. 그렇지 않고서야 바닥에 떨어져 있는 자신의 팔을 얼떨떨한 표정으로 바라볼 리 없을 테니까. 혈영사의 예리함을 단적으로 증명하는 예였다.

단리백의 말이 이어졌다.

"불과 한 자 길이의 혈영사를 늘이면 무려 백 장까지 길어지지. 존재감 자체가 느껴지지 않을 만큼 가볍고 신축성이 뛰어나다는 이야기야. 하지만 진기가 더해지면 이야기가 달라져. 진기가 실린 혈영사만큼 예리한 무기는 찾을 수 없거든."

푸학!

뒤늦게 팔을 잃은 복면인의 어깨에서 피가 솟구쳤다.

"으아아악!"

"시끄러워."

단리백이 인상을 찡그리며 검지를 튕겼다.

퍽!

미간의 구멍에서 피를 쏟으며 절명한 수하의 모습에 중년인은 신음을 흘렸다.

"따라서 이런 용도로 쓰일 수도 있다는 말이야."

쫘라락!

단리백이 손가락을 움켜쥐자 비파현을 쥐어뜯는 듯한 음향이 허공에 울려 퍼졌다. 그와 동시에 실내의 의자와 책장을 비롯한 모든 가구가 매끈한 단면을 드러내며 토막토막 잘려졌다.

"눈에는 보이지 않을 테지만 이 안은 결계가 쳐져 있어. 한자 정도 길이의 혈영사면 이 건물을 통째로 에워싸고도 남지."

중년인의 얼굴이 핼쑥하게 변했다.

"모두 밖으로 나가라!"

급히 수하들을 방 밖으로 물린 중년인이 단리백을 노려보며 입을 열었다.

"무슨 말이 하고 싶은 게냐?"

"내가 알고 싶은 것은 딱 두 가지야. 의뢰인의 신상과 흑암보가 무너지는 데 흑점이 개입했는지의 그 여부."

"말해주지 않는다면?"

"설마 몰라서 묻는 것은 아니겠지?"

느긋한 표정으로 자신을 바라보는 단리백의 모습에 중년인은 가슴이 답답해져 오는 것을 느꼈다. 흑점 따위는 안중에도 없다는 듯한 그의 태도 때문이 아니었다. 비록 물러났다고는 하나 밖에서 지켜보는 수하들의 눈이 있었다. 수장인 자신이 수하들 앞에서 흑점의 기밀을 누설할 순 없는 노릇.

그때였다.

"너무 뜸을 들이는군."

사라락.

중년인의 청각에 미세한 음향이 들려온 것도 그때였다. 동시에 중년인의 의복이 길게 잘라지기 시작하더니 그 사이로 핏물이 배인 피부가 모습을 드러냈다.

섬뜩한 기운이 피부를 훑고 지나갈 때마다 어김없이 살이 갈라졌고, 그때마다 핏물이 배어 나왔다. 처음엔 손목 어림에서 시작했던 상처들이 이젠 서서히 가슴과 목까지 올라오고 있었고, 순식간에 그는 난자된 상처로 인해 전신이 피투성이가 되었다.

"그, 그만!"

"말할 마음이 생겼나?"

중년인은 치를 떨었다. 단리백의 입가에 떠오른 미소가 그 어떤 흉신악살의 얼굴보다도 잔인하고 두렵게 느껴졌다.

"흑점은 흑암보의 일에 개입하지 않았소."

"믿어주지. 의뢰인은?"

"그건……."

단리백과 시선을 마주하던 중년인의 눈빛이 흔들렸다. 하나 그의 대답은 전과 같았다.

"말할 수 없소."

단리백은 물끄러미 중년인을 응시했다.

그러기를 잠시,

"좋아."

단리백의 대답에 중년인은 의아한 표정을 지었다. 이처럼 단리백이 선선히 물러서리라 생각지 못했던 것이다.

아나나 다를까. 서늘한 살기를 피워 올리며 단리백이 입을 열었다.

"그 결정, 후회하지 않기를."

순간 중년인은 알 수 없는 음유한 기운이 엄습하는 것을 느끼고 황급히 뒤로 물러섰다. 하지만 그보다 더욱 빠르게 바늘처럼 예리한 암경이 전신의 혈도를 파고들더니 그대로 내부를 뒤흔들어 버렸다.

"우왝!"

바닥에 주저앉아 시커먼 피를 게워내는 중년인을 향해 단리백이 다가섰다. 하지만 단리백은 그대로 중년인을 지나 서탁에 놓인 책자를 집어 들었다. 장자의 제물론이었다.

"사람이 삶에 집착하는 것은 한갓 어리석은 일이며, 죽음을 싫어하는 것은 일찍 고향을 떠난 나그네가 고향으로 돌아감을 잊는 것과 같다라……."

중년인을 돌아보며 단리백이 웃음을 머금었다.

"마음에 드는 글귀로군. 자고로 성현들은 수많은 진리를 글로 남겼지."

중년인의 얼굴이 사색이 된 채 파랗게 질려갔다. 글 자체는 장자의 것이었으나 단리백이 이를 읽자 마치 유부의 저승사자가 읊조리는 죽음의 권고문처럼 느껴졌던 것이다.

그런 그의 모습에 단리백이 혀를 찼다.

"쯧쯧, 다른 성현이 이런 말을 했지. 아는 것보다 중요한 것은 실천하는 거라고. 하지만 당신은 성현의 말씀을 행동으로 옮기지 못하는군. 수천 권의 책을 읽는다 한들 이래서야 무슨 소용이란 말인가."

화르륵.

단리백의 손에 들린 책자에서 갑자기 화염이 솟구치더니 순식간에 재가 되어 허공에 흩날렸다.

손을 흔들어 소매에 묻은 재를 떨어낸 단리백이 벽을 향해 일장을 내갈겼다.

콰앙!

와르르 무너진 벽 사이로 커다란 구멍이 뚫렸다. 임소하의 손을 잡고 단리백은 그곳으로 걸음을 옮겼다.

"주인에게 어울리는 물건은 따로 있는 법. 이것은 그대에게 과분하니 내가 거두지."

휘리릭!

단리백이 손을 휘젓자 허공에 정지해 있던 여덟 자루의 월광비가 그의 소매 속으로 빨려들 듯 사라졌다. 그리고 이를 끝으로 단리백은 산책을 하듯 임소하의 손을 잡은 채 벽을 넘어 사라졌다.

우두커니 서 있던 수하들이 우르르 방 안으로 들어섰다.

"주군, 괜찮으십니까?"

얼빠진 얼굴로 바닥에 주저앉아 있던 중년인이 그제야 정신을 차렸다.

"트, 특급 경계령을 발령한다! 어서 그자를 추적해라! 무슨 수를 써서라도 죽여야 한다!"

흑점의 역사 이래 최대의 위기에 봉착했음을 깨달은 중년인이 고래고래 고함을 질렀다.

중년인의 명령에 수하 몇이 벽에 뚫린 구멍을 향해 신형을 날렸다. 하지만 이미 단리백과 임소하의 모습은 어디에서도 찾을 수 없었다.

이때 돌연 중년인이 벼락을 맞은 듯 신형을 부르르 떨었다.

"주군, 무슨 일이오?"

호법 둘이 걱정스런 표정으로 조심스레 질문을 던졌다. 하지만 중년인은 밀랍처럼 하얗게 탈색된 얼굴로 석상처럼 서 있을 뿐이었다.

어느 순간 귓속으로 파고든 음성. 소란스러운 와중에도 소름 끼치는 그 한마디만은 똑똑히 들려왔던 것이다.

"다시 오지."

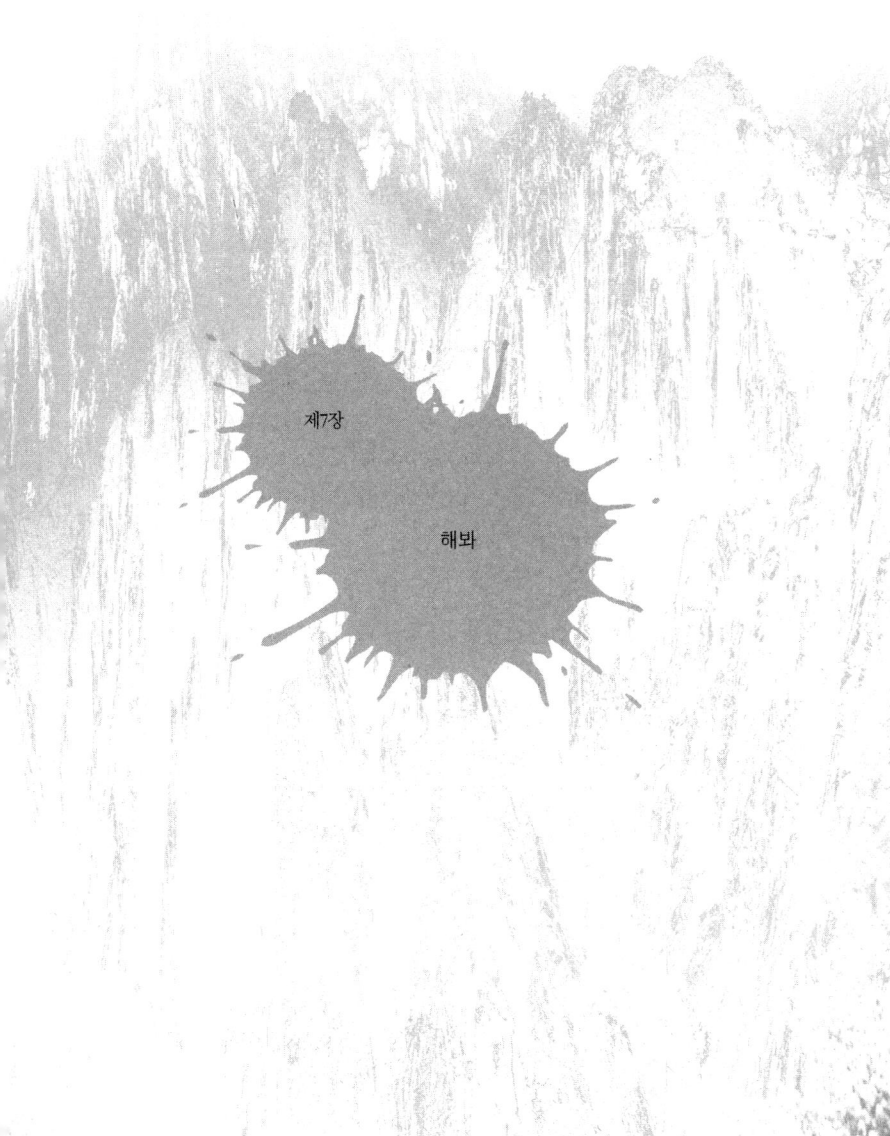

제7장

해봐

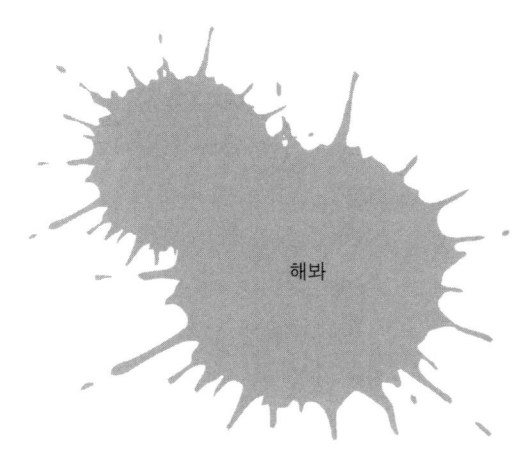

해봐

"여기 있었군!"

산처럼 쌓인 서류 더미를 반 시진 넘게 뒤적이던 끝에 호계상이 탄성을 터뜨렸다. 비로소 원하던 것들을 찾은 것이다.

"이건 용화장(龍華莊) 거. 어디 보자. 그간의 이자를 포함해 육백삼십 냥이군. 그리고 이건 청운상단(靑雲商團) 거. 총 사백삼십 냥인가? 이건 상운전장(商運錢莊)에서 발행한 어음이고……. 엇? 천이백 냥이나 되는군! 좋아, 다음은 적룡방(赤龍幫)인가?"

그간의 거래 장부며 어음을 양쪽으로 나눠 차곡차곡 정리하는 호계상의 얼굴에는 웃음이 가득했다.

그 모습을 옆에서 가만히 지켜보던 가종령이 한마디 툭 던졌다.

"박수라도 쳐 드릴까?"

"응? 무슨 소리냐?"

"입이 귀에 걸렸기에 하는 소리요. 뭐가 그리 신이 나셨소?"

"내가 누구냐?"

"천면호리."

"그거 말고."

고개를 갸웃거리던 가종령이 미심쩍은 표정으로 입을 열었다.

"총관?"

"그렇지. 그럼 총관이 하는 일이 뭐냐?"

"숙수인 내가 어찌 알겠소?"

"……."

말없이 가종령을 지그시 응시하던 호계상이 다시금 서류 더미에 고개를 파묻었다. 하지만 한마디 하는 것은 빼먹지 않았다.

"능구렁이 같은 놈."

공대도 아니고 하대도 아닌 어정쩡한 말투를 쓰는 가종령이 밉살스러웠다. 하지만 어차피 같은 배를 탄 몸. 다퉈서 좋을 일이 없었다. 게다가 어젯밤 가종령이 보인 무위는 자신과 맞먹거나 그 이상이었다.

'괘씸한 새끼.'

속으로만 으르렁거리는 호계상이었다. 그러다 문득 가종령을 향해 고개를 돌렸다.

호계상의 따가운 눈빛에 가종령이 인상을 찌푸렸다.

"할 말 있소?"

"너 누구냐?"

"몰라서 묻소?"

"왜 무공을 숨기고 숙수로 신분을 속이고 있었느냐는 말이다."

"총관도 마찬가지 아니오? 서로 피장파장이니 따지고 들지 맙시다."

"어린 놈이 말하는 싸가지 하고는."

"거참, 나이 좀 먹었다고 함부로 말하지 맙시다. 낼모레면 나도 서른이란 말이오. 구십 먹은 늙은이가 총관보고 어린 놈이라 하면 기분 좋겠소?"

"에효, 관두자."

"그럴 걸 왜 가만히 있는 사람을 건드리고 그러오?"

퉁명스러운 가종령의 대꾸에 호계상은 있는 대로 인상을 찌푸렸다. 하지만 서류 더미를 향해 고개를 돌린 그의 얼굴은 어느새 웃음이 함지박이다.

그중 몇 가지 서류를 챙겨 든 호계상이 신형을 일으켰다.

"어디 가오?"

"수금하러."

"밥 때엔 맞춰 오시오. 두 번씩 상 차리긴 싫으니까."

가종령을 향해 한차례 눈을 부라린 호계상이 홱 돌아섰다.

때마침 서재 안으로 들어선 단리백과 임소하를 발견한 호계상이 만면에 웃음을 머금었다.

"어디 가세요?"

임소하의 질문에 호계상이 손에 들린 서류들을 흔들어 보였다.

"그간 미뤄뒀던 수금을 하려고."

호계상은 더 이상 임소하에게 경어를 쓰지 않았다. 그리고 임소하 역시 이를 크게 신경 쓰지 않았다. 호계상의 나이가 자신보다 훨씬 많을뿐더러 예의에 크게 얽매이지 않는 강호의 인물임을 알았기 때문이다.

"수금이요?"

임소하가 반문하자 호계상이 기다렸다는 듯이 입을 열었다.

"전 보주가 살아 있었을 때 본 보를 통해 하루 동안 드나드는 금액만 무려 천 냥에 이르렀지. 하지만 보주가 돌아가시고 본 보가 몰락하니까 그간 돈 빌려간 놈들을 비롯해 세금을 내야 할 놈들까지 입을 싹 씻고 돌아서 버렸거든. 그래서 지금부터 밀린 돈을 징수하려고."

"하지만 그들이 순순히 내놓을까요?"

"그럼 경을 쳐야지. 마침 그 괘씸한 놈들을 손봐주고 싶어 몸이 근질거리던 참이야."

이때 단리백이 어깨를 으쓱하는 호계상을 향해 질문을 던졌다.

"왜 진작 그렇게 나서지 않았나?"

"그거야……."

잠시 말끝을 흐리던 호계상이 단리백의 눈치를 살피며 말을 이어갔다.

"흑암보의 몰락에 누가 관여했는지 정확히 모르는 상황에서 조심할 수밖에 없었지. 눈에 보이지 않는 칼이 더욱 무서운 법이니까. 게다가 내가 직접 나서기도 좀 그렇지. 가뜩이나 어려운 상황에 내 정체가 드러나면 별의별 시시콜콜한 놈들까지 몰려올 수도 있으니까. 내가 원한이 조금 많거든."

"그렇다면 지금은?"

"지금이야 자네가 있으니 걱정 없지. 당금 십대고수에 당당히 이름을 올리고 있는 자네가 흑암보 뒤에 있는데 누가 감히 본 보를 건드릴까? 게다가 내가 자리를 비운다고 해도 본 보에는 저 능구렁이가 남아 있을 테니 걱정할 필요 없지."

호계상이 턱 끝으로 가종령을 가리켰다.

고개를 끄덕인 단리백이 임소하를 바라봤다.

"너도 함께 가는 게 좋겠다."

"제가요?"

"네가 흑암보의 보주임을 그들에게 각인시킬 필요가 있다. 그들이 누구에게 돈을 바치는지는 확실히 알고 있어야겠지."

"그렇지. 나도 찬성일세."

충분히 일리있는 말이기에 호계상이 맞장구를 쳤다.

임소하가 어두운 얼굴로 고개를 흔들었다.

"과연 그들이 제 말을 들으려고 할까요? 그들은 저를 얕잡아볼 게 틀림없어요."

"한심하군."

단리백의 말에 임소하는 잠시 움찔하나 싶더니 이내 시무룩한 얼굴로 고개를 숙였다.

"죄송해요."

"네가 미안해할 것 없다. 너를 두고 한 말이 아니니까."

의아해하는 임소하를 향해 단리백이 말을 이어갔다.

"죽어서까지 자식의 어깨에 무거운 짐을 지우게 한 무능하기 짝이 없는 네 부모가 한심하다는 말이다."

"의숙?"

임소하가 커다랗게 뜬 눈으로 단리백을 바라봤다. 그가 내뱉은 말이 믿기지 않았던 까닭이다. 하지만 이어진 단리백의 말은 좀처럼 화를 내지 않는 그녀조차 견딜 수 없을 만큼 모욕적이었다.

"생전엔 좋은 사람처럼 주위에 생색이나 내기 바빴겠지. 무림이란 칼밭에 아슬하게 발을 딛고 있는 주제를 깨닫지 못하고 말이야. 자기 자신의 허영과 만족을 채우기에 바빠 정작 자식은 이처럼 무르게 키웠으니……."

"의숙!"

얼마나 분했던지 단리백을 노려보는 임소하의 눈에는 눈물이 그렁그렁 맺혀 있었다.

"방금 하신 말씀 취소하세요."

이에 단리백은 가소롭다는 듯이 피식 웃으며 임소하를 향해 얼굴을 바짝 들이댔다.

"못하겠다면?"

"……!"

"몇 번이라도 말해주지. 네 부모는 한심하기 짝이 없는 위인들이다."

"어떻게 그런 말을……."

"분하더냐?"

단리백이 얼굴에서 조소를 지우며 임소하를 바라봤다.

"지금의 그 기분을 잊지 마라. 네 부모가 욕먹는 게 싫다면 네가 잘하면 되는 것이다. 아무리 내가 너를 도우려 해도 지금의 어려운 상황을 타개할 의지가 네게 없다면 무용지물이다. 먼저 네가 강해져야 한다. 그렇지 않으면 너는 언젠가 내가 아닌 다른 사람들에게 같은 모욕을 당할 것이다."

흔들리는 임소하의 눈빛을 단리백은 놓치지 않았다.

"강호는 강자존의 영역. 힘의 논리가 지배하는 곳이다. 약자의 칭얼거리는 소리는 누구 하나 귀담아들어 주는 자가 없지. 도의와 협의? 그건 강자들이나 누릴 수 있는 권리다. 네가 정말 그것을 믿고 실천하고 싶다면 네가 먼저 힘을 지녀야 한다. 그리고 나서 네 부모의 가르침이 틀리지 않았다는 것을 증명하면 되는 것이다."

그제야 임소하는 단리백이 왜 그처럼 잔인한 말을 서슴지 않았는지 깨달았다.

"다시 한 번 묻겠다. 너는 각오가 되어 있느냐?"

단리백의 말에 임소하는 가슴이 답답해지는 것을 느꼈다. 힘없는 자의 설움을 누구보다 잘 아는 그녀였기에 어느 때보다 그의 말이 더욱 절실히 와 닿았던 것이다.

흑암보가 사파의 구심점이었을 당시엔 어느 누구 하나 그녀의 부친과 흑암보를 우러러보지 않는 이가 없었다. 하나 흑암보가 몰락하자 모든 이가 흑암보로부터 냉정히 돌아서 버렸다. 협의니 도의니를 읊조리며 빈객이란 이름으로 부친 곁에 머물던 자들도 마찬가지였다. 흑암보가 피에 잠긴 날, 그들의 모습은 그 어디에서도 찾아볼 수 없었다.

이때 단리백이 임소하의 어깨에 손을 얹었다.

"누가 뭐라 해도 지금의 흑암보주는 너다. 너 스스로가 먼저 위축되면 흑암보의 위엄은 서지 않는다. 내가 아는 임 형은 긍지를 잃지 않는 사내였다. 려군 또한 마찬가지. 나는 네가 그들의 피를 이어받았음을 의심치 않는다."

임소하는 말없이 단리백을 바라봤다.

그러기를 잠시.

이윽고 임소하는 고개를 끄덕였다. 그녀의 얼굴에서는 더 이상 일말의 망설임도 주저함도 없었다.

"알겠어요."

임소하의 시원한 대답에 호계상이 흐뭇한 미소를 머금었다. 오랜 세월 험난한 강호를 떠도느라 일가 피붙이 하나 없는 그에게 있어 그녀는 손녀와 다름없었다. 임소하가 태어났을 때부터 지금까지 가장 오랜 세월을 함께한 사람이 바로 그였다.

전대 보주였던 임채성 부부가 죽은 이후 몰락해 가는 흑암보의 상황도 괴로웠지만 나날이 얼굴에서 웃음이 사라지는 임소하의 모습을 지켜보는 것이 그에게는 가장 큰 고통이었다. 하지만 단리백이 온 이후 임소하는 달라졌다. 생기를 잃은 꽃처럼 시들어가던 그녀가 다시금 활력을 찾기 시작한 것이다.

"의숙은요?"

"난 따로 볼일이 있다."

무뚝뚝한 단리백의 대답에 임소하는 조용히 웃으며 고개를 끄덕였다.

"그럼 다녀올게요."

호계상과 어깨를 나란히 한 임소하가 대문 밖으로 사라지자 단리백은 벽에 기댄 채 자신을 응시하는 가종령을 향해 시선을 던졌다.

"형산파에 자네 정도의 고수가 있다는 소리는 듣지 못했는데."

단리백의 말에 가종령이 움찔했다.

"어떻게 알았소?"

"식도를 휘두른다 한들 그 안에 담긴 묘리가 감춰질 거라 생각했나?"

"쳇, 묘리는 무슨. 형산의 무공 따위, 남들이 우습게본 지 오래요. 그 안에서 무슨 묘리를 찾을 수 있겠소?"

단리백은 가종령의 음성에서 묻어나는 자괴감을 읽을 수 있었다.

"하긴, 묘리라 부르기엔 엉성하기 그지없더군. 직업으로 숙수를 선택한 건 현명했어. 죽은 생선을 다루는 덴 형편없는 검법으로도 충분할 테니까."

"뭐야?"

비꼬는 단리백의 음성에 가종령이 발끈했다. 하지만 자신이 뱉은 말을 떠올리고는 신경질적으로 돌아섰다. 형산의 검을 부정한 것은 자신이 먼저였던 것이다.

쿵쿵거리며 식당 쪽으로 사라지는 가종령의 뒷모습을 바

라보던 단리백의 입가에 희미한 웃음이 맺혔다.

　한 잔의 차로 목을 축인 단리백은 이윽고 걸음을 옮겨 흑암보를 나섰다. 아직 흑점에 용무가 남아 있었기 때문이다.

　　　　　　*　　　　*　　　　*

　양홍지는 기분이 매우 좋았다. 주위의 모든 일이 자신이 뜻한 대로 흘러가고 있었기 때문이다. 근래에 손댄 소금 밀매는 그에게 엄청난 수익을 안겨주었고, 그 재력을 바탕으로 적룡방(赤龍幇)은 산서십방(山西十幇)에 이름을 올려놓을 수 있었다.

　'흐흐, 이게 다 흑암보 덕분이지.'

　손가락에 침을 발라 한 장 한 장씩 넘기는 회계 장부를 들여다볼 때마다 양홍지는 흐뭇한 마음을 금할 수 없었다.

　흑암보가 기울기 시작한 것은 보주인 임채성이 죽은 이후부터였다. 일단의 무리들이 야음을 틈타 흑암보를 넘었다 들었다. 흉수가 누구인지는 모르나 양홍지는 그들이 고마웠다. 그 덕에 흑암보에서 빌린 자금을 고스란히 다른 곳에 투자하여 막대한 이익을 창출할 수 있었기 때문이다. 게다가 이전처럼 흑암보의 눈치를 볼 필요가 없으니 마음만 먹으면 얼마든지 사업을 확장할 수 있었다.

　'보기와 달리 임 보주도 꽤 원한이 많았던 모양이야.'

최근 흑암보를 둘러싼 강호의 정세가 심상치 않았지만 양홍지는 신경을 꺼버렸다. 괜히 그 싸움에 끼어 피를 보느니 이대로 재산이나 불리는 게 훨씬 이득이라 생각했기 때문이다. 조만간 나머지 산서십방 중 한 곳이 흑암보를 차지할 것이 틀림없었다. 그리고 흑암보의 위세를 앞세워 예전처럼 산서를 지배하려 할 것이다.

'뭐, 그땐 그때 가서 생각하면 되지.'

앞날의 일까지 걱정할 만큼 양홍지는 여유로운 성격이 아니었다.

그렇게 한참 동안 책상에 앉아 있던 양홍지는 문득 목이 뻐근해지는 것을 느끼고 자리를 털며 일어났다.

'보약이라도 지어먹어야 하나?'

간밤에 무시무시한 빚쟁이에게 쫓기는 악몽을 꾸었던 탓인지 영 몸이 좋지 않았다.

찬바람이라도 쐬면 나아질까 하는 생각에 양홍지는 정원으로 나섰다. 근래에 신축한 전각들과 커다란 인공 연못이 그를 더없이 흡족하게 만들었다.

그렇게 한참 동안 정원을 거닐던 양홍지는 문득 대문 쪽을 향해 고개를 돌렸다. 그리고 자신도 모르게 흠칫하며 한 걸음 물러섰다.

막 대문 안으로 들어서는 두 사람. 그중 한 명은 흑암보의 총관 늙은이였다.

'아니지. 내가 저자를 피할 필요가 없잖아?'

가만히 생각해 보니 이미 자신은 흑암보를 두려워할 필요가 없었다. 그래도 켕기는 구석이 있어 차마 문전박대는 할 수 없었던지라 양홍지는 만면에 웃음을 머금고 그들에게 다가섰다.

"여어, 이게 누구신가? 염 총관 아니시오?"

"오랜만이오, 양 방주. 적룡방의 사업은 나날이 욱일승천하는구려."

"어쩌다 보니 시기가 맞아떨어진 게지요."

뒤늦게 호계상과 함께 들어선 임소하를 발견한 양홍지가 의아한 표정으로 입을 열었다.

"혹시 흑암보주님의 영애 아니신가?"

"지금은 그녀가 흑암보의 보주요."

"아, 그러시오?"

호계상의 말에 양홍지는 내심 콧방귀를 뀌었다. 다 쓰러져 가는 흑암보의 주인 자리가 뭐 내세울 게 있단 말인가. 하지만 겉으로는 여전히 웃음을 잃지 않았다.

"안녕하세요. 오랜만에 뵙네요."

임소하의 인사에 양홍지의 얼굴에 멋쩍은 웃음이 떠올랐다.

"네 부친의 문상에 가지 못해 미안하다. 그분께 신세를 많이 졌는데 당시엔 워낙 바쁜 일이 산재해 있어서……."

양홍지의 말투에 호계상의 표정이 굳어졌다. 임소하가 흑암보의 보주로서 양홍지를 방문한 것을 언질했건만 그는 여전히 하대를 쓰고 있었기 때문이다. 자신이 얕잡아 보이는 건 상관없었다. 하지만 그 대상이 임소하라면 이야기가 달라진다.

"신세를 졌으면 갚아야지."

싸늘한 호계상의 말투에 양홍지가 인상을 찌푸렸다.

"무슨 뜻이오?"

"몰라서 묻는 건가?"

호계상이 품속에서 서류를 꺼내 양홍지의 눈앞에서 흔들었다.

"반년 전 본 보에서 당신이 빌려간 채무를 기록해 놓은 증서일세. 잊었다고는 못하겠지?"

"그러니까 지금 빚 받으러 왔다는 이야기요?"

"그게 아니라면 달리 뭐가 있겠는가? 자네의 추한 얼굴을 일부러 보러 올 만큼 한가한 사람이 아닐세, 나는."

"허……."

어이없다는 표정으로 호계상을 바라보던 양홍지는 임소하를 향해 고개를 돌렸다.

"못 주겠다면?"

순식간에 표정을 달리하는 양홍지의 모습에 임소하는 나직이 한숨을 흘렸다.

"그렇다면 양 방주님께서는 후회하게 되실 거예요."

"후회? 내가? 하!"

묘하게 입꼬리를 말아 올린 양홍지가 임소하를 향해 이죽거렸다.

"머리에 피도 안 마른 계집애가 감히 나를 협박해? 내가 누구라고 생각하지? 앙?"

눈 하나 깜짝 않고 똑바로 자신과 시선을 마주하는 임소하의 모습에 양홍지는 몹시 기분이 나빠졌다. 마치 발가벗겨진 채 그녀 앞에 서 있는 듯한 기분. 예리하지도, 위압적인 눈빛도 아니었건만 괜히 위축되는 자신이 느껴졌다.

'저년의 눈빛은 제 아비를 꼭 닮았군.'

양홍지는 품속에서 전낭 하나를 꺼내어 임소하의 발밑에 던졌다.

짤랑!

"보아하니 사정이 몹시 어려운 것 같구나. 오죽하면 이 험한 곳에 들이댈 생각을 했을까. 일단 그거라도 써라. 기분 같아서는 당장 물고를 내고 싶지만 옛정을 생각하니 차마 그럴 수는 없군."

임소하는 허리를 숙여 전낭을 집어 들었다.

그 모습에 만족스러운 웃음을 머금고 양홍지가 돌아섰다. 하지만 그가 막 걸음을 옮기려던 찰나 등 뒤에서 임소하의 음성이 들려왔다.

"서른두 냥이로군요."

"응?"

"적룡방주께서 본 보에 이행해야 할 채무는 총 팔백칠십 냥. 팔백서른여덟 냥이 모자라요."

"그래서?"

"팔백서른여덟 냥이 모자란다 했어요."

"이게 보자 보자 하니까!"

임소하를 노려보던 양홍지가 버럭 소리를 질렀다.

"뭐 하고들 있어, 이것들 당장 내쫓지 않고?! 이거 원 재수가 없으려니까! 카악, 퉤!"

양홍지의 말이 끝나기가 무섭게 여기저기서 험악한 인상의 사내들이 우르르 몰려와 임소하와 호계상을 에워쌌다. 그들에 손에는 한결같이 새파란 빛이 감도는 병기가 들려 있었고, 흉흉한 눈빛은 금방이라도 피를 볼 것만 같은 살벌한 분위기를 조성하고 있었다.

적룡방은 본래 청부업을 비롯해 각종 암거래 등에 호위를 제공하는 보표업을 주 업무로 다뤄왔다. 따라서 방도 대부분이 힘깨나 쓴다는 흑도인들이 주를 이루었고, 무공을 익힌 자들도 적지 않았다. 그래서 위험한 사업인 소금 밀매에 손을 댈 수 있었고, 무력과 자금력을 바탕으로 한 그들의 소금 사업은 염효(鹽梟) 못지않게 성장했다.

이때 사내들 가운데서 남들보다 머리통 하나는 더 커 보이는 장대한 체구를 지닌 사내가 앞으로 나섰다.

"아버지, 왜 이리 소란스럽수?"

"잘왔다, 기정아. 이들이 나더러 돈을 내놓으라는구나."

자신의 아들 양기정이 모습을 드러내자 양홍지는 거만한 태도로 임소하와 호계상을 쏘아봤다.

"무슨 돈?"

"하하하, 그러게 말이다. 어디서 말도 되지 않는 위조 서류를 들고 와서 생떼를 부리는구나."

"그럼 안 되지. 다른 곳도 아닌 적룡방에서 그럼 쓰나."

양기정이 자신을 바라보자 임소하가 고운 아미를 찡그렸다. 눈 밑이 거무스름한 양기정은 산서에서도 소문난 호색한이었다. 그리고 지금 그의 얼굴에 떠오른 미소는 음흉하기 그지없었던 것이다.

"저 여자, 내가 가져도 돼?"

양기정의 말에 양홍지는 의아한 얼굴로 임소하를 위아래로 살폈다. 나이가 어려서 그렇지 제 어미의 피를 물려받아 제법 미태를 드러내고 있었다. 게다가 풋풋한 젊음과 청초한 분위기는 지금껏 그가 보아온 다른 여인들과는 확연한 차이가 있었다.

"음… 뭐, 괜찮겠지. 하지만 소문나 좋을 게 없으니 뒤처리는 확실히 해라."

양기정이 히죽 웃으며 혀로 입술을 핥았다.

"저 늙은이만 죽으면 누가 떠들겠어? 저 애는 질릴 때까지 가지고 놀다가 홍등가에 팔아버리면 그만이지, 뭐."

하는 짓이 가소롭고 어이가 없어 상황을 지켜보던 호계상이 두 눈에 은은한 살기를 떠올렸다. 하나 이를 먼저 느낀 임소하가 가만히 호계상의 소매를 붙들었다. 그리고 흔들림없는 눈빛으로 양홍지를 바라봤다.

"적룡방주께서는 채무를 이행할 의사가 없어 보이는군요. 제 생각이 맞나요?"

"왜? 이제 와서 발뺌하려고? 이미 늦었다, 계집애야. 넌 이곳을 찾아오는 게 아니었어."

"그렇다면 저도 어쩔 수 없군요."

임소하가 고개를 돌려 호계상을 바라봤다.

"부탁해요, 총관."

"클클! 맡겨주십시오, 보주."

호계상이 앞으로 나서자 다른 이들에게는 들리지 않게 임소하가 작게 속삭였다.

"죽이진 마시구요."

고개를 끄덕여 대답을 대신한 호계상이 손가락을 꺾어 우두둑 소리를 냈다.

그런 그를 보며 양홍지가 혀를 찼다.

"쯧쯧, 아예 돌아버렸군. 기정아, 수고해라. 나는 서재에서 차나 마시련다."

"흐흐."

음심을 품은 양기정이 묘한 시선으로 임소하를 더듬으며 앞으로 나섰다. 어느새 꺼내 들었는지 그의 손에는 석 자 길이의 단창이 들려 있었다.

이에 양홍지는 미련없이 돌아섰다. 아들을 믿었기 때문이다.

양홍지는 오래전 흑도에 흉명이 자자한 흑수마객을 천금을 들여 초빙했고, 그에게서 무공을 사사받은 양기정은 적어도 무공에 관해서만큼은 그를 실망시킨 적이 없었다. 얼마 전에도 양주에서 제법 알려진 철산(鐵山)이라는 싸움꾼을 백 합도 겨루지 않아 피떡을 만들지 않았던가.

호계상은 거들떠보지도 않은 채 양기정은 곧장 임소하를 향해 다가섰다. 그리고 손을 뻗어 그녀의 옷자락을 잡아채려 했다.

순간 음산한 음성이 양기정의 귓속을 파고들었다.

"제 아비만큼이나 눈이 어두운 놈일세."

양기정이 눈을 부릅떴다. 어느새 호계상이 지척에 이르러 매서운 눈빛으로 노려보고 있었기 때문이다.

화들짝 놀란 양기정은 본능적으로 단창을 휘둘렀다.

쉭!

무의식 중에 휘둘렀다곤 하나 공기를 가르는 음향은 매우 섬뜩했다. 하나 호계상이 누구인가. 비록 단리백에게는 비할 수 없다 하나 오랜 세월 칼날과도 같은 강호의 풍파를 견뎌온 노마 중의 노마였다.

"엇?"

양기정의 입에서 당혹성이 터져 나왔다. 한순간 신형이 흐릿하게 변하더니 자신의 눈앞에서 호계상이 사라진 것이다.

"쯧쯧, 그래 가지곤 파리도 못 잡겠다."

갑자기 등 뒤에서 들려온 늙수그레한 음성에 양기정은 가슴이 철렁 내려앉았다.

턱.

갈고리 같은 손이 자신의 손목을 움켜쥔 것을 발견한 양기정은 있는 힘을 다해 이를 뿌리치려 했다. 하지만 호계상은 꿈쩍도 하지 않았다.

양기정은 자유로운 왼 주먹을 호계상의 얼굴을 향해 내질렀다. 하지만 호계상은 너무나 간단히 그의 주먹을 피하더니 왼팔마저 붙들어 버렸다.

"이익!"

양기정은 있는 힘을 다해 호계상의 손을 떨쳐 내려 용을 썼다. 하지만 한 대 치면 으스러질 것 같던 노인의 힘이라곤 믿겨지지 않는 힘이 바위처럼 손목을 짓눌렀다.

손목이 으스러질 듯한 통증을 느끼며 양기정이 어깨가 점점 낮아지더니 호계상과 눈높이가 같아졌다.

식은땀을 흘리는 양기정을 바라보며 호계상이 히죽 웃음

을 머금었다.

"앞으로 여자 품을 생각은 못할 거야."

퍽!

"끄어억!"

인정사정없는 요음퇴(僚陰腿)에 낭심을 걸어차인 양기정의 입에서 숨넘어가는 비명 소리가 터져 나왔다.

호계상이 손을 놓자 사타구니를 부여잡은 양기정이 풀썩 쓰러졌다. 하얗게 눈을 까뒤집은 채 입에서 거품을 게워내는 그는 앞으로 평생 사내 구실을 못하게 되리라.

호계상은 얼빠진 표정으로 자신을 바라보는 양홍지를 보며 검지를 들어 좌우로 흔들었다.

"좀 더 제대로 된 녀석 없나? 모처럼 손을 쓰는 건데 이래서야 너무 싱겁지."

"기, 기정아!"

뒤늦게 사태를 파악한 양홍지가 사색이 되어 달려왔다. 하지만 그가 아무리 어깨를 흔들어도 혼절한 양기정은 정신을 차리지 못했다.

양홍지가 원독에 찬 눈빛으로 호계상을 노려봤다. 양기정은 집안의 대를 이을 유일한 독자였던 것이다.

"저 늙은이를 당장 내 앞에 무릎 꿇게 하라! 내 직접 포를 뜨고 소금에 절여 지옥을 맛보게 할 것이다!"

양홍지의 외침에 스무 명이 넘는 장한이 흉험한 기세로 호계상을 향해 달려들었다.

호계상의 눈빛이 번뜩인 것도 그때였다.

파라라락!

문풍지가 바람에 떠는 듯한 미세한 음향이 장내를 메웠다.

촤아아악!

그와 함께 이곳저곳에서 자욱한 피보라가 흩날렸다. 호계상에게 달려들던 장한들이 비명을 지르며 나뒹군 것도 거의 동시였다.

"으아악!"

"크악!"

수십 명이 내지르는 갑작스런 비명에 양홍지는 정신을 차릴 수가 없었다. 어떤 놈은 철철 피가 흐르는 허벅지를 움켜쥔 채 쓰러져 있었고, 또 어떤 놈은 날아간 손가락을 찾느라 바닥을 더듬었다.

놀랍게도 눈 깜짝할 사이에 스무 명이 넘는 적룡방도들이 호계상의 한 수를 버텨내지 못한 것이다.

"무, 무슨 짓을 한 것이냐?"

양홍지의 음성은 자신도 모르게 떨려 나오고 있었다.

"이것 말인가?"

호계상은 히죽 웃으며 양손을 들어올렸다.

"검파(劍把)?"

호계상의 손에 들린 것은 검의 손잡이가 분명했다. 하지만 검신이 보이지 않았다. 종잇장처럼 얇은 무언가가 바닥에 늘어져 있을 뿐이었다.

"……!"

양홍지가 눈을 부릅떴다. 순간적으로 수하들 틈을 헤집고 번쩍이던 새하얀 광채를 떠올린 양홍지는 그것이 비단처럼 하늘거리는 면도임을 깨달았던 것이다.

하나 그가 놀란 이유는 따로 있었다. 보통 병기는 무거울수록 위력을 발휘하는 법이다. 하지만 진정한 고수는 이를 따지지 않는다. 다루기 힘든 면도를 그처럼 수월하게 사용하는 호계상의 무위는 그로서는 감히 엄두도 못 낼 만큼 대단한 것이었다.

'그가 정체를 숨긴 고수였을 줄이야!'

양홍지가 내심 침음성을 삼키고 있을 때였다.

"방주, 이게 무슨 일이오?"

등 뒤에서 들려온 사기 그릇이 깨지는 듯한 음성에 양홍지의 표정이 밝아졌다.

"엽 사부!"

장내에 들어선 인물은 황의를 걸친 사십대의 중년인이었다. 그의 얼굴에는 미간에서 시작된 검상이 턱 끝까지 이어져 있었는데, 날카로운 눈매와 더불어 매우 위험한 분위기를 풍기고 있었다.

그가 바로 양홍지가 초빙해 온 흑수마객(黑手魔客) 엽장천이었다.

양홍지는 엽장청에게 지금까지의 상황을 흥분해서 설명했다. 이에 엽장천은 흘낏 고개를 돌려 죽은 듯이 쓰러져 있는 양기정을 바라보고 인상을 찌푸렸다. 돈이 궁해 무공이라 할 수도 없는 권각술과 창법을 대충 가르친 아이였다. 애초부터 파락호나 다름없는 쓰레기였기에 제자로 여긴 적도 없었다. 하지만 그의 아비인 양홍지의 재산은 무시할 수 없었다.

"만만찮은 상대인 것 같군."

엽장천의 말에 양홍지가 큰 소리로 외쳤다.

"저들을 죽여주십시오! 아들의 복수를 해주신다면 저 연놈의 머리 무게만큼의 금을 드리겠소!"

엽장천의 눈에 순간적으로 탐욕의 빛이 일렁였다. 사실 그는 눈앞의 노인과 계집은 신경도 쓰지 않고 있었다. 다만 조급해하는 양홍지의 모습에 돈 냄새를 맡고 찔러본 것인데 이처럼 후한 금액을 선뜻 내놓을 줄은 그도 예상치 못했다.

"좋소. 기정은 방주의 아들이기도 하지만 내 제자이기도 하니 스승 된 자로서 그냥 보아 넘길 수는 없지."

엽장천이 앞으로 나서자 호계상이 미간을 좁힌 채 그를 응시했다. 어디선가 본 것 같은데 좀처럼 생각이 나지 않았다. 하지만 서로의 거리가 좁혀지자 흐릿한 기억 속에서 한 사람의 명호를 떠올릴 수 있었다.

"홍지단혼(紅指斷魂)?"

흠칫!

엽장천의 신형이 굳어졌다. 그도 그럴 것이, 홍지단혼은 그가 이십 년 전에 버린 명호였기 때문이다.

"넌 누구냐?"

철그럭!

흑수마객이란 지금의 명호를 만들어준 흑철로 만든 의수를 들어올리며 엽장천이 위협적으로 외쳤다. 하지만 눈앞의 노인은 여유로운 표정으로 빙글거리며 웃을 뿐이었다.

엽장천의 눈에 노인의 양손에 들린 검파와 그 아래 흘러내리듯이 치렁치렁한 면도가 들어온 것은 우연이었다. 그러나 그 순간 엽장천의 신형은 그 자리에 얼어붙고 말았다.

"설마……."

강호가 아무리 넓다 한들 일 장에 달하는 면도, 그것도 두 자루를 동시에 사용하는 무인은 한 명뿐이었다.

"천면호리!"

"오랜만일세그려."

호계상이 고개를 끄덕이자 엽장천의 얼굴이 하얗게 탈색되었다.

"당신은 죽은 게 아니었소?"

"이놈이나 저놈이나… 왜 멀쩡히 살아 있는 사람을 멋대로 죽여?"

호계상의 호통에 엽장천은 화들짝 놀랐으나 이내 미심쩍

은 눈빛으로 호계상의 얼굴을 유심히 살폈다.

"아, 이거?"

호계상이 손을 들어 얼굴을 쓸어내렸다. 그러자 인피면구가 떨어지며 본래의 얼굴이 모습을 드러냈다.

"씨, 씨발⋯⋯."

엽장천의 입에서 욕설이 튀어나왔다. 자신의 손에 의수를 달게 만든 장본인이 눈앞에 서 있었기 때문이다. 얼굴에 남겨진 흉터 역시 호계상이 남긴 것이었다.

이십 년 전, 철음조(鐵陰爪)를 대성한 엽장천은 강호에 나선 이후 무시무시한 기세로 명성을 올리고 있었다. 갈퀴처럼 구부린 그의 손가락 아래 이백 초 이상을 견딘 이가 없었고, 엽장천은 홍지단혼이란 명호를 얻게 되었다. 철음조의 특성상 진기를 운용하면 손가락이 붉게 달아오르기 때문에 붙여진 명호였다.

하늘 높은 줄 모르고 기고만장해져 있던 엽장천이 호계상을 만난 것도 그 무렵이었다. 강철도 찢는다는 그의 철음조였으나 어디서 날아드는지도 모르는 예리한 면도 앞에서는 속수무책이었다. 그 싸움에서 손목을 잃은 엽장천은 간신히 도망쳐 의수를 달고 산속에 틀어박혔다. 그리고 새로운 무공을 연마하기 시작했다.

이십 년이 지난 지금, 엽장천은 예전과 비견될 만큼 충분한 성취를 이루었다 자부했다. 하지만 또다시 호계상과 맞닥뜨리게 되자 엽장천은 복수심은커녕 이 자리를 벗어나고픈 생각만이 간절했다.

"뭐 하나, 어서 덤비지 않고?"

호계상의 말에 엽장천이 부르르 신형을 떨었다.

"엽 사부, 부탁하오!"

엽장천은 등 뒤에서 외치는 양홍지가 그토록 미울 수 없었다.

"거참, 뜸을 너무 들이는군 그래."

호계상이 한 걸음 다가섰다.

순간 엽장천의 눈에 결의에 찬 빛이 떠올랐다.

'자존심도 좋고 돈도 좋지만 일단 살고 볼 일이다!'

엽장천은 그대로 신형을 돌려 뒤도 돌아보지 않고 달리기 시작했다. 그의 신형은 이내 담장을 넘어 사라졌고, 양홍지는 황당한 표정으로 그가 사라진 방향을 응시했다.

그 모습을 지켜보던 호계상이 혀를 찼다.

"쯧쯧, 저런 놈에게 바칠 돈 있으면 빚이나 갚지."

하얗게 질린 얼굴로 호계상을 바라보던 양홍지가 돌연 바닥에 무릎을 꿇고 고개를 조아렸다.

"아이고, 어르신! 살려주십시오!"

"어허, 이 사람. 누가 죽인대? 나는 밀린 돈이나 받으면 그만이야."

"하지만 돈이 없습니다."

"엥? 그걸 나더러 믿으란 소린가?"

"최근에 사업을 무리하게 확장하는 바람에 수중에 여유가 없습니다, 어르신."

"그래? 그럼 어쩔 수 없지."

양홍지의 얼굴에 일순 화색이 감돌았다. 일단 호계상이 물러가면 엽장천보다 더욱 뛰어난 고수들을 초빙해 아들의 원수를 갚을 계획을 세우고 있었던 것이다.

이때 호계상이 마당 한 켠으로 걸음을 옮겼다.

"많이도 사들였군 그래. 관의 눈을 피하느라 꽤 고생했겠어."

공간이 모자라 창고 옆에 수북이 쌓아놓은 소금 가마로 호계상이 다가서자 양홍지의 안색이 급변했다.

"어, 어르신!"

비명과도 같은 양홍지의 외침을 뒤로한 채 호계상이 소금 가마를 양손으로 들어올리더니 정원에 위치한 연못 한가운데를 향해 집어 던졌다.

풍덩!

물에 젖은 소금 가마가 홀쭉해졌다. 양홍지의 얼굴도 덩달아 홀쭉해졌다.

"엇차!"

풍덩! 풍덩!

양홍지가 말릴 틈도 없이 호계상은 계속해서 연못을 향해 소금 가마를 던지기 시작했고, 그때마다 물기둥이 솟구쳤다.

그렇게 이십여 자루의 소금이 연못에 녹아버렸을 때다.

"갚겠습니다! 갚아요! 그러니 제발!"

양홍지가 사색이 되어 외치자 호계상은 양손에 들고 있던 소금 가마를 마저 연못에 던지며 입을 열었다.

"빨리 움직이는 게 좋을걸, 창고에 있는 소금까지 던져 버리기 전에?"

호계상의 말이 끝나기도 전에 양홍지는 황급히 서재를 향해 달리기 시작했다. 그리고 얼마 지나지 않아 부랴부랴 달려오는 그의 모습이 임소하의 눈에 들어왔다.

"여기 있습니다. 총 구백 냥입니다."

양홍지의 손에는 중원에서 가장 신용이 높다 알려진 대륙전장이 발행한 전표가 들려 있었다.

호계상은 자신을 향해 내민 전표를 바라보며 고개를 저었다.

"내가 아니라 저분께 드려야지. 나는 한낱 저분의 수족일 뿐일세."

"예?"

의아함에 고개를 돌린 양홍지는 조용히 자신을 응시하고 있는 임소하의 모습에 찬물을 뒤집어쓴 것 같은 기분을 느꼈다.

양홍지가 떨리는 손으로 건넨 전표를 받아 든 임소하는 잠시 동안 말없이 그를 바라봤다.

짜악!

경쾌한 소리와 함께 양홍지의 고개가 홱 돌아갔다. 그의 뺨
에는 선명한 손자국이 붉게 새겨져 있었다.

"이건 날 모욕한 대가예요."

호계상은 임소하의 단호한 행동에 적지 않게 놀라면서도
얼굴을 감싸쥔 채 얼이 빠져 있는 양홍지의 모습에 터져 나오
는 웃음을 감추지 못했다. 하지만 이 순간 가장 놀란 사람은
정작 양홍지의 뺨을 때린 임소하 본인이었다.

태어나 처음으로 사람을 때려본 그녀이다. 손바닥을 통해
전해지는 얼얼하고 낯선 충격에 손끝이 파르르 떨려왔다.

임소하는 처음 양홍지에게 받았던 전낭을 던져 주며 입을
열었다.

"수하들의 치료비로 쓰세요."

그게 끝이었다.

임소하는 신형을 돌려 적룡방을 나섰다.

호계상이 양손을 흔들자 촤라락 하는 소리를 내며 면도가
손목에 비단처럼 감겼다. 면도를 회수한 호계상이 임소하의
뒤를 따라 걸음을 옮겼다. 물론 돌아서기 전에 양홍지를 향해
한차례 위협적으로 눈을 부라리는 것을 잊지 않았다.

그 무시무시한 눈빛이 사라지자 양홍지는 비로소 놀란 가
슴을 쓸어내렸다. 사실 그는 매우 운이 좋은 사람이었다. 호

계상이 흑암보에 몸을 담지 않고 있었던 십육 년 전이었다면 그의 머리는 이미 바닥을 구르고 있었을 테니까.

그런 양홍지를 뒤로한 채 적룡방을 나서던 임소하가 나직 이 한숨을 흘렸다.

'이것이 강호란 말인가요?'

하지만 약해진 마음을 다잡은 그녀는 자세를 반듯이 하며 전면을 응시했다.

'더 이상 움츠러들지도 물러서지도 않겠어!'

*　　　　*　　　　*

정오 무렵.

중천에 이른 햇살이 눈 위에서 하얗게 부서지고 있었다. 인 적이 드문 한적한 정원. 우두커니 서서 하늘을 바라보는 중년 인의 얼굴은 근심이 가득했다. 화창하게 개인 날씨와 달리 그 의 마음은 답답하기 그지없었다.

"다시 오지."

그 한마디 말이 뇌리에서 지워지지 않았다.

"휴……."

매한수사(梅寒秀士)의 입에서 또다시 한숨이 터져 나왔다.

흔들리지 않는 고아한 분위기가 차가운 매화 같다 해서 붙여진 명호. 하지만 지금 조중원(趙重遠)의 마음은 태풍 앞의 일엽편주(一葉片舟)마냥 두려움에 흔들리고 있었다.

이때 그를 향해 다가서는 사 인이 있었다. 그중 선두에 서있던 호리호리한 체구에 섭선을 거머쥔 사십대의 중년인이 조중원을 향해 말을 건넸다.

"걱정하지 마시오. 한낱 무부의 엄포를 두려워하다니, 장주답지 않구려."

"아! 곽 대협."

조중원은 일행의 선두에 서 있는 중년인을 향해 가볍게 고개를 숙였다. 하지만 고개를 드는 그의 얼굴은 여전히 수심에 잠겨 있었다.

"하지만 그는 무서운 인물이오. 어찌 내가 근심하지 않을 수 있겠소?"

순간 곽자문의 눈에서 한 가닥 예리한 광채가 번뜩이고 지나갔다.

세간에는 낙향한 관리로 알려져 있는 조중원이었으나 곽자문은 그의 진정한 신분을 알고 있는 몇 안 되는 사람 중 한 명이었다. 흑도무림에 막대한 영향력을 행사하는 흑점의 주인인 그를 두려움에 떨게 한 상대가 누구인지 몹시 궁금해졌던 것이다.

곽자문이 섭선을 접어 손바닥을 툭툭 두드렸다.

"촉산혈성이 강호에 모습을 드러내지 않은 지 벌써 수십 년이 넘었소. 더구나 촉산혈성에 대해 자세히 아는 이가 드무니 혹 그가 사칭을 하고 있는지도 모르는 일 아니오?"

"걱정 마시오. 장주의 안전은 우리가 책임질 것이오."

곽자문 뒤에 서 있던 세 사람 중 맏이인 애꾸사내가 호탕한 음성으로 입을 열었다.

조중원은 그들의 얼굴을 차례대로 바라보며 고개를 끄덕였다.

각각 청색, 적색, 흑색의 무복을 걸친 삼 인은 섬서 이남 일대에서 이름 높은 하원삼살(河源三殺)이었다. 염소수염에 얼추 보기에도 괴팍해 보이는 외모를 지닌 이가 첫째인 능도담이었고, 이마에 십 자 모양의 흉터를 지닌 이가 불같은 성미와 이에 버금가는 패도적인 장법으로 유명한 능도생이었다. 그 옆의 막내인 능도후는 툭 튀어나온 광대뼈로 인한 독특한 외모만큼이나 한 쌍의 판관필을 귀신같이 다루는 것으로 널리 알려져 있었다.

비록 십대고수에는 이름을 올리지 못했으나 산서에서 이들이 떨치는 위명은 십대고수 못지않았다. 당금 강호를 통틀어 그들의 연수 합격에 오십 초 이상을 넘기는 이가 드물었기 때문이다.

하물며 하원삼살을 대동하고 이곳에 이른 곽자문의 명성은 그들을 훨씬 웃돌고 있었다.

"귀하들을 두고 내 쓸데없는 기우(杞憂)에 심력을 허비한 것 같아 부끄럽소. 자, 들어갑시다. 마침 좋은 차를 구하게 되었는데……."

걸음을 옮기던 조중원의 몸이 못에 박힌 듯 그 자리에 멈춰섰다.

십여 장 앞.

칠흑같이 어두운 수림 속에 희끗한 붉은 인영이 우뚝 서 있었다.

"여기 있었군."

조중원의 얼굴이 창백해졌다.

사내의 음성은 그리 크지도, 강한 울림을 지닌 것도 아니었다. 하나 조중원은 심장이 서늘하게 식는 기분이었다. 입가에는 미소를 달고 있었으나 그의 눈자위에는 푸르스름한 인광이 번뜩이고 있었기 때문이다.

"생각보다 젊군."

곽자문이 한 걸음 앞으로 나서며 입을 열었다.

"나는 곽자문이라 한다."

"곽자문?"

단리백은 고개를 갸웃거렸다. 하지만 강호 경험이 조금이라도 있는 이가 그 이름을 들었다면 사색이 되어 달아나고 말았을 것이다. 그만큼 그의 이름 석 자가 지닌 의미는 가볍지 않았다.

곽자문은 세 가지 점에서 흑도무림에 쟁쟁한 이름을 떨치고 있는 인물이었다.

한 가지는 그가 섭선을 다루는 공력 조예가 거의 신화경에 이르러 있다는 것이고, 다른 하나는 비록 파문당하긴 했으나 한때 그가 청성파의 직전제자였다는 점이다. 그러나 그보다도 더욱 그를 유명하게 만든 것은 그가 과거 십대고수 중 한 자리를 차지한 적이 있다는 사실이었다. 십 년 전, 혈풍과 함께 등장한 광룡도제(狂龍刀帝) 하후용에게 패한 이후 큰 부상을 입고 십대고수에서 밀려났지만 아직도 곽자문은 혁혁한 명성을 드날리고 있었다.

과연 곽자문의 눈빛은 얼음장처럼 차갑고 예리했다. 하나, 그 칼날 같은 눈빛도 단리백의 시선과 마주치는 순간 가볍게 흔들렸다.

단리백의 입가에는 여전히 미소가 맺혀 있었다. 하지만 이는 사람의 마음을 섬뜩하게 만드는 무언가를 담고 있었던 것이다.

단리백이 피식 웃으며 조중원을 바라봤다.

"고작 이런 허수아비들을 믿고 나를 기다렸다는 말인가?"

"뭣이!"

하원삼살 중 가장 성미가 급한 능도생이 금방이라도 달려들 것 같은 기세로 단리백을 노려봤다.

그 순간, 단리백의 손이 희미하게 흔들렸다.

쾅!

"크아악!"

벽력탄이 폭발하는 듯한 굉음과 함께 조중원은 피분수를 뿌리며 십여 장 밖으로 나가떨어졌다.

"......!"

하원삼살은 정신을 차릴 수가 없었다. 얼음처럼 차가운 살기가 자신들을 향해 쏟아진다 느껴진 순간, 지척에 있던 조중원이 보이지 않는 철퇴에 얻어맞은 것처럼 비명을 지르며 내동댕이쳐진 것이다.

"쿨럭!"

조중원은 피투성이가 된 채 바닥에 엎드려 한차례 피를 토했다. 갈가리 찢겨진 앞섶 사이로 드러난 그의 가슴에는 붉은 장인이 선명하게 찍혀 있었다.

하원삼살은 경악했다. 하나같이 흑도무림을 질타하는 절정고수인 자신들조차 단리백이 대체 무슨 수법으로 조중원을 날려 버렸는지 알 수 없었기 때문이다. 다만 단리백의 손에 맺혀 일렁이는 핏빛 기운으로 미루어 최상승 절예가 순간적으로 펼쳐졌다고 미루어 짐작할 뿐이었다.

이때 단리백이 천천히 고개를 돌렸다.

단리백의 눈빛과 마주친 순간 능도후는 자신도 모르게 판관필을 들어올렸다. 위험을 느끼고 본능적으로 취한 행동이었다.

"무슨 짓을 한 것이냐?!"

능도후가 고함을 질렀으나 단리백은 차가운 조소로 대답

을 대신했다.

그때였다.

단리백의 얼굴이 미미하게 찌푸려졌다. 동시에 단리백의 손에 안개처럼 맺혀 있던 흐릿한 붉은 광채가 흩어지기 시작했다.

"치잇, 검선 그 망할 늙은이."

못마땅한 듯 중얼거리는 단리백의 음성에 하원삼살은 의아한 표정으로 단리백을 주시했다.

곽자문의 눈빛이 번뜩인 것도 그때였다. 비록 순간적이었으나 단리백의 얼굴에 떠올랐다 사라지는 낭패의 감정을 놓치지 않은 것이다.

곽자문이 입을 열었다.

"안색이 안 좋군. 혹 부상을 당했나?"

묵묵히 서 있는 단리백의 모습에 곽자문이 희미한 웃음을 머금었다. 자신의 생각이 틀리지 않았다 짐작한 것이다.

"어찌 되었든 우리는 사정을 봐주지 않을 걸세. 자네는 아마도 이곳을 살아 나갈 수 없을 거야."

"송사리들을 상대로 굳이 혈라강기를 사용할 필요도 없지."

단리백이 양손을 활짝 펴며 조소를 머금었다. 가슴과 옆구리를 고스란히 드러낸 채 오연한 눈빛을 뿌리는 그의 모습은 곽자문을 비롯한 하원삼살을 깔보는 기색이 역력했다.

"격장지계(擊將之計)가 통하리라 생각했나?"

발끈해 뛰쳐나가려던 하원삼살이 곽자문의 말에 멈칫했다.

그들은 단리백의 모습을 찬찬히 살피기 시작했다.

아니나 다를까. 깔보듯 조소를 던지는 것 같아도 단리백의 눈빛은 자신들에게 고정된 채 날카롭게 번뜩이고 있었다. 그 눈빛에는 비웃음 따위는 보이지 않았고, 대신 얼음장 같은 냉혹함만이 가득할 뿐이었다.

하원삼살은 가슴이 답답해지는 것을 느꼈다.

강호의 경험이 적지 않은 그들이었기에 이처럼 냉정한 눈을 가진 자들이야말로 어떤 고수보다 상대하기 까다롭다는 것을 알고 있었던 것이다.

"하지만 원한다면 기꺼이 응해줘야지."

곽자문이 하원삼살을 향해 고개를 끄덕였다.

곽자문의 눈빛을 받은 하원삼살은 마지못해 앞으로 나섰다. 단리백의 전신에서 흘러나오는 추상같은 기운에 압도되는 것은 사실이었으나 자신들의 뒤에 버티고 있는 곽자문의 존재가 그들을 떠밀었던 것이다. 그의 눈 밖에 나면 자신들은 발붙일 곳이 없음을 모르지 않기에 억지로 나설 수밖에 없는 상황이었다.

가장 먼저 움직인 것은 능도생이었다.

"하압!"

기합성과 함께 그의 신형이 미끄러지듯 단리백과의 거리를 좁혀갔다. 하나 그보다 먼저 단리백이 움직였다.

　능도생은 주위의 공기가 일렁이나 싶더니 단리백이 순식간에 자신들을 향해 쏘아져 오자 입가에 냉랭한 미소를 머금었다.

　그는 몸을 비스듬히 옆으로 기울이며 벼락같은 삼 장을 연거푸 내갈겼다.

　파파팡!

　그의 삼 장은 첫 번째 장보다 두 번째 장이 빠르고 두 번째 장보다 세 번째 장력이 더 빨리 발출되었다. 그리고 종국에는 세 개의 장력이 한데 합쳐져 엄청난 위력을 발휘했다.

　전면을 가득 메운 장영(掌影)은 그의 무위가 절정에 이르렀음을 증명하고 있었다. 하지만 단리백의 움직임은 그의 예상을 훨씬 앞서고 있었다. 능도생의 장력이 채 뻗어 나오기도 전에 단리백의 몸은 어느새 그의 코앞에 도달해 있었다. 눈으로 보고도 믿기 힘들 만큼 경이적인 신법이었다.

　퍼엉!

　능도생이 내갈긴 세 개의 장력은 헛되이 단리백을 비켜 허공을 두들겼다. 대신 싸늘한 미소가 감도는 단리백의 얼굴이 능도생의 전면에 나타났다.

　"이런… 말도 안 되는……!"

　능도생이 경악하여 입을 벌리는 순간 단리백의 팔꿈치가

그의 명치에 사정없이 틀어박혔다.

콰직!

"컥!"

숨넘어갈 듯한 고통에 눈을 부릅뜬 능도생의 얼굴이 흙빛으로 변해 버렸다. 단리백의 공격은 아직 끝난 것이 아니었기 때문이다.

손을 뻗어 능도생의 머리채를 휘어잡은 채 단리백이 훌쩍 신형을 뽑아 올렸다. 그리곤 그대로 그의 얼굴을 무릎으로 걷어 올렸다.

빠악!

능도생은 코뼈가 완전히 박살 나고 앞이빨이 모조리 부러진 채 오 장 정도를 날아가다 바닥에 처박혔다.

쿵!

한차례 부르르 경련을 일으키던 능도생이 허무하게 고개를 떨구었다.

그의 얼굴을 가득 메운 감정은 경악과 공포, 그리고 불신이었다. 죽는 순간까지도 그는 이처럼 무서운 신법이 존재한다는 것을 도저히 믿을 수 없었던 것이다.

놀란 것은 능도생뿐만이 아니었다.

어찌 된 영문인지 깨닫기도 전에 능도생이 얼굴이 박살 난 채 절명하자 능도담과 능도후는 벌린 입을 다물지 못했다. 하지만 단리백은 그들이 놀라고 있을 여유도 허락지 않왔다.

"헛!"

두 눈을 부릅뜬 능도담이 차가운 헛바람을 들이켰다. 어느새 자신의 지척에 이르러 있는 단리백을 발견한 것이다.

피해야겠다는 생각도 들지 않았다. 그저 붉은 그림자가 눈앞에 희끗하는가 싶더니 능도담은 이제껏 상상조차 해본 적이 없는 지독한 통증이 자신의 가슴을 갈가리 찢는 것을 느꼈다.

콰드득!

"크아악!"

처절한 비명 소리가 장내에 메아리쳤다. 그와 더불어 흉골이 산산이 박살 나 움푹 주저앉은 가슴을 움켜쥔 채 능도담이 쓰러졌다.

털썩!

질펀한 피가 칠공에서 분수처럼 쏟아지는 가운데 그는 몇 차례 몸을 꿈틀거리다가 축 늘어지고 말았다.

"이노옴!"

순식간에 형제들을 잃은 능도후가 미친 듯이 판관필을 휘둘렀다.

취릭!

두 자루 판관필이 회전을 일으키며 날카로운 소리를 만들었다. 판관필은 능도담을 죽이고 무방비 상태로 서 있는 단리백의 가슴을 향해 곧장 틀어박혔다.

'성공이다!'

능도후는 자신의 공격이 성공했음을 믿어 의심치 않았다.

순간적으로 판관필이 단리백의 가슴을 관통한 것처럼 보였던 것이다. 하지만 이내 그의 얼굴이 딱딱하게 굳어졌다. 판관필 끝에 걸리는 무게감이 느껴지지 않았다.

능도후는 자신의 공격이 헛되이 허공을 갈랐음을 깨달았다. 그리고 그 직후, 눈앞에 짓쳐든 주먹을 경악 어린 표정으로 바라봤다. 그 순간, 이제껏 경험해 보지 못한 지독한 충격이 그의 얼굴에 작렬했다.

뻐억!

얼굴뼈가 산산이 박살 나는 충격에 능도후는 비명조차 지르지 못했다. 다만 뼛속 깊이 파고드는 절망과 공포에 마음속으로 절규할 뿐이었다.

'사람이 아니야……!'

쿠당탕!

능도후 역시 결국 피를 뿌리며 바닥에 나뒹굴었다.

광대뼈가 부서져 움푹 일그러진 그의 얼굴에 드리운 것은 죽음의 그림자뿐이었다.

바로 그때, 놀라운 일이 벌어졌다.

푸학!

단리백의 등에서 돌연 핏물이 솟구친 것이다. 그 일은 너무도 순식간에 일어나 멀리서 싸움을 지켜보던 조중원은 어찌 된 영문인 알 수 없었다. 하지만 이내 한 손으로 어깨를 지혈하며 물러서는 단리백과 한 걸음씩 그와 걸음을 좁히는 곽자문의 모습이 눈에 들어왔다.

"놀랍군! 그 상황에서 무음무영(無音無影)의 일수를 피하다니!"

곽자문의 감탄에 조중원은 비로소 상황을 이해할 수 있었다.

하원삼살의 죽음을 대가로 얻은 순간적인 빈틈을 곽자문은 놓치지 않았던 것이다. 아니, 처음부터 이를 노리기 위해 하원삼살을 죽음으로 밀어 넣은 것 같았다.

한때 청성에 몸담고 있던 곽자문은 청성의 독문무공 중 하나인 죽엽수(竹葉手)에 정통한 인물이었다. 강맹하고 파괴적인 위력을 중시하는 여타 권공과 달리 죽엽수는 대나무 이파리처럼 날카로운 경기를 발출하는 것이 특징이었다.

곽자문은 이를 더욱 발전시켜 무음무영이라 불리는 절초를 만들어냈다. 파공음은커녕 그림자도 남기지 않는 무음무영의 은밀한 경력 앞에 영문도 모른 채 쓰러진 고수들의 숫자는 헤아리기도 힘들었다.

곽자문이 붉은 섭선을 펼쳐 한차례 펄럭이자 장내는 순식간에 음습한 살기로 뒤덮였다.

"혈향선(血香扇)이라 한다. 지금까지 마흔여섯 명의 고수가 이 섭선 아래 쓰러졌지. 그리고 네가 마흔일곱 번째가 될 것이다."

혈향선은 그의 상징과도 같은 병기였다. 열네 개의 살은 단단하기 그지없는 현철로 만들어진 데다가 예리하게 날이 선 끝 부분은 금강석을 박아 넣어 날카롭기 이를 데 없었다. 게다가 한 방울로 코끼리도 죽일 수 있는 부시음독이라는 극독이 발라져 있어 제아무리 막강한 호신강기를 지니고 있는 고수라 할지라도 일단 피부에 스치기만 하면 죽음을 피할 수 없는 마병(魔兵)이었다.

곽자문이 호언장담한 것도 이 때문이었다.

제아무리 단리백이라 해도 일단 혈향선에 걸리면 그걸로 끝이었다.

게다가 단리백은 적수공권(赤手空拳). 맨손으로는 절대 혈향선의 가공할 위력을 막아낼 수 없었다.

펄럭!

한차례 혈향선이 휘둘러지며 부시음독 특유의 아릿한 내음이 장내를 떠다녔다.

그것이 시작이었다.

예리한 바람 소리와 함께 날카로운 경력이 단리백을 향해 맹렬하게 덮쳐 갔다. 청성은 검의 명문, 곽자문 역시 청성의 검법을 익힌 자였다. 곽자문은 마치 검기를 뿌리듯 혈향선을 응용해 진기의 칼날을 날린 것이다.

단리백의 눈빛이 차갑게 가라앉았다. 지금까지 상대한 자들과는 확연히 다른 곽자문의 무위를 경시할 수 없었기 때문이다.

쩌저적!

단리백이 서 있던 대지 위에 세 줄기의 깊은 고랑이 패었다. 하나 단리백은 이미 그곳에 없었다. 어느새 신형을 날려 곽자문과의 거리를 압축해 가고 있었다.

이를 예상했다는 듯 곽자문은 냉랭한 미소를 머금었다.

"이것도 피해봐라!"

쩌렁한 고함 소리와 함께 곽자문이 혈향선을 접어 수직으로 내려쳤다. 그러자 섭선 위로 붉은 서기가 맺히나 싶더니 순식간에 확산되었다. 검을 대신해 부챗살을 이용했을 뿐 그것은 분명 검강(劍罡)이라 할 수 있었다.

콰르릉!

맹렬하게 일어난 기세가 한 덩이 붉은 구름처럼 단리백의 머리 위로 떨어졌다. 그 속도와 위세는 옆에서 그들을 지켜보고 있던 조중원조차도 경악할 만큼 막강했다.

조중원은 단리백의 죽음을 의심치 않았다. 섭선의 붉은 그림자에 가려 단리백은 신형조차 알아볼 수 없었고, 금방이라도 허공에 피안개가 뿌려질 것만 같았다.

"치잇!"

단리백이 훌쩍 몸을 옆으로 이 장쯤 움직여 피했다. 지금의 상태에서 미친 파도처럼 달려드는 홍운(紅雲)과 정면으로 맞서는 건 무모했다.

단리백이 상대의 공격을 피해 물러선 것은 촉산을 내려선 이래 이번이 처음이었다. 그만큼 곽자문의 공격은 대단한 위력을 담고 있었다.

콰앙!

지축을 울리는 굉음과 함께 자욱한 먼지가 솟구쳐 장내를 뒤덮었다.

이윽고 먼지가 걷히기 시작하자 그 사이에서 곽자문이 모습을 드러냈다. 섭선을 펼쳐 옷에 묻은 먼지를 털어내는 그의 모습은 여유마저 느껴지고 있었다.

"자네 말대로 하원삼살은 송사리였어. 하지만 간혹 송사리들 뒤에 날카로운 이빨을 숨긴 상어가 숨어 있을 수도 있으니 조심했어야지."

채 말을 끝내기도 전에 곽자문이 재차 신형을 날렸다.

한줄기 빛살처럼 전면으로 쇄도해 오는 그의 움직임은 단리백도 인정하지 않을 수 없었다. 그처럼 빠른 신법만으로도 곽자문의 공력은 이미 절정의 단계에 이르러 있음을 알 수 있었던 것이다.

쾌애액!

허공을 가르는 여덟 줄기의 선풍(扇風)!

단리백은 다시 우측으로 삼 장가량 움직여 피했다. 여덟 방

위를 동시에 점하고 날아드는 날카로운 경력을 일거에 와해
시킬 방법이 없었던 것이다.

이에 곽자문은 더욱 맹렬하게 섭선을 휘두르며 단리백을
몰아붙이기 시작했다.

파파파파파!

처음보다 더욱 매서운 광풍이 섭선에서 쏟아져 나왔다. 게
다가 부챗살 끝에는 유형화된 기운이 아지랑이처럼 일렁이며
서슬 퍼런 예기를 뿌리고 있었다.

단리백의 적포가 몰아쳐 오는 선풍에 휘말려 금세라도 찢
어질 것처럼 세차게 펄럭였다.

그 순간, 단리백이 더 이상 피하지 않고 혈향선의 붉은 잔
영 속으로 뛰어들었다.

이를 기다렸다는 듯 곽자문은 섬뜩한 미소를 머금었다.

그의 손에 들린 섭선이 변화를 일으켰다. 일정 거리를 유지
한 채 칼날 같은 경기를 뿌리던 섭선이 일순 격렬히 흔들리더
니 갑자기 수십 개로 불어나는 것처럼 보였다. 그리곤 이내
단리백의 전방위를 운무(雲霧)처럼 뒤덮어 버렸다.

짜자자작!

단리백의 붉은 장포 곳곳이 길게 찢기며 허공에 비산했다.
섭선의 경력이 미치는 일 장 안의 공간은 결계처럼 단리백을
압박하고 있어 완벽히 그의 진로를 차단하고 있었다. 또한 그
안에서 쉬지 않고 몰아치는 경력의 폭풍은 마치 수백 개의 칼

날이 요동치고 있는 것 같았다. 그 칼날 중 하나에라도 격중된다면 팔이건 다리건 그대로 잘려져 나갈 것만 같았다.

슈칵!

섬뜩한 음향이 터져 나오며 단리백의 옆구리에서 피보라가 뿌려졌다. 그러나 단리백은 그 와중에도 곽자문과의 거리를 더욱 좁혔다.

픽!

또다시 단리백이 한차례 상체를 휘청하더니 어깨에서 한 움큼의 살이 뜯겨져 나갔다.

곽자문의 눈에 이채가 떠오른 것도 그때였다. 수세에 몰린 상황에서도 단리백의 얼굴에서는 그 어떤 동요의 흔적도 찾아볼 수 없었던 것이다.

오히려 단리백이 내뿜는 살기에 곽자문이 질려 버렸다. 그 와중에도 단리백은 한 걸음씩 거리를 좁혀 어느새 자신의 두 자 앞까지 도달해 있었기 때문이다.

쒜애애액!

곽자문은 황급히 들고 있던 섭선을 안쪽으로 휘두르며 손아귀에 힘을 넣었다. 그러자 펼쳐져 있던 섭선이 접히며 더욱 빠른 속도로 단리백의 옆구리를 후려쳐 갔다.

하나 섭선의 공격이 시작되기도 전에 단리백은 이미 곽자문의 지척에 바짝 다가섰다.

곽자문의 눈빛이 미미하게 흔들렸다. 단리백의 손에 맺혀 일렁이는 붉은 서기. 처음보다 희미하긴 했으나 일격에 하원 삼살을 격살한 무공이 틀림없었다.

'지독한 놈! 양패구상을 노리는 것인가?'

비록 공격을 성공한다 해도 자신 역시 단리백의 공격을 피할 수 없음을 깨달은 곽자문은 돌연 섭선을 던지며 물러섰다. 그러자 붉은 섭선의 끝이 빠르게 선회하며 단리백의 뒷목을 맹렬하게 베어왔다.

단리백의 뒷목이 혈선의 날카로운 살에 그대로 꿰뚫릴 순간,

단리백의 눈에서 소름 끼치는 한광이 쏟아져 나왔다.

투웅!

"컥!"

물러서던 곽자문이 돌연 허공에 핏물을 뿜어냈다. 마치 보이지 않는 거대한 바위가 가슴을 후려친 것만 같았다.

'암경!'

단 일 격에 호신강기가 산산이 깨져 버리자 곽자문은 경악을 금치 못했다. 상대의 공격으로 인해 호신강기가 흩어진 일은 광룡도제와의 비무 이후 처음이었다.

순간 곽자문의 얼굴에서 일순 핏기가 사라졌다. 수없이 생사를 넘나들며 예리해진 무인의 본능이 최악의 위험을 경고하고 있었던 것이다.

아니나 다를까. 호신강기가 사라지자 바늘처럼 날카로운

무형의 기운이 곳곳의 혈도를 파고드는 것이 느껴졌다.

'말도 안 돼!'

그토록 강맹하던 암경의 성질이 음습하고 섬뜩하게 돌변했다. 이는 곽자문이 이해하고 있는 중원의 무학과는 그 궤를 완전히 달리하고 있었다. 게다가 지금처럼 내부가 진탕되어 기맥이 뒤틀리고 기혈이 끓어오르는 상황에서 재차 암경을 허용한다면 그야말로 치명적인 결과를 초래할 수 있었다.

턱!

단리백의 주위를 선회하던 혈향선을 회수한 곽자문이 섭선을 거머쥔 손에 힘을 넣었다.

곽자문의 이마에 푸른 힘줄이 돋았다. 시뻘겋게 충혈된 그의 눈에서는 연신 자욱한 살기가 흘러내리고 있었고, 팽팽히 부풀어 오른 장포는 미친 듯이 펄럭였다. 내상을 무릅쓴 채 곽자문은 필생의 공력을 끌어올리는 중이었다.

"크아압!"

엄청난 기합 소리가 터져 나오며 곽자문은 지금까지와는 비교도 되지 않는 기세로 혈향선을 휘두르기 시작했다.

단리백은 눈앞에서 붉은 광채가 폭발하듯 짙어지는 것을 느꼈다.

콰콰콰콰콰!

굉음과 함께 위맹한 기세로 소용돌이치며 난무하는 붉은 칼날. 수천에 달하는 예리한 경력이 단리백을 향해 소나기처럼 쏟아져 내렸다.

곽자문의 필생 공력이 담긴 와선풍(渦旋風)의 절초였다.

그 한줄기 한줄기가 이기생형을 이룬 검기(劍氣)와 다름없기에 곽자문은 단리백이 혈향선이 만들어낸 무서운 소용돌이에 의해 갈가리 찢기리라 믿어 의심치 않았다.

멀리서 경천동지할 싸움을 지켜보던 조중원 역시 마찬가지였다. 이처럼 무지막지한 위력의 무공은 들은 적도 본 적도 없었다. 아무리 촉산혈성이라 할지라도 이처럼 무서운 공격을 버텨낼 리 없었다.

그때였다.

시뻘건 검기 다발이 전신을 사정없이 강타하려는 찰나, 단리백의 오른손이 환영처럼 움직였다. 그리고 도저히 믿을 수 없는 일이 벌어졌다.

『촉산혈성』1권 끝

청어람 판타지의 재도약!!

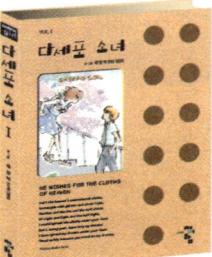

잘나가고 싶은 사람은 읽어라!

그에게 한눈에 반했다! 그것은 분위기 탓?
애인과 나란히 걸어갈 때 당신은 좌, 우 어느 쪽에 서는가?
이성은 왜 서로 끌리는 걸까? 그 심층 심리를 해명한다!

30초의 심리학

■ **30초의 심리학**
아사노 하치로우 지음 / 계일 옮김 | 값 8,500원

처음 본 사람인데 와 닮은 느낌이
너무나도 강렬한 사람이 있다.
흔히 하는 말로 '필이 꽂힌 사람',
그래서 잊혀지지 않는 사람,
한눈에 반했다고 하는 것이 바로 그것이다.
이런 인간의 감정을 논하는 데
남녀의 구분이 있을 수 없다.
사랑하는 그, 혹은 그녀를
생각하는 것만으로도 가슴이 두근거린다.
이상할 것 없다. 당연히 그럴 수 있는 것이다.
그렇기에 인간을 감정의 동물이라 하지 않는가.
그러나 그렇게 좋아하는 그 사람이
어느 날 갑자기 싫어지는 경우는 왜일까?

Psychology